A MATEMATIKAI ÁLLAPOTA GRACE 1. ÉS 2. KÖNYV TELJES SOROZAT

FRÁGMENTUM: FINÁLÉ FÚZIÓ

Cathy McGough

Stratford Living Publishing

MIT MONDANAK AZ OLVASÓK...

USA:

„Zseniális! Ez egy rendkívül kreatív ifjúsági regény. Ez egy vad fantáziáról, fantasztikus kalandokról és az univerzum természetéről szóló, elgondolkodtató koncepciókról szóló történet."

„Grace egy másfajta hősnő, és ez egy másfajta ifjúsági disztópikus történet. Első pillantásra Grace meglehetősen átlagosnak tűnik, leszámítva, hogy matematikai zseni. Egy baleset után azonban kezd kiderülni, hogy a dolgok nem feltétlenül azok, aminek látszanak. Élveztem a történet többrétegűségét. Egyedülálló történet, amelyet öröm olvasni."

„Az első rész olyan, mint egy krimi, amitől nem lehet letenni. Sok romantikus jelenet van benne. Élveztem a történetben elszórt humoros elemeket is. Összességében sok élvezetet nyújt a regény, többek között remek karakterekkel, izgalmas fantasy elemekkel és nagyszerű leírásokkal."

„A történetnek van egy lebegő jellege, amely megnyitja az elmét a lehetőségek előtt."

Egyesült Királyság:

„A kiváló írás és a izgalmas cselekmény remek tempót ad a regénynek."

„Egy geek lány, egy sportos fiú - belekerülnek a furcsa szelek és földrengések kaotikus világába, és szembesülnek azzal, hogy ők az egyetlen életben maradt lények a világon. A túlélés és a szerelem története."

TARTALOMJEGYZÉK

IDÉZET

„Úgy gondolom, hogy miközben még közeledtünk,
mielőtt kapcsolatba léptünk,
matematikai kegyelem állapotában voltunk."
Ian McEwan, VÉGTELEN SZERELEM (ENDLESS LOVE)

MABEL ÉS MICHAEL SZERETETTEL

1. KÖNYV

FRÁGMENTUM

FEJEZET 1

A TIZENHAT ÉVES GRACE Greenway szeretett sokáig aludni, különösen iskolás napokon.

Édesanyja, Helen Greenway kinyitotta az ajtót, és belépett a szobába. A koala papucsán lévő két fej mutatta az utat. A fejek csittet tettek, miközben suttogva haladtak a hűvös keményfa padlón.

Amikor Helen elérte a szoba másik oldalát, leengedte az őrködését. Levette az orrát takaró, parfümmel átitatott zsebkendőt. A szoba levegője a tegnap esti kísérletek miatt érett volt, amelyek illata alapján valami köze lehetett a kénhez.

Amikor az ablakhoz ért, Helen szélesre tárta az üveget. Kinyújtotta a fejét, és megtöltötte tüdejét a tiszta külső oxigénnel. Frissülve visszahúzta a függönyt. Helen magával és papucsával az ágyon fekvő csomó felé indult: a lánya, Grace.

A szoba másik végében Grace számítógépe riasztással jelezte jelenlétét. A képernyőn véletlenszerű számok villogtak. Stephen Hawking hangjához hasonló hangon olvasta fel őket.

Helen elgondolkodott a számok jelentésén. Matematikailag nem jártas agya számára ezeknek nem volt sok értelme. Koala fejű papucsai előrehajoltak, mintha megértenék. Helen átment a szobán, miközben a koala fejek bólintottak és suttogtak egymásnak. Helen maga nem értett a matematikához. Fogalma sem volt, kitől örökölte lánya a számokkal kapcsolatos tehetségét. Helen elgondolkodott ezen a genetikai átöröklődésen, miközben lánya bebugyolált alakját nézte.

„Ideje felkelni, drágám!" – mondta Helen.

Grace kissé megmozdult, és visszahúzta a takarót. Halogatásképpen nyújtózott és ásított, anélkül, hogy kinyitotta volna a szemét.

„Jó reggelt, álomszuszék!" – mondta Helen, miközben megcsókolta a lánya homlokát.

„Jó reggelt, anya!" – válaszolta Grace, és végre kinyitotta a szemét.

„A busz tizenöt perc múlva itt lesz! Siess! Összeállítok neked valamit, amit útközben megehetsz."

„Oké, anya" – mondta Grace, miközben kibújt a takaró alól. Felült, de aztán újra visszaesett a párnára. Annyira vissza akart térni az álomvilágba, vissza Vincente Marino lelkiállapotába.

„Gyerünk, Grace!" – ismételte Helen, miközben az ajtó felé indult. „Öt perc múlva lent leszel!"

Grace halkan, csendesen, szinte mintha azt képzelte volna, hogy hallja, suttogta Vincente nevét. Elképzelte, ahogy felmászik a rácsra az ablakon kívül. Kopogás-kopogás-kopogás.

A számítógép hangja felébresztette. Kikaparázta az álmot a szeméből. Lenézett a hálóingjére, amit viselt. Utálta ezt a fehér csipkés, piros szalaggal megkötött ruhát. Teljesen szűzies volt.

Grace ujját végigfutatta a piros szalagon, és az belevágott a bőrébe. Pokolian fájt, mintha papír vágta volna meg, de a szalag szövet volt. Levette a hálóingjéről. Nézte, ahogy a padlóra hullik, és néhány másodperccel később vörös vércseppek követték.

Grace megszívta a vérző ujját, de az továbbra is csepegett a padlóra. Összeolvadt a vörös szalaggal, amely kígyóként tekergett. Becsukta a szemét, és hátradőlt a párnájára. Vincente Marinóra gondolt. Alig várta, hogy ma láthassa.

Grace odament az ágy széléhez, ahol a vércseppek voltak, de azok már eltűntek. Vállat vonva felvette a vörös szalagot. Grace visszakötötte a hálóing csipkegallérjához, és elindult a fürdőszobába.

Helen lentről újabb figyelmeztetést kiáltott, de Grace nem vett tudomást róla. Ehelyett becsukta maga mögött az ajtót, ásított egyet, és hagyta, hogy fehér hálóingje a hideg csempe padlóra essen.

Grace belépett a zuhanykabinba, és teljes erővel kinyitotta a meleg vizet. Hagyta, hogy a gőz felszálljon, miközben hátra pillantott. A földön heverő hálóingje szinte olyan volt, mint egy szellem, amely jött és ment.

Aztán belépett a gőzölgő forró vízbe. Csak forró, soha nem hideg. Megmosta a haját, az arcát és a testének többi részét, majd hagyta, hogy a forró víz ráfolyjon.

Amikor már olyan meleg volt, mint egy vajas crumpet, elzárta a vizet és hátralépett. Teljes erővel kinyitotta a hideg vizet, háromig számolt, majd belépett. A szervezetére gyakorolt hatása olyan volt, mint egy kémiai reakció, egy áramütés. Ebben a pillanatban érezte magát a legélőbbnek. Minden érzékszervének hangolva volt. Majdnem olyan volt, mintha újjászületett volna.

Grace figyelte a vizet, ahogy lefolyik a lefolyóba. Észrevette, hogy a piros nyakkendő valahogy a lefolyóba esett. A örvénybe kerülve körbe-körbe forgott.

Benyúlt, megfogta a piros szalagot, és a tenyerében összegyűrte, hogy a felesleges víz kifolyjon belőle. Amikor kinyitotta a kezét, a szalag életre kelt, és formát öltött.

Érdeklődve megismételte a folyamatot: összegyűrte a szalagot, ökölbe szorította a kezét, majd kinyitotta. Megnézte az eredményt. Újra és újra.

Mindig ugyanaz történt.

Újra és újra ugyanazt a formát öltötte: egy szív alakját.

FEJEZET 2

G RACE A PISZKOS RUHÁK kosarába dobta a hálóinget. Elkezdte felvenni az iskolai egyenruháját, és a szoknyát olyan magasra húzta, amennyire csak tudta. Az iskolában minden lány ezt csinálta, hogy rövidebb legyen, mint amilyennek lennie kellett. Amikor az egyenruhája elfogadható volt, visszatért a szobájába, és elkezdte szárítani és fésülni hosszú, vörösesbarna haját.

Visszanézett a számítógép képernyőjére: még mindig keresett. Grace remélte, hogy éjszaka megtalálja a választ. Egyetlen céllal programozta be: hogy megtalálja a következő Fibonacci-sorozatot. Ha sikerrel jár, Grace Greenway neve bekerül a történelemkönyvekbe. Felfedezése felveszi a versenyt az aranymetszéssel.

Grace elmosolyodott, és a helyére tette a haját. Eszébe jutott a beceneve Vincente Marinónak. Aranymetszésnek hívta. Ez volt a kis titka.

Hogy befejezze a készülődést, mélyen belenyúlt a fiókba, ahol a sminkjeit és a keféit tartotta. Felvitt egy kis alapozót és egy kis pirosítót. Grace egy csepp parfümöt fújt a nyakára, mielőtt lement a lépcsőn. Remélte, hogy elkerüli anyja figyelmét. Remélte, hogy anyja nem veszi észre a rövidebb szoknyát vagy a többi kiemelő sminket. Különben dráma lesz.

A buszsofőr dudált a járdaszegélynél, és Grace futásnak eredt. Megragadta a könyveit és egy szelet pirítóst, miközben elrohant anyja mellett. Kijött az ajtón, elkerülte anyja éber tekintetét, felment a lépcsőn és felszállt a buszra.

Helen nézte, ahogy a lánya felszáll a buszra, jól tudva, hogy a szoknyája rövidebb, mint kellene.

Helen továbbra is nézte, ahogy a lánya a busz hátsó része felé sétál. Emlékezett arra, amikor először állt ott, és nézte, ahogy a lánya felszáll a buszra. Helen szerette volna elkísérni a lányát a buszig. Grace annyira izgatott volt, és elszántan akarta, hogy nagy lány legyen, hogy egyedül akart menni. Helen úgy emlékezett rá, mintha tegnap történt volna: hogy a lánya készen állt arra, hogy elvágja a köteléket. Helen ugyanis nem volt felkészülve a szívét tépő elsöprő fájdalomra. Szemeivel követte a busz útját, amíg már nem látta. Egy könnycsepp gördült le az arcán. Helen letörölte.

A buszon Grace megtalálta a szokásos helyét, majd kinyitotta a könyvét. A tankönyv mögé bújt, mintha az egy fal lenne, egy álca. Ott inkognitóban várhatta Vincente Marino érkezését.

Ahogy a busz zörögve haladt az úton, Grace egy pillanatra elvesztette a tájékozódását. Vincente Marino felszállásával tért vissza a valóságba.

Grace akkor egyenesen ült, mintha adrenalinlöket futott volna át rajta. A tankönyvet pajzsként tartotta maga elé. Belül a szíve olyan hevesen dobogott, mintha szárnyakat növesztett volna, és mindjárt felszállna. A pulzusa száguldott, és minden lélegzetvételre koncentrálnia kellett.

Vincente ülésről ülésre járt, kezet rázott és üdvözölte az embereket, amíg a buszsofőr nem mondta neki, hogy üljön le. Miután olyan magas hangon fütyült, hogy a környék összes kutyája biztosan hallotta, Vincente leült a barátnője, Missy Malone mellé.

Grace szerelmes volt Vincente Marinóba, de csak távolról szerette. Tudta, hogy ő teljesen más ligában játszik, de ugyanakkor reménykedett. Hitt abban, hogy a szerelem egy matematikai egyenlet. Hitt abban, hogy az igaz szerelem előre meg van határozva.

Olyan volt, mint bármelyik más matematikai képlet: csak keresni kellett. Keresni, amíg meg nem találtad a tökéletes aranymetszést. Ha az összes szám a helyes sorrendben volt, az univerzum összeesküdött, hogy két ember szerelmes legyen egymásba. Grace Greenway arra várt, hogy az arany középút a helyére kerüljön. Akkor ő és Vincente Marino tökéletes szerelmi állapotban lennének.

Grace felnézett a tankönyv mögül. Vincente hangja felé szállt. Nézte, ahogy szőke haja csillog a napfényben. Aranyszínű fürtjei vállára hullottak. Nevetett, és valamit suttogott Missy fülébe, majd a busz hátsó része felé fordult.

Grace szíve megállt, amikor egy pillanatra találkozott a tekintetük. Arcán vörös foltok jelentek meg. Ismét a tankönyvvel takarta el az arcát, mintha függöny lenne. Grace még mindig látta a lábát, a cipőjét. Aztán Vincente Marino sportcipője megérintette az övét. Letette a könyvet, és kobaltszínű szeme találkozott a mogyoróbarna szemével. Végül eszébe jutott, hogy lélegeznie kell, és köhögni kezdett.

„Szia, Grace" – mondta Vincente. „Azon gondolkodtam, hogy megmenthetnéd-e az életemet?"

Bólintott.

„A tegnap esti meccs sokáig tartott, aztán el kellett mennünk ünnepelni, hisz nyertünk! Tudod, hogy van ez."

„Igen, tudom" – suttogta.

„Aztán ma reggel rájöttem, hogy nem csináltam meg a matek házi feladatomat, és tudod, hogy az öreg Mr. Dense rám haragszik. Örömmel kirúgatna a csapatból."

„Igen, tudom."

„Grace?" Mély levegőt vett, amikor a fiú kimondta a nevét, és folytatta. „Ha megtennéd, hogy kölcsönadod a házi feladatodat, örökre hálás lennék neked. Ezzel tényleg megmentenéd az életemet."

Habozás nélkül belenyúlt a táskájába.

„Az óra előtt visszaadom." Aztán keresztet vetett a szívére, és reménykedve megcsókolta. Ragyogó mosollyal fordult felé. „Kösz, bébi" – mondta, és csókot dobott felé, miközben a könyvét a hátizsákjába tette. Vincente visszatért a helyére, ahol Missy Malone figyelte a kölcsönhatásukat.

Grace és Missy szeme egy pillanatra találkozott Vincente válla felett. A két lány nem volt rivális. Missy tudta, hogy Grace nem jelent fenyegetést, de látta, hogy a szegény idióta beleszeretett Vincente-be. Mindenki tudta, hogy Grace úgy követi őt, mint egy kóbor kiskutya.

Grace újra felállította a tankönyvből álló akadályt, és magában mosolygott. Valójában a lehető legnagyobb és legbutább vigyor volt az arcán. Annyira izgatott volt, hogy újra beszélhet Vincente-tel. Még Fibonacci gondolata sem tudta elterelni a figyelmét.

Aztán rájött, hogy a busz megállt, és az összes utas a folyosóra tömörült. Ő is csatlakozott hozzájuk, és beékelődött, amíg közvetlenül Vincente mögé nem állt. Vincente Missyt engedte előre. Vincente kölnijének illata áradt felé. Grace belélegzett, belélegzett őt.

Amikor Vincente kilépett a napfénybe, a sugarak megcsókolták az ujján lévő vérarany gyűrűt, és egy pillanatra elvakították Grace-t. Összeütközött vele, de Vincente nem tűnt zavartnak. Nevetett, és ragyogó mosollyal nézett felé.

Grace elfelejtett lélegezni.

Missy Malone felkiáltott, karját Vincente karjába akasztotta, és elvezette.

Grace megérkezett a szekrényéhez. Mély levegőt vett, majd beledobta a hátizsákját. Átnézte a reggeli órarendjét: őslakos tanulmányok, matematika, művészet, majd ebéd, utána még több művészet, angol, szabadóra. Elmehetett megnézni a meccset. Csengettek. Becsapta a szekrényét. Futva ment végig a folyosón, és leült az ablak mellé.

A tanárnője, Miss Smart, felvette a jelenléteket, majd bemutatta a osztálynak a különleges vendéget. A vendégelőadó egy nő volt a „lopott generációból".

Elmesélte az osztálynak, hogyan vitték el. Aztán hogyan fogadta örökbe egy fehér család. Hogyan nem engedték neki gyakorolni vagy követni a gadigal nép hagyományait.

Grace sajnálta őt. Végül is egyetlen gyermeket sem szabad elhagyni, nemhogy elrabolni. Egyetlen gyermeket sem szabad kizárni a saját történelméből. Ez abszurd volt.

Grace nem tudta megérteni, hogy a nő szülei miért engedték, hogy ez megtörténjen. Grace elképzelte, hogy ez történik az ő otthonában. Idegenek jelennek meg. Követelik, hogy vigyék el. Grace szülei felbéreltek volna minden ügyvédet a városban, és még mielőtt elkezdődött volna, megakadályozták volna. Arra gondolt, hogy felteszi ezt a kérdést a nőnek. Egy másik osztálytársa megelőzte.

A nő emlékezett, hogy a fehér férfi fegyvereket hozott magával, köztük pisztolyokat is. A szülei tudták, hogy ha ellenállnak, vér fog folyni, ezért nem tettek semmit. Azt mondta, nem volt értelme harcolni, mert a gyermekek elvitelét törvény szentesítette.

„Ez nem csak Ausztráliában történt" – magyarázta a nő az osztálynak. „Ugyanez történt a kanadai őslakosokkal, az amerikai őslakosokkal, az új-zélandi őslakosokkal és sok más néppel a világ különböző pontjain. Minden eset más volt, de ezek a szörnyűségek örökre megváltoztatták a családjainkat."

Bár Grace együtt érzett vele, úgy gondolta, hogy a nőnek el kell felejtenie a múltat, és tovább kell lépnie. Úgy vélte, hogy az élet olyan, mint egy matematikai képlet. Folyamatosan keresni és haladni kell. Átalakítani. Haladni.

Grace elindult a matematikaórára, ahol Vincente éppen időben átadta neki a házi feladatát, hogy beadhassa. Mr. Dense olyan tanár volt, aki mindent a szabályok szerint csinált. Úgy tűnt, örül, amikor Vincente Marino elsőként adta be a házi feladatát.

Ma Fibonacci-t vették át az órán. Mivel a tizenhat éves Grace Greenway elismert csodagyerek volt, a tanára korábban elbocsátotta. Grace a szabadidejét a könyvtárban tanulással töltötte. Elment a többi órájára, ebédelni, angolra. Aztán visszatért a könyvtárba, hogy a szabadidejét a játékidőig ott töltse.

Miután elolvasta és kiválasztotta a kölcsönözni kívánt tankönyveket, elindult a pályára, hogy megnézze a krikettmeccset. Éppen akkor Vincente Marino lépett a ütőhelyre. A középiskolás közönség viharos tapsba tört ki.

Grace-t elvonta Vincente fehér krikettmezének a késő délutáni napfényben való tükröződése, és elvesztette az irányítást a könyvek kötege felett. Összeszedte a köteteket, és úgy zsonglőrködött velük, ahogyan az ilyenkor szokás, remélve, hogy sikerül visszaszereznie őket. De elszántsága, hogy egyenesen állva tartsa a matematikai példaképei, Sophie Germain, Hypatia, Lise Meitner és Mary Somerville teljes műveit, nem volt elég. Amikor a könyvek a földre estek, ő is több szempontból is eldőlt.

MIKOR GRACE MAGÁHOZ TÉRT, minden homályos és ködös volt. Szédült, és hányingere volt. Szörnyen fájt a feje. Mintha az agya ki akarna törni a fejéből. „Mindenki hátralépjen!" – kiáltotta valaki. „Grace? Grace! Jól vagy? Beszélj hozzám, Grace! Hallasz engem?"

Amikor kinyitotta a szemét és felnézett az égre, egy angyal hívta a nevét. Grace azon tűnődött, hogy meghalt-e. Lehet, hogy meghalt és átkerült egy másik dimenzióba? Nem akarta elhinni, hogy ez igaz, ezért behunyta a szemét, majd újra kinyitotta. Egy fiú lebegett fölötte, akinek a glóriája akkora volt, mint a nap.

„Annyira sajnálom, Grace" – mondta, és megfogta az egyik kezét.

Körülötte tömeg gyűlt össze, lökdösődtek, tolakodtak és kiabáltak. Általános tini zűrzavar alakult ki.

Grace látta, ahogy fölé hajolnak – néhányuk nevető arca fejjel lefelé volt. A fejében folyamatos zümmögés hallatszott. Ha nem lett volna ott egy ismerős arc, a fiatalemberé, akkor félne.

Megpróbált bátor lenni és felállni. A lábai nem akartak együttműködni. Remegtek és ingadoztak, mint a túlsütött spagetti. A fülében az óceán hangja dominált.

Újra leült, és a fejét a fiatal férfi mellkasára hajtotta. Úgy tűnt, nem bánja.

FEJEZET 3

A FIÚ ARCA KÖZELEBB került Grace-hez, így a nap sugarai eloszlatták a glóriáját. Grace érezte a fiú édes, fahéjas leheletét a nyakán. Tudta, mit akar. Meztelen nyakát felé fordította. Engedélyt adott neki, hogy megharapja. Hogy megkóstolja.

„Valaki hívja a 112-et!" – kiáltotta a fiú, miközben felemelte Grace-t és tartotta a testét.

Grace rosszul érezte magát. Úgy tervezte, hogy fogyókúrába kezd. Nem volt éppen pehelykönnyű. A fiú mellkasához hajtotta a fejét, hogy hallja a szívverését. De csak a tenger moraját hallotta.

Grace felnézett a fiú jóképű arcára. Annyira aggódónak tűnt.

Együtt haladtak a tömeg morajai és suttogásai között. Egy csendes helyre. Végül felmentek néhány lépcsőn, és átmentek egy lengőajtón. Aztán Grace Greenway-t egy puha ágyra fektették egy szobában, amely fertőtlenítőszertől és tornazoknitól illatozott. Grace újra a fiú arcába nyomta az arcát, hogy visszanyerje a fahéjas illatát.

„Ez a nővérszoba. Várjon itt. Hozok segítséget."

„Ne hagyj itt!" – mondta Grace. „Kérlek, ne hagyj itt!"

„Nem lélegzik!" – kiáltotta valaki, épp időben, hogy emlékeztesse rá.

Hamarosan Grace újra önmagának érezte magát. Csak azt kívánta, bárcsak a hullámok abbahagynák a partra csapódást az elméjében.

„Hall engem?" – kérdezte egy nő. Grace bólintott. „Hands nővér vagyok."

„Nővér, 5. Hands, 5 – elképesztő!" – kiáltotta Grace.

„Delíriumban van!" – mondta Nurse Hands. Megmérte Grace pulzusát és megérintette a homlokát, majd felnézett Vincente-re és megrázta a fejét.

„Nem, a matekóráról gondolkodik. Mr. Dense korábban elengedte. A Fibonacci-sorozatot tanultuk" – magyarázta Vincente.

„Tudod a nevét?"

„Igen, Grace. Grace Greenway."

Grace Vincente ingét a tenyerébe szorította.

„Tényleg vissza kell mennem a meccsre."

„Grace," mondta Hands nővér, „várjuk a mentőket. Vincente-nek vissza kell mennie a meccsre. Kérem, engedje el az ingét."

Grace sikított: „Ne hagyj itt!"

Vincente újra letérdelt mellé, és a szemébe nézett.

Ott maradt.

A lány sóhajtott.

Aztán minden elsötétült.

FEJEZET 4

A KÓRHÁZBAN A NŐVÉR megállt Grace ágya mellett, és ellenőrizte az életjeleit. Egyelőre stabil volt az állapota. A nővér visszahúzta a takarót Grace karjaira. Elvette a tálcát a fel nem használt poharakkal, és egy pillanatra megállt, hogy ránézzen a krikettruhás fiatalemberre, aki mélyen aludt a székben az ablak alatt.

Vincente nem távozott Grace mellől, mióta az eszméletlenül érkezett. Miközben kiment, ránézett az órájára, és kiszámította, hogy még hat óra van hátra a műszakjából. Imádta a munkáját, de ez egy hosszú nap lesz.

Visszatérve Grace szobájába, a beteg elkezdett mozogni és nyüzsögni. Hamarosan rájött, hogy egy sor zajos géphez van kötve az ágyhoz.

Kórházi szobában volt. Miért volt itt? Hogy került ide? Becsukta a szemét, és megpróbált összpontosítani. Próbált emlékezni, de nem jutott eszébe semmi.

A bip-bip-bip és a csepegés-csepegés hangjaitól megszabadulni vágyva Grace megpróbált felülni. Amikor nem tudta teljesíteni ezt az egyszerű vágyát, visszadobta magát a párnára. Erős vágyat érzett, hogy elmeneküljön.

Miért vagyok itt? gondolta Grace. És miért hagyott el mindenki?

Grace észrevett egy fiút, aki mélyen aludt az ágya melletti székben. Végül is nem volt egyedül, és a testéhez rögzített gépek között a lehető legjobban átölelte magát.

Most boldogabbnak érezte magát, tudva, hogy van ott valaki. Hogy valaki törődik vele.

Bár nem láthatta az arcát, figyelte, ahogy a szőke haja minden lélegzetvételével fel-le mozog. Mélyen aludt. Grace továbbra is bámulta őt és a fehér egyenruhát, amit viselt. Kíváncsi volt, hogy a kórházban dolgozik-e. Furcsának tűnt, hogy egy alkalmazott elaludjon egy beteg ágya mellett.

Grace furcsán érezte magát, amikor a fiú összefont karjait és szabadon leomló szőke haját nézte.

Pillanatok teltek el, ő pedig továbbra is bámulta. Aztán, mintha érezte volna a tekintetét, a fiú hirtelen felébredt. Hátrasimította a haját, és egy angyal arca tűnt elő.

Grace a kezével eltakarta a száját. A fiú elképesztően jóképű volt. Felállt, és felé indult.

Grace nem tudott lélegezni. Ahogy közeledett, sötétkék szemei egyre gyorsabban verték a szívét. Azt hitte, el fog ájulni. Aztán a fiú megszólalt. „Ébren vagy, Gracie! Hála Istennek! Annyira aggódtam. Mindannyian nagyon aggódtunk."

„Igen" – válaszolta, nem tudva, mit mondjon még. A fiú nem a személyzet tagja volt. Valami többet jelentett számára, ezt érezte a szívében, és tudta a lelke mélyén. De ki volt ő?

Kinyújtotta felé a kezét, arra számítva, hogy megfogja. De nem tette. Ehelyett egy lépést hátralépett. Grace kissé vonakodva visszahúzta a kezét.

A fiú továbbra is Grace-t bámulta, mintha valamire várna. Miután elrontotta a „meg akarom fogni a kezed" mozdulatot, óvatosabb lett. Mélyen a zsebeibe dugta a kezét. Néhány másodperc múlva újra elővette őket.

Grace egyszerre érezte melegséget és hideget.

„Jól vagy?" – kérdezte a fiú. „Fáj valami?"

Grace várt és gondolkodott, mielőtt válaszolt. Azt akarta, hogy a válasza tömör, de ne éles legyen. Nem számított, hogy ő hogyan érezte magát! Azt akarta tudni, hogy miért van itt. Azt akarta tudni, hogy ki ez a fiú.

„A fejem fáj a legjobban. Mintha minden egyszerre fájna, ha érted, mire gondolok. És te?"

Mosolygott, és ragyogóan fehér fogai látszottak. Grace úgy gondolta, hogy a fogaira figyelmeztető feliratot kellene tenni: NAPSZEMÜVEG KÖTELEZŐ. Átfutotta az ujjaival a haját, és a tekintetük találkozott.

Grace olyan energiát érzett tőle, ami először egyenesen a mellkasába csapódott, majd mintha a falakról pattanna vissza. Ha nem feküdt volna, akkor biztosan eldöntötte volna a lábáról. Szerelmes volt. Ebben biztos volt. De a fiú furcsán viselkedett. Mintha nem tudta volna, mit mondjon vagy mit tegyen. Mintha ki akarna nyúlni, de nem tudná, hogyan. „Jól vagyok, köszönöm" – mondta. Úgy nézett ki, mint Micimackó, akinek a keze a mézescsuporban ragadt.

Grace ismét hátradőlt a párnára, és nem szakította meg a szemkontaktust a fiúval. Kérdéseket akart feltenni neki, sok kérdést, de hol kezdje? Kiböki őket? A fiú olyan kényelmetlenül nézett ki. Miért?

Álláspontját a ágyon. Most kissé felé hajolt, fejét az egyik karjára támasztva – amennyire ez lehetséges, ha gépekhez vagy csatlakoztatva –, és intett neki, hogy jöjjön közelebb.

A fiú megállt, és a cipőjét nézte. Aztán előre lépett. Grace tudta, hogy nem fog semmilyen információt adni, érezte, de tudnia kellett. Az idő fogyott. „Mi történt velem?" – kérdezte végül.

A fiú kissé hátralépett, mondani akart valamit, de aztán abbahagyta. Kinyitotta a száját, majd újra becsukta, mint egy hal.

Grace megpróbált segíteni, és még egyértelműbb kérdéseket tett fel. „Mit keresek ebben a kórházban? Hogy kerültem ide?"

A fiú hallgatott, és az ujjaival a haját simogatta.

Grace nem tágított, és folytatta: „És te ki vagy?"

FEJEZET 5

A FIÚ AZ ELSŐ kérdésnél zavartan nézett, a második és a harmadik kérdésnél pedig aggódva. A negyedik kérdés váltotta ki a legmeglepőbb reakciót.

Mindenki tudta, ki volt Vincente Marino, és Grace Greenway különösen jól tudta. Látta, hogy a lány kiskutyaszemekkel néz rá. Néha, amikor azt hitte, hogy nem figyeli, követte őt az iskolában. Néha még akkor is, amikor a barátnőjével, Missy Malone-nal volt. Szóval, csak viccelt vele? Vincente szinte biztos volt benne, hogy a lány csak szórakozik vele.

Odament hozzá, és belenézett a mogyoróbarna szemébe, mintha a lelkébe akarna látni. Tudnia kellett, mit tervez a lány. Hogy játékot játszik-e vele, vagy tréfát űz belőle, de Grace nem pislogott, és nem árult el semmit.

Grace fogalma sem volt, ki ő.

Amikor a fiú a szemébe nézett, Grace elgondolkodott, hogy talán ő tévedett. Lehet, hogy ő sem tudja, ki ő? Végül is szőke volt.

„Vincente vagyok" – mondta, miközben Grace arcát fürkészte, hátha felismeri. Amikor nem így történt, újra elmondta a nevét. Valójában szinte énekelte: „Vincente Marino".

Grace karján libabőr keletkezett, és megborzongott. Nem ismerte fel a nevét, de valami mélyen belül megmozdult benne. Talán a hangszíne volt az.

Hangosan ismételgette a nevét. Semmi sem idézett fel emlékeket. A libabőr kezdett eltűnni. Megpróbálta betűzni a nevét, minden betűt a nyelvén forgatva, mintha tapogatózna a sötétben:

„V-I-N-C-E-N-T."

„Az enyémet e-vel betűzöm a végén" – mondta Vincente. Elmondta, hogy Christopher Columbus egyik navigátoráról kapta a nevét. A szülei eredetileg Christophernek akarták elnevezni. Amikor az anyja elmondta a nagynénjének, nem tudva, hogy ő is terhes, a nagynénje ellopta a nevet. A szülei egy másik nevet választottak neki, Vicente-t, Vicente Pinzon után. Amikor meglátták, meggondolták magukat, és Vincente-nek nevezték el.

„Ez érdekes" – mondta. „De komolyan, ki vagy te nekem?"

„Nem viccelsz?" – kérdezte Vincente. „Tényleg nem emlékszel rám?"

„Nem vagyok biztos benne. Érzek valamit veled kapcsolatban, de... még a saját nevemet sem tudom."

„Grace. Te Grace vagy."

„De egy kicsit ezelőtt Gracie-nek hívtál."

„Igen, így van."

„Miért? Ha a nevem Grace..., miért hívtál Gracie-nek? Nem tetszik."

„Hű, rendben, akkor többé nem hívlak Gracie-nek."

Hátralépett, és újra végigsimította ujjaival szőke fürtjeit. Folyamatosan ezt csinálta. Valószínűleg idegességből. Grace is végig akarta futtatni az ujjait a haján. Miért jutottak eszébe ilyen gondolatok? Megpróbálta megérteni, mit érez. A forró és hideg hullámokat. Megpróbálta értelmezni az egészet. Megtalálni a fejében valahol tárolt emléket. De minden alkalommal, amikor a fiú végigfutatta az ujjait a haján, elvonta a figyelmét, és a térdei remegni kezdtek, mint a puding.

„Gyerünk, Grace! Emlékezned kell rám! Ha nem, akkor ígérd meg, hogy megteszed, és reméld, hogy meghalsz."

„Szerintem ez furcsa szóválasztás. Figyelembe véve, hogy kórházban vagyok és minden."

„Ó, sajnálom. Nem gondoltam át. Kérlek, próbáld meg emlékezni, ki vagyok, jó? Aggódom miattad. Talán ki kellene mennem és hívnom valakit?"

„Aggódsz? Én félek! Ha azt mondod, hogy ismernem kéne téged, akkor valahol itt hátul biztosan van egy emlék rólad." Ököllel kopogott a fején. „Miért nem találom itt téged?"

Megragadta a kezét, megakadályozva, hogy újra megüsse magát. Húzott egy széket az ágy mellé, és leült. Úgy döntött, hogy mindent elmond neki. Hogy elmagyarázza, miért van itt, hogy mindez az ő hibája. Hogyan sérülte meg, és hogyan vitte kórházba.

Hogyan ült napokig az ágya mellett, amíg eszméletlen volt. Várva. Imádkozva. „Miattam vagy itt."

„Te bántottál?"

„Igen, én bántottalak."

A lány eltorzította az arcát. „Te bántottál!"

„Igen, de baleset volt. Krikettezem. Te ott voltál a meccsen. Három napja."

„Három napja?"

„Igen. Három napja eltaláltam egy labdát, és az eltalálta a fejedet. Azóta itt vagy. Én itt voltam melletted. Vártam."

„Elütöttél? A fejemet? És most elvesztettem az emlékezetemet?"

„Úgy tűnik."

„És aztán mi történt?"

„Elvittelek az iskola nővérszobájába. Egy mentő hozott ide."

Grace megvizsgálta a testét. Az alakja alapján nem tudta elképzelni, hogy ő vitte volna. Igen, jó formában volt, egyenruhát viselt, de hogy ő vitte volna? Lehetetlen. „Te vitted?"

„Igen."

Egyszerre érezte, hogy meg akarja ütni és meg akarja ölelni. De a feje még jobban fájt.

„Annyira, annyira sajnálom" – mondta.

Az ölelés iránti vágy felülkerekedett a megütés iránti vágyon. „Baleset volt, szóval nincs miért sajnálkoznod."

„Köszönöm" – mondta, és meghajolt. Grace kinyújtotta a kezét, hogy megsimogassa, mintha egy jó kutya lenne.

Egy idegen nő viharos sebességgel tört be a szobába a lengőajtón keresztül. Feléjük rohant. Alacsony termetű, de erőteljes energiájú nő volt. A testhez simuló kék farmerje suhogott, csizmája sarka pedig kopogott a fertőtlenített kórházi padlón.

A nő úgy nézett Vincente-re, mintha ő egy kelés lenne, amit ki kell szúrni.

A férfi észrevehetően halkan beszélt. Felajánlotta, hogy egyedül hagyja őket. Mielőtt válaszolhattak volna, felállt és kiment.

„Ne menj el!" – könyörgött Grace, de már késő volt. Grace egy pillanatig az ajtót nézte, remélve, hogy visszatér. De nem tette. Figyelmét a furcsa nőre fordította. Elgondolkodott, milyen kórházban van, ahol a személyzet tagjai farmert és csizmát viselhetnek.

„Hogy vagy, kedvesem?" – kérdezte a nő, majd lehajolt, és ajkát Grace homlokára helyezte.

Grace ezt túlzott bizalmasságnak tartotta, és ezt is mondta. „Ne tegye ezt!" – kiáltotta. „Mit képzel magáról?" – kérdezte, miközben letörölte a baktériumokat arról a helyről, ahol a nő ajkaival megérintette.

„Hogy érti, hogy ki vagyok?"

„Maga sem tudja?" – kérdezte Grace, sértve a nő illedelmes viselkedés és professzionalizmus hiányát.

„Ki vagyok én?"

„Visszhang van itt?" – kérdezte Grace.

„Akkor tényleg, komolyan nem tudod, ki vagyok?"

Grace vállat vont. A nő megfordult, és kirohant a szobából. Magas sarkú csizmában is gyorsan tudott futni egy alacsony nőhez képest.

Amikor kiment, Vincente éppen bejött. Majdnem elgázolta. Grace megdöbbent, amikor hallotta, hogy a nő a folyosón sikoltozik, mint egy bánszi.

Grace úgy gondolta, hogy az ajtóknak forgóajtóknak kellene lenniük, és ezt is mondta.

Vincente mosolygott rá, ami ismét megdobogtatott a szívét.

Grace elgondolkodott, hogy milyen kórházban van. Pszichiátriai osztályon?

„Ki volt az az őrült nő?"

„Az nem őrült nő volt. Az az anyád volt."

***

Az anyám? Hogy lehetne az?" Grace elhallgatott, és a
kezeire bámult. Nem tudta levenni róluk a szemét. Mi volt
az? Valami ott lappangott. Valami fontos. Akármi is volt az,
emlékeznie kellett rá, mert érezte, hogy nagyon komoly dologról
van szó.

Aztán megtörtént. Repült a levegőben, gyorsan haladt egy
angyal karjaiban. Felnézett az arcra fölötte, és a nap sugaraitól
az angyal mögött természetes glória keletkezett. Megerőltette
a szemét, hogy kiderítse, ki az, de az arc homályos volt.
Elgondolkodott, vajon lehetséges-e megkülönböztetni egy angyal
vonásait. Úgy gondolta, hogy az angyalok vonásai talán nem
különböztethetők meg az élők számára. Ez az! Grace úgy döntött,
hogy biztosan halálközeli élményben volt része.

Valami volt a kezében, miközben előre repült, és egy alagútba
bújtak. Egy pillanatra sötét lett, vagy ő csukta be a szemét. Aztán
felnézett, és kiderült, ki az angyal. Valójában egyáltalán nem angyal
volt, hanem a fiú, aki mellette állt. Ismételten suttogta a nevét.
Olyan volt, mint a zene, zümmögés. Dobpergés a fejében.

„Jól vagy?" – kérdezte Vincente.

Grace mosolygott.

A fiú újra megkérdezte: „Jól vagy, Grace? Akarod, hogy hívjak valakit?"

„Hálás vagyok" – mondta a lány. „Miért?"

„Hát, érted, természetesen. Érted, angyalom."

Vincente a lábára nézett. Aztán öklét a zsebébe dugta. Nagyon aggódónak tűnt, mintha azt hitte volna, hogy Grace most már tényleg elvesztette az eszét.

Úgy érezte, mintha már korábban is látta volna, hogy Grace elhagyja őt – nem fizikailag, hanem lelkileg. Grace elutazott a gondolataival. Az ember meg tudta mondani, ha valaki „távol" van, mert a szeme üvegessé és álmodozóvá vált.

Vincente azt kívánta, bárcsak Grace Greenway anyja visszatérne, hogy végre elmehessen onnan. A lány kezdett borzongató érzést kelteni benne.

Aztán hirtelen Grace kifakadt: „Vincente, te vagy a barátom?"

„Nem!" – kiáltotta olyan hangon, amit nem lehetett félreérteni. Arra az esetre, ha mégis, még tovább hátrált, amíg a háta a falnak nem ért.

Teljesen, teljesen megalázottnak tűnt. Grace zavarban volt. A tagadása, az az egy szó, teljes erővel sújtotta a mellkasát. A felkiáltójel úgy hatott, mintha egy holló csőre szúrná át a szívét. Megsebesültnek érezte magát, de a zavarodottsága elsöprő volt. Figyelte őt, és várta, hogy tegyen valamit, mondjon valamit. Bármit.

„Nézd, Grace, tudnod kell, hogy nem vagyok a barátod. Csak azért hoztalak ide, mert én bántottalak meg."

„Szóval általában túl menő vagy ahhoz, hogy beszélj velem?"

„Grace, segítettél a matek házi feladatommal, és segítettél, hogy a csapatban maradhassak. Hálás vagyok a segítségedért, de…"

„Hálás…" Hátradőlt a párnára, és behunyta a szemét.

El akart tűnni a puha párnában.

Ő el akart tűnni a szobából.

Együtt maradtak, ugyanazt a teret osztva meg, bár mindketten úgy érezték, mintha egy szigeten lennének.

„Hívom az anyukádat, oké? Szerintem a családoddal kell lenned." Megfordult, és elhagyta a szobát.

Grace bolondnak érezte magát. Nem tudta, ki ő, de valahol a szívében tudta, hogy szereti. Milyen butaság volt tőle, hogy így kikotyogta. Talán már régóta szerette? Talán ő másba volt szerelmes, és most Grace elszégyellte magát azzal, hogy elmondta neki, mit érez.

Az arcát a párnába temette, és zokogni kezdett.

***

G RACE VINCENTE MARINO UTÁN akart futni. Hiába próbálta meglazítani a gépeket, amikor megérkezett a lovasság.

„Mi a fenét csinálsz, Grace?" – kérdezte Helen Greenway.

„Majdnem letépted ezeket, te buta, buta lány" – szidta a nővér.

Vincente visszatért, de nem szólt semmit. A lábát toporgatta, és a zsebébe dugta, majd kihúzta a kezét, mintha aprót keresne.

„Én csak…" – kezdte Grace.

Nem tudta befejezni, mert a nővér elkezdte dönteni és beállítani az ágyat. Grace elvesztette az egyensúlyát, és oldalra esett, majdnem a padlóra zuhant. A padlóra zuhant volna, ha Vincente nem vette volna ki a kezét a zsebéből, és nem fogta volna meg.

Újra a karjaiba vette, ahogy az emlékeiben. Ő egy ajándék volt, egy ajándék valahonnan a magasból, és Grace emlékei ismét visszatértek. Az emlékek villámgyorsan özönlöttek elő. Vincente az iskolabuszban. Vincente krikettezik a pályán. Vincente mosolyog rá, és átveszi tőle a házi feladatát. Vincente, Vincente, Vincente. Az emlékek áradata elárasztotta, és ezekből Grace két dolgot tudott biztosan.

Első: szerette Vincente Marinót. Második: ő nem szerette őt.

A szemébe nézett. Üres fénytükrök voltak, felé hajoltak, meg akarták menteni a bajtól, hősök akartak lenni. De azok a sötétkék szemek mögött nem volt szerelem. Nem volt szerelem iránta.

Grace volt a nap, sugarait kinyújtotta, a holdat kereste: a hold sötét oldalát. Ellentétes oldalakon voltak, egymástól távolodva forogtak.

„Ahem" – Helen köhintett, mire Grace és Vincente elhúzták a tekintetüket egymástól.

„Látja, nővér, ő teljesen képtelen uralkodni magán. Nem fogja fel, milyen súlyos a helyzete. Hogy valójában milyen beteg." Helen sírni kezdett. Nem apró könnycseppek. Nem, szinte áradó, testét rázó zokogás.

„Semmi baj, anya" – mondta Grace, és kinyújtotta a kezét, hogy megfogja anyja kezét.

„Emlékszel rám?"

„Természetesen," hazudta Grace. Nem ismerte őt, és nem is emlékezett rá, ahogyan a nővérre sem, aki még mindig tátott szájjal állt ott.

„Az orvos úton van," jelentette be a nővér. Felemelte Grace karját, és megmérte a pulzusát. „Az életjelei kiválóak, de pihennie kell. Talán ideje lenne a barátnőjének hazamenni.

Neki is pihenésre van szüksége."

Ránézett Vincente-re.

A finom aggodalma nem kerülte el a figyelmét.

„Igen, azt hiszem, mennem kell" – mondta Vincente. Néhány lépést tett az ágytól. Átfutotta az ujjaival a haját. Visszasétált az ágyhoz, mintha Grace jóváhagyására várna. „Vagy maradhatok, ha szeretnéd.”

„Csak ha te is akarod” – mondta Grace, hangjában egy szikrányi reménnyel. Rájött, hogy Vincente csak bűntudatból marad, de úgy döntött, hogy elfogadja, bármit is mond. „Talán csak addig, amíg el nem alszom?”

Helen úgy csevegett a nővérrel, mintha rég nem látott barátok lennének, miközben kimentek a szobából.

„Pár perc múlva elalszik” – mondta a nővér. „Elég nyugtatót adtam neki, hogy biztosan jól aludjon.”

Helen visszanézett rájuk, majd csókot dobott a lányának.

Grace úgy gondolta, hogy anyjának nehéz volt ott hagyni őt egyedül egy szinte idegennel. Anyja nem panaszkodott. Úgy viselte, mint egy harci sebet.

G RACE HAMAR ELALUDT.

Vincente kihasználta az alkalmat, hogy bekapcsolja a mobiltelefonját és felhívja az anyját. Eddig SMS-ben tájékoztatta Grace állapotáról. Nem volt hajlandó elhagyni az ágyát, amíg nem volt biztos benne, hogy már nincs veszélyben. Haza kellett mennie, hogy lezuhanyozzon, nem is beszélve arról, hogy végre lecserélje a krikettmezét.

Hamarosan Grace mély, mély álomba merült, amelyben hangokat hallott maga körül. Suttogó hangokat. Aztán a hangok egyre hangosabbak lettek. Nevetés töltötte be az elméjét. Ördögien hangos nevetés, amelyet sikoltozás és kaparás követett, mintha valakit élve eltemettek volna. A hangok csapdába estek. Sikoltoztak és kaparásztak, sikoltoztak és kaparásztak.

Grace hirtelen felébredt, homlokán izzadságcseppek gyöngyöztek. Ágyneműje nedves és hideg volt. Zavarodott volt. Túl félő volt ahhoz, hogy kinyissa a szemét. Azon tűnődött, hogy az, amit álmában hallott, most is ott van-e vele a szobában. Ha kinyitná a szemét, meglátná, és ha meglátná, el kellene menekülnie. Figyelmesen hallgatózott. Az egyetlen hang a ketyegés és a csúszás-csúszás-csúszás volt, amit az orvosi berendezések okoztak.

Kinyitotta a szemét, miközben magában ismételgette: egy csúszás, két csöpögés, három ketyegés, négy ketyegés. Grace egyedül volt. A hideg szobában remegni kezdett. Ruhát kellett cserélnie. Nem tudott eljutni oda, ahová kellett, ezért megnyomta a vészjelző gombot. Másodpercek alatt megérkezett a nővér, és segített neki tiszta köntöst felvenni.

„El kell mennie?" – kérdezte a nővér.

Ez a nő kisebb volt és barátságosabb, mint a másik, és kedvesen mosolygott. Grace elpirult, amikor a nővér az ágy alá tette a vizeldét.

Utána Grace megkérdezte, hogy közelebb mehet-e az ablakhoz. A nővér előretolta az ágyat, ügyelve arra, hogy a berendezések sértetlenek maradjanak. Hátrahúzta a függönyt, hogy beengedje a napfényt. A hirtelen fényerősség elvakította Grace-t. Lenézett a szélben hajladozó, ritkás fűre. Felnézett a mélykék, felhőtlen égre. A kórházban töltött hosszú idő után újra élni érezte magát.

„Ha bármire szüksége van, csak szóljon" – mondta a nővér.

Grace megfogta a kezét, és azt mondta: „Köszönöm."

Ismét egyedül maradt, de ezúttal tovább nézett az ösvényen. Meglátott egy kis virágoskertet, és mögötte egy fát. Mellette egy darab papír lebegett felfelé, mintha gúnyolódna. A mozdulatlan virágok mellett, mintha azt mondaná: Nézz rám! Lehet, hogy szép szirmok és élénk színek vannak, de én tudok valamit, amit ti nem. Ti meg vagytok kötve, de én repülni tudok. Nézzétek, ahogy repülök!

A papírdarab folytatta útját. Grace követte, ahogy egyre magasabbra és magasabbra repült, míg végül már nem látta. Grace nevetett. Olyan volt, mintha varázslatot nézne.

„Mit csinálsz?" – kiáltott fel Grace anyja, amikor meglátta a lányát szinte álló helyzetben. Helen Greenway visszaterelte a lányát a párnájára, és visszatolta az ágyat a falhoz. Aztán betakargatta a lányát. Grace élvezte a kényeztetést. Azt hitte, ez felidézhet egy emléket – egy emléket erről a nőről, aki előtte áll. De ismét nem jött semmilyen emlék.

FEJEZET 6

„REMÉLEM, KÉSZEN ÁLLSZ DR. Christiansson látogatására" – mondta Helen. „Hamarosan bejön, hogy beszéljen az állapotodról."

„Van valami bajom?" – kérdezte Grace.

„Igen, Grace."

Grace aggódott, amikor az orvos belépett a szobába. Üdvözölte őket, majd odahúzott egy széket. Leült egy pillanatra, majd felállt. Megmérte Grace pulzusát. Megérintette Grace homlokát. „Hmmm. Hogy érzed magad, Gracie?"

„Kérem, szólítson Grace-nek."

„Ó, elnézést. Akkor Grace. Hogy érzed magad ma?"

„Jobban vagyok. A fejfájás már nem olyan erős, de doktor úr, nem emlékszem semmire."

„Semmi?"

Grace zavartan nézett. Nem akarta, hogy anyja megtudja, hogy nem emlékszik rá. Habozott. „Vannak emlékképek."

„Emlékképek?"

„Igen."

„Mondjon többet" – mondta, miközben jegyzeteket írt egy jegyzettömbbe.

„Emlékképek, főleg egy fiúról. Vincente Marino" – mondta Grace.

Az orvos felhúzott szemöldökkel nézett Helenre.

„A fiú. Aki megütötte a labdával" – mondta Helen.

„Ó, igen. Ez normális, mivel ő volt az utolsó ember, akit látott, mielőtt elvesztette az eszméletét." Habozott, majd leírt valamit. „Akkor emlékszik az édesanyjára, ugye?"

Grace remélte és imádkozott, hogy ne tegye fel ezt a kérdést. Folytassa a hazudozást, hogy anyja boldog legyen? Tudta, hogy az orvosnak az igazat kell mondania, a teljes igazságot, és csakis az igazat, hogy az orvos segíteni tudjon neki. Megrázta a fejét. Helen sírni kezdett.

Az orvos megsimogatta Helen kezét, majd a betegre összpontosította figyelmét. „Grace, úgynevezett traumás agysérülést szenvedett. Mit gondol, ez mit jelent?"

„Nem tudom."

„Akkor hadd próbáljam meg elmagyarázni" – mondta az orvos. „Elütött egy krikettlabda." Habozott, majd Helenre nézett. A lány annyira zokogott, hogy a mellkasa remegett. Nyilvánvaló volt, hogy megpróbálja kordában tartani az érzelmeit.

Grace azt akarta, hogy az orvos térjen a lényegre.

„A labda becsapódásának kezdeti ereje, a puszta erő elég volt ahhoz, hogy sérülést okozzon. Vannak szövődmények. Komoly szövődmények."

Először egy állapot. Most szövődmények. Mi más történik még itt? Veszélyben van az élete?

„Igen, szövődmények vérrögök vagy aneurizmák formájában az agy közelében. Az aneurizmák nyomása okozhatja a memóriavesztését. Reméljük, hogy ez csak átmeneti állapot lesz."

„Ideiglenes?"

„Igen. Ha beavatkozunk és eltávolítjuk őket, reméljük, hogy minden emléke visszatér. De a műtét rendkívül veszélyes."

„Úgy érti, meghalhatok?"

Helen zokogása hangosabbá vált.

„Őszintén szólva, igen. Meghalhat, ha megműtjük, Grace. De a helyzet a következő: meghalhat akkor is, ha nem műtjük meg."

„Hogyan?"

„A vérrögök növekednek, fájdalmat és memóriavesztést okoznak. Veszélyesek. Több is kialakulhat, bár nem tudjuk, mikor. Sajnos nem tűnnek el, hacsak nem repednek szét, nem bomlanak fel és nem kerülnek a véráramba."

„Akkor hogyan szabadulhatok meg tőlük?" – kérdezte Grace, igyekezve nem sírni.

„Vérhígítókat adunk neked. Végül megműtünk. Ma. Vagy holnap. Amint beleegyezel. Mindent megteszünk, hogy megszabaduljunk tőlük. A legjobb szakemberek állnak rendelkezésedre. A műtét a legjobb esélyed a túlélésre és a teljes gyógyulásra."

„És ha nemet mondok?"

„Tizenhat éves vagy, így anyukád aláírhatja a papírokat helyetted. Mi azonban úgy gondoljuk, hogy neked kell meghoznod a döntést, és támogatnod kell azt. Így mindenki számára jobb lesz. Ezért mondom el neked őszintén az igazat."

„Tényleg van választásom?"

„Ha nemet mondasz, a vérrögök akkor is szétesnek, amikor készen állnak rá. Az eredmény végzetes lehet, és előre nem látható."

„Miért nem várhatunk és operálhatunk később? Ha szükséges."

„Megtehetjük. Rajtad múlik. Várhatsz. Valószínűleg minden nap erősebb leszel, egészségesebb. De kockáztatnánk. Ha visszaesik, gyengébb lesz, akkor a teljes gyógyulás esélye is csökkenhet."

„Akkor minél hamarabb, annál jobb?"

„Grace, nagyon nyugodtan fogadod ezt" – mondta Helen, még mindig zokogva. „Az én erős kislányom. Olyan bátor." Megölelte.

„Nem akarok meghalni. Csak tizenhat éves vagyok."

„Mindent megteszünk, ami tőlünk telik, hogy átvészelje ezt" – mondta az orvos.

„Honnan fogjuk tudni, mikor válik sürgetővé a helyzet?" – kérdezte Grace.

„Amikor a vérrögök felszakadnak, akkor kerül a kritikus listánkra. Azonnal be fogjuk vinni a műtőbe. Ekkor élet-halál kérdéssé válik a helyzet."

Grace visszatartotta a könnyeit. Élni akart. Nem akart meghalni, nem így. Időre volt szüksége, de az idő nem volt az ő oldalán. Egyedül akart lenni. Időt akart magának. Időt a gondolkodásra. Időt a töprengésre.

„Sok gondolkodnivalót adtam neked, Grace. Ez még egy felnőttnek is sok, nemhogy egy tinédzsernek. Beszélj a családoddal és a barátaiddal. Szükséged lesz a támogatásukra és a szeretetükre. Ó, és még egy dolog. Az állapotod, a vérrögök, már egy ideje fennállhatnak. Talán hónapokig, akár évekig is lappangtak. Lehet, hogy hatással voltak az érzelmi állapotodra. Fáradtságot okoztak, fejfájást okoztak. Amíg az a fiú meg nem ütött a labdával, nem tudtunk róla. Most, hogy tudjuk, azt a balesetet szerencsés katalizátornak kell tekintenünk, amely segít neked újra meggyógyulni."

Grace nem gondolt erre így. Bólintott.

„Érted, hogy cselekedni kell, ez elengedhetetlen?"

„Tökéletesen világos, doki."

„Jó kislány," mondta. „Beszélj anyukáddal. Nagyon szeret téged. Aztán pihenj egy kicsit. Gondolkodj rajta. Holnap visszajövök, hogy megválaszoljam a kérdéseidet."

Grace bólintott. Helen közelebb lépett a lányához. „És te, Helen, pihenj egy kicsit. Grace-nek szüksége lesz az erődre. Mikor aludtál utoljára?"

„Mostanában nem alszom túl jól" – ismerte be Helen.

„Megkérem az egyik nővért, hogy adjon neked valamit, ami segít aludni. Pihenned kell, enned kell és vigyáznod kell magadra, nem csak a saját érdekedben, hanem Grace érdekében is."

„Igen, értem. Köszönöm, Dr. Christiansson" – mondta Helen.

A doktor megfordult és elment. Grace anyja az ágy mellett állt, elmerülve a saját gondolataiban.

„Anya, szeretnék egy kicsit egyedül maradni, hogy gondolkodhassak."

„De nem vagy egyedül. Nem kell egyedül meghoznod ezt a döntést."

„Tudom, anya, és köszönöm."

Helen megcsókolta a lánya homlokát, majd elhagyta a szobát.

Végül, egyedül maradva, Grace könnyei eleredtek. Szorosan magához ölelte magát. Hagyta, hogy a sírás kiengedje a feszültséget.

* * *

Az éjszakai levegő jéghideg volt. Körülötte csapkodott. Átvágta a hálóingét, amely fátylaként lobogott mögötte. Grace elrejtette arcát Vincente mellkasában. Tovább repültek felfelé. Egyre magasabbra. A sötétségbe. Mindent hátrahagyva.

Grace remegett.

Vincente magához húzta. Karjaival átölelte. Megfogta. Grace biztonságban érezte magát.

Most volt az idő. Most vagy soha.

Elhúzta a magas gallérú hálóinget a nyakától, és kikötötte a piros csipke nyakkendőt. Hátradőlt, és várt rá. Várt a fájdalomra és az örömre.

Vincente megvillantotta fogait, majd Grace zuhanni kezdett. Sodródott.

Lefelé. Zuhanva. Lefelé.

Érezte, ahogy mélyen, mélyen a bőre alá hatol, miközben zuhant a váró aszfalt felé.

Kinyitotta a szemét, és sikított.

FEJEZET 7

Amikor Grace magához tért, valaki a nyakába húzta a takarót. Érezte, hogy egy hűvös kéz simogatja az arcát. A férfi megkérdezte: „Ébren vagy?"

Grace kinyitotta a szemét, és megpróbált fókuszálni. Látta a férfi mély, gesztenyebarna szemeit. Az arcára figyelt fel, mert amikor mosolygott, az olyan volt, mint egy gyermeké. Megpróbálta dörzsölni a szemét, de a férfi behúzta a karjait. Nem tudta kihúzni őket a takaró alól. Úgy érezte, csapdába esett. Nem félt.

„Grace" – mondta a férfi.

„Öö, nem tudom kihúzni a karjaimat."

„Ó, nagyon sajnálom. Túl szorosan betakartalak" – mondta, miközben lehúzta a takarót, hogy Grace dörzsölhesse a szemét és élesebben láthasson. Ekkor észrevette, hogy egy második, fiatalabb férfi lépett közelebb hozzá. Karjait a mellkasán keresztbe fonta.

„Köszönöm."

„Grace, szeretnél egy pohár vizet?"

„Igen, az nagyszerű lenne" – mondta, miközben a férfi öntött neki egy pohár vizet, és a remegő kezébe adta. Fogta, mint egy szülő, aki fogja a gyermeke kezét, amikor az először tanul meg egyedül inni. Miután Grace kiitta a pohár tartalmát, a férfi elvette tőle, és az éjjeliszekrényre tette. Várt.

Grace körülnézett a szobában, jól tudva, hogy tudnia kellene, kik ezek a két ember. Ők pedig elvárták tőle, hogy tudja.

„Én vagyok az apád" – mondta a mosolygó férfi –, „ő pedig a bátyád, Daryl."

Grace most már látta: a családi hasonlóságot, a mogyoróbarna szemeket.

Igen, az apja szemeit örökölte.

„Anyád említette, hogy talán nem emlékszel ránk" – mondta. Megsimogatta a lánya kezét. Daryl közelebb jött, az ágy mellé. Kinyújtotta a kezét Grace felé.

„Jól nézel ki, kislányom" – mondta Benjamin Greenway.

Grace egyszerre érezte magát kényelmetlenül és megnyugodva. „Köszönöm."

„Annyira aggódtunk érted, amikor meghallottuk." Apja letörölte a könnyeit. „Sajnálom, hogy nem tudtam hamarabb idejönni. Üzleti úton voltam, tudod."

„Megértem."

„De semmi sem elég jó a kislányomnak, és a legjobb szakértőket fogjuk idehívni. Mindent megteszünk, hogy újra normális legyél."

„Normális?"

„Ahogy voltál, tudod... korábban."

„Öö, köszönöm" – mondta Grace, majd a takaró alatt megmozgatta a lábait, felébresztve őket mély álmukból. Az utóbbi időben így volt. Testének egy része ébren volt, míg más részei mélyen aludtak.

„Azt akarjuk, hogy olyan legyél, amilyen korábban voltál" – mondta a bátyja. Odahajolt, és megcsókolta a homlokát.

Az ajkai hűvösek voltak, mintha nemrég ivott volna egy üdítőt.

„Jól vagyok" – mondta Grace. „Csak fáradt... és persze ott van még az egész emlékezetkiesés dolog."

„Igen, szomorú, hogy nem emlékszel senkire és semmire" – válaszolta Daryl. Aztán kicsit elmosolyodott és nevetett.

Kínos.

Grace egy pillanatra lehunyta a szemét, majd újra kinyitotta.

Apja és bátyja kissé óvatosnak tűntek. Grace újra megpróbált felidézni egy emléket, bármilyen emléket, de nem járt sikerrel.

„Akkor úgy döntöttél, hogy megcsinálod a műtétet?" – kérdezte apja.

„Még nem döntöttem semmit."

„Mindennek eljön a maga ideje, drágám, mindennek eljön a maga ideje" – mondta. Odanyújtotta a kezét, hogy megérintse Grace kezét.

Amikor bőrük érintkezett, melegséget várt, de apja bőre hideg volt.

„Tegnap beszéltem az orvossal" – mondta apja. „Mondtam neki, hogy tegyen meg mindent. Mondtam neki, hogy a pénz nem számít. Mondtam neki, hogy vonjon be minden eszközt. Tegyen meg mindent, hogy visszahozza a kislányomat."

„Itt vagyok, apa" – mondta, amikor Vincente benyújtotta a fejét a szobája ajtaján.

„Gyere be, Vincente" – invitálta –, „nem zavarsz."

Vincente körülnézett a szobában, majd odament Grace-hez. Átfutotta ujjaival a haját. Kezét mélyen a fekete Levi's nadrágja zsebébe dugta.

„Szeretném bemutatni az apámat és a bátyámat, Darylt."

„Az apádat és a bátyádat?"

„Igen."

„Uh, ezért nem jöttem be egyből. Én, uh, azt hittem, hallom, hogy valakivel beszélsz."

Grace úgy gondolta, hogy nagyon furcsán viselkedik, szinte már udvariatlanságig.

„Szeretnéd, ha, uh, felhívnék valakit? Az orvosodat? Az egyik nővért? Segítségre van szükséged?"

„Hogy érted?" Grace nagyon dühös volt rá, de mosolygott. „Apa, ő Vincente Marino, a fiú, aki elhozott a kórházba. Daryl, ő Vincente Marino. Vincente, az apám és a bátyám."

Vincente körülnézett. Senki sem volt a szobában. Egy lélek sem. De szegény, megtévesztett Grace azt hitte, hogy van. Be kellene mennie a téveszméibe? Úgy tenni, mintha? Kinyújtani a kezét? Megrázza a képzeletbeli kezet? Vincente nem volt orvos. Fogalma sem volt, hova nézzen, mit tegyen. Nem akart felelősséget vállalni azért, hogy Grace Greenway-t a mélypontra taszította. Már eleget tett vele.

„Megyek, hozom az orvost, rendben?" – mondta Vincente, miközben végigfutott az ujjaival a haján.

„Miért? Mert bemutatom a családomnak? Nem mintha megkérném a kezedet vagy ilyesmi!"

„Grace? Mi lenne, ha azt mondanám..."

„Igen?"

„Mi lenne, ha azt mondanám, hogy ebben a szobában senki más nincs, csak te és én?"

Grace apja, majd bátyja szemébe nézett. Ők bólintással nyugtázták.

„Hogy érted? Hiszen itt állnak előttünk!"

„Grace, most figyelj rám. Kérlek. Az apád és a bátyád meghaltak egy autóbalesetben. Frontális ütközés volt. Az iskolában volt egy megemlékezés."

„Nem halhattak meg" – mondta Grace. „Hacsak, hacsak... nem látok halott embereket!"

„Biztos vagyok benne, hogy van egy teljesen ártatlan magyarázat, Grace. Valószínűleg csak a fájdalomcsillapító mellékhatása. Kérlek, hadd hívjak segítséget."

Grace kinyújtotta a kezét az apja felé. Az apja hátralépett. Grace kinyújtotta a kezét Daryl felé. Daryl is hátralépett.

„Édesem, most már tényleg mennünk kell... most, hogy Vincente itt van. Majd visszajövünk máskor. Máskor, amikor egyedül leszel" – mondta az apja. Ő és Daryl hátraléptek a falhoz. Eltűntek.

Grace eltakarta a szemét, és sikítani kezdett. Sikított és sikított.

***

AMIKOR VÉGRE MEGÉRKEZETT AZ orvosi személyzet, már késő volt. Grace már kihúzta néhány csövet.

Miután nyugtatót adtak neki, azonnal megnyugodott. Hamarosan elaludt.

Vincente Grace mellett maradt, amíg Helen megérkezett. Elmondta neki, mi történt.

Helen ideges volt, mert nem volt ott. Kíváncsi volt, mit jelent ez az egész. A lánya elvesztette az eszét? Beszélnie kell az orvossal arról, hogy áthelyezzék egy másik kórházba? Olyanba, ahol 24 órában figyelik? Megborzongott a gondolat.

Vincente megpróbálta megnyugtatni, hogy Grace nem őrült. Ugyanakkor magát is megpróbálta meggyőzni erről.

Kinézett az ablakon, és látta, ahogy egy műanyag zacskó szélben lebeg, mint egy nappali szellem. Azokra a könyvekre gondolt, amelyeket olvasott a halottakról, akik visszatérnek, hogy visszaszerezzék az élőket. Lehet, hogy van egy természetfeletti magyarázat?

Helen nézte alvó lánya alakját. Olyan ártatlanul nézett ki, ahogy ott pihent. Helen karjait maga köré fonta. Olyan régen volt már, hogy utoljára beszélgettek, igazán beszélgettek. Ránézett a mellette álló fiúra, és elgondolkodott, hogy talán ő jobban ismeri a lányát, mint ő. Utálta azt a gondolatot, hogy egy napon ő és a lánya talán eltávolodnak egymástól.

Grace megmozdult álmában. Aztán hangosan számolni kezdett.

Helen hallgatta, amíg Grace majdnem elért a százig. Aztán a lánya abbahagyta a számolást. Mindig a százas számnál abbahagyta. Grace egész életében szerette a számokat. A számokban talált megnyugvást.

Helen elgondolkodott ezen. Bár a lánya elvesztette az emlékezetét, még mindig normális dolgokat csinált, mint például számolni álmában. Helen úgy gondolta, ez jó jel. Majdnem megosztotta ezt a Marino fiúval. Ő azonban az ablakon kinézéssel volt elfoglalva, ezért Helen úgy döntött, hogy iszik egy csésze teát.

Vincente biztosította Helenet, hogy a szobában marad, amíg ő visszatér. Helen hálás volt a segítségéért.

Vincente lapozgatta a magazint, és továbbra is az ablakon kinézett.

Grace kiáltott: „Kérem, ne vigyen el! Kérem, ne!"

Vincente felemelte és magához szorította. A lány még mindig mélyen aludt, csak rémálma volt. Amikor a teste ellazult, Vincente a párnára fektette a fejét.

„Kérlek, ne halj meg" – suttogta Vincente. Kinyitotta az ajtót, és kifelé nézett, hogy megkeresse Helenet. Komolyan szerette volna, ha valaki kimenti ebből a helyzetből. Hol volt Helen Greenway? Visszanézett Grace-re, aki újra megmozdult álmában. Sóhajtva becsukta az ajtót, és visszatért a helyére.

FEJEZET 8

GRACE TELJESEN ZAVARTAN ÉBREDT. Rémálmokkal teli éjszakát töltött.

Azt álmodta, hogy két látogatója volt: halott apja és bátyja. A szoba sötét volt, és amikor kinyitotta a szemét, a levegőben szappan és fertőtlenítő szaga volt. Kíváncsi volt, hogy mennyi ideig aludt.

Grace megérintette a homlokát, és érezte, hogy nagyon forró. Lázas volt, és újra át kellett öltöznie. Átnyúlt az ágyon, megnyomta a csengőt, és várt. Semmi.

Megpróbált magának önteni egy pohár vizet, de a kancsó üres volt. Várta, hogy a nővér bejöjjön a szobába, de senki sem jött. Újra megnyomta a csengőt. A szomjúsága egyre nőtt. Újra megérintette a homlokát, és a csengőre támaszkodott.

Felült, és meglátta Vincente-t. Mélyen aludt, két székre fekve az ablak alatt. A lábai és a lábszárai az egyik széken voltak. A felsőtestének fele a másikon. A probléma az volt, hogy a teste középső része lefelé lógott, megereszkedett. Hamarosan a földre esett volna. Az egyetlen módja annak, hogy ezt megakadályozza, az volt, hogy felébressze.

Grace a nevét kiáltotta. Megijedve a teste elmozdította a székeket. A teste középső része a földre esett.

Felugrott. „Mi? Hol?"

Grace nem tudta visszatartani a nevetését.

Egy pillanatra felé pillantott, majd kezeivel leporolta a ruháját. Végül ujjaival megfésülte a haját. Még egy-két másodpercig nézett rá, majd dörzsölte a szemét, és rájött, hol van. Még egyszer végigsimította a haját, majd Grace felé lépett, és azt mondta: „Hú, bocsánat. Biztos elaludtam."

„Semmi baj. Reméltem, hogy megakadályozhatom, hogy elesj, de sajnos csak rontottam a helyzeten."

„Semmi baj." – mondta Vincente. Néhány ugrálást végzett, hogy felébredjen.

„Már nagyon késő van! Miért nem ébresztettek fel? Anyukádnak kellett volna átvennie. Tíz óra után csak családtagok jöhetnek be. Kórházi szabály."

„Már jó ideje csengetek a nővérnek" – mondta Grace –, „de eddig semmi. Tessék, hadd próbáljam meg újra." Megnyomta a csengőt, és várt.

Vincente hallotta, ahogy a hang visszhangzik a folyosón. Furcsa. Úgy döntött, hogy megnézi. Hol a fenében van Helen? Vincente kifejezetten megemlítette Helen Greenwaynek, hogy pontosan tíz órára el kell mennie. Helen megígérte, hogy felébreszti. Anyja jött érte, és másnap krikettmeccse volt. Jól kellett aludnia. Helen természetesnek vette a jelenlétét. Úgy bánt vele, mint a családtagjaival. Mi a fene...?

Vincente egyre idegesebb lett, ahogy körbejárta a kórházat. Először minden normálisnak tűnt, de a kórházi személyzet hiánya aggasztotta. A zsebébe nyúlt, és elővette a mobiltelefonját. Bekapcsolta, és várta, hogy bekapcsolódjon a 4G, de a jel gyenge volt, csak egy sáv volt látható. Megnézte, van-e SMS-e vagy e-mailje, de nem volt semmi. Ránézett a folyosó végén lévő órára. Hajnali 2:30 volt. Mi a fene?

Kíváncsiságból kinyitott egy kórházi szobát, készen arra, hogy bocsánatot kérjen a zavarásért, de üres volt. Tovább nyitogatta az ajtókat, és minden alkalommal ugyanaz volt az eredmény: üres.

Beszállt a liftbe. Leereszkedett egy emelettel: ugyanaz a helyzet. Hova tűnt mindenki? Ez kezdett furcsává válni. Levetette magát a lifttel a földszintre. Ott is ugyanaz volt a helyzet. Még a recepciós pult is üres volt. A váróteremben és a sürgősségi osztályon sem voltak betegek vagy családtagok.

Kiment az utcára, és mély levegőt vett. A levegő furcsa szagú volt, keveredett benne az autók kipufogógázának és az eukaliptusz illata. Csak egy szüntelen zümmögést hallott.

A távolban a tekintete a teliholdra esett, amelynek fénye megvilágította az éjszakai eget. A csillagok teljes pompájukban ragyogtak. Néhány pillanatig elgondolkodott ezeken a dolgokon, mert pontosan ezt várta, vagyis normálisnak találta őket.

Néhány másodperc múlva a zümmögés visszahozta a valóságba, és szeme végigpásztázta a parkolót. Köhögött, miközben a legközelebbi jármű felé haladt, amelynek kipufogócsövéből füst ömlött.

Az autó vezetőoldali első ajtaja tárva-nyitva volt, ezért belenézett, de üresnek találta. Megnézte a hátsó ülést is, de az is üres volt. Kikapcsolta a gyújtást, de az azonnal újra beindult. Végül kivette a kulcsot, és ez úgy tűnt, bevált.

Átment a következő autóhoz, amely szintén üres volt, és a motorja még mindig járt. A parkoló közepén állt. Minden jármű motorja járt, de sehol sem látszott sofőr vagy utas. Vincente megborzongott, és visszarohant a házba, hogy megkeresse Grace-t.

G RACE MÉG MINDIG OTT ült, ahol hagyta. Élete során
még soha nem örült ennyire senkinek. Belépve a
szobába, megharapta a felső ajkát, és elgondolkodott, hogy
elmondja-e neki, mi történt. De végül is ő sem tudta, mi
történt. Átfutotta a tényeket a fejében:

Tény: a kórház üres.

Tény: a parkoló üres.

Ezek voltak a hideg, kemény tények.

Vincente azon tűnődött, hogyan közölje vele a helyzetet. El
kell-e szépítenie a dolgot? Vagy el kell mondania Grace-nek
mindent? Nem tudta nem gondolni a lány jelenlegi mentális
állapotára. Nem sokkal korábban még úgy tűnt, hogy a
szakadék szélén áll. Nem akarta ő lenni az, aki végleg lelöki
onnan. Már így is elég kárt okozott neki.

Vincente észrevette, hogy Grace nagyon izzad. Már így is
aggódónak és idegesnek tűnt, pedig még nem is mondott neki
semmit... egyelőre. Megkérdezte, hogy szeretne-e egy pohár
hideg vizet, és Grace igent mondott.

Megtöltötte a kis kancsót vízzel, és öntött egy pohárral. Grace, azt gondolva, hogy neki szánja, kinyújtotta a kezét, hogy elvegye. De Vincente mintha a saját világában lett volna, és ahelyett, hogy odaadta volna neki, maga itta meg a pohár tartalmát. Aztán megismételte az egész folyamatot, és a második pohárból is kiitta az utolsó cseppet.

Amikor visszatért a valóságba, Grace egyre jobban megrémült. Valami biztosan nem stimmelt. Vincente látott valamit, és félt elmondani neki. Ennyire rossz volt a helyzet.

Vincente szeme találkozott Grace-ével. Öntött egy pohár vizet, és a várakozó kezébe adta. Grace ivott, és figyelte, ahogy Vincente arckifejezése pillanatról pillanatra változik.

Grace nem bírta tovább. Azt akarta, hogy Vincente szedje össze magát. „Én, ööö, nagyon kell mennem a mosdóba." Újra megnyomta a csengőt. Remélte, hogy egy pillanat múlva valamelyik nővér bejön a szobába.

Vincente-nek kezdett kifutni az ideje. Megfigyelte Grace-t. A nővérre várt, hogy segítsen neki, de a közelben nem volt nővér. Mi a fenét fog tenni? Grace súlyos egészségügyi válságban volt, és gyógyszerekre volt szüksége. Vincente nem volt orvos, és fogalma sem volt, hogyan fog gondoskodni róla.

Aztán eszébe jutott egy ötlet: elviszi egy másik kórházba.

Igen, ezt fogja tenni.

„Bocsánat a tegnapiért. Úgy értem, amiért halott embereket láttam" – mondta Grace.

„Semmi baj."

El kell mondania neki. Minél hamarabb, annál jobb.

***

„Azt a nővért ki kellene rúgni!" – kiáltotta Grace. Nagyon kellett neki a mosdó!

„Mikor kaptad utoljára a gyógyszereidet?" – kérdezte Vincente.

„Nem tudom. Annyit alszom, hogy néha nehéz megmondani, nappal van-e vagy éjszaka."

„Most éjszaka van. Már rég elmúlt a látogatási idő."

„Szóval megint megengedték, hogy tovább maradj?"

„Nem hiszem. Anyukádnak kellett volna felébresztenie. Veled akart aludni. Figyelembe véve..."

„Figyelembe véve mit? Azt hiszi, hogy elment az eszem?"

„Hát, olyasmi. Úgy értem, csak figyelni akar rád."

„Akkor gondoskodnia kellene arról, hogy megkapjam a gyógyszereimet" – mondta Grace.

„Hogy a vér ne alvadjon meg, szükséged van a gyógyszerekre."

„Tudom" – mondta Grace bosszúsan. „Mindig feljegyzik a dolgokat a táblára az ágy végénél. Nézd meg! Ott minden megtalálható, amit tudnod kell."

„Jó ötlet" – mondta Vincente, és felemelte a táblát. Rajta titkos kódra emlékeztető rövidítések voltak. Sikerült megértenie a lényeget.

Grace több mint huszonnégy órája nem látott senkit – sem ápolót, sem orvost.

Nagyon kellett neki a vécé. A mellette lévő gép csepegő hangja nem segített. Megpróbált nem gondolni rá. Megpróbált nem gondolni Vincente Marino vámpír változatára. És megpróbált nem gondolni a halottakra, de nehéz volt nem gondolni ezekre a dolgokra. Különösen akkor, amikor a hólyagja tele volt.

Vincente úgy döntött, hogy most vagy soha. El kell mondania neki. El kell mondania az igazat. Ki kell vinnie őket ebből a kórházból, el kell vinnie őket valahova máshova. Egy olyan helyre, ahol Grace megkaphatja a szükséges ellátást.

Az ablakhoz sétált, és félrehúzta a függönyt. Úgy döntött, hogy nem halogathatja tovább. El kell mondania neki... most.

***

Grace, te és én egyedül vagyunk itt a kórházban" – fakadt
ki Vincente. Brutális, gondolta. Teljesen brutális.

„Mi?"

„Mindannyian... eltűntek."

„Az lehetetlen! Nővér! Nővér!" – kiáltotta, miközben újra
megnyomta a vészjelző gombot.

„Pár perce megnéztem, és ez a kórház teljesen üres. Teljesen."

„Meg akarsz ijeszteni?"

„Igen. Vagyis nem, de szerintem el kéne mennünk innen."

„De odakint... Úgy értem, a kórházon kívül, láttál embereket?"
– kérdezte Grace.

„Nem. Nem találtam senkit sem itt bent, sem az épületen kívül.
Mennünk kell. Tűnjünk el innen. Menjünk a városba. Láttam
kint autókat, motorjuk járt, de nem volt senki a volán mögött.
Nincsenek utasok. Sok üres autó."

„De nem hagyhatom el a kórházat. Mi lesz az állapotommal?"
– kiáltott fel Grace. Vincente-re nézett, és egy pillanatra
elgondolkodott, hogy talán újra álmodik. Becsukta a szemét, majd
kinyitotta. Nem, teljesen ébren volt. Talán Vincente aludt, és ő

volt az álmában? Vagy ami még rosszabb: talán az, ami vele történt, fertőző volt? Talán elment az eszük?

„Ha most elmegyünk, megtalálhatjuk a családjainkat. Ők tudni fogják, mit kell tenni."

„De én ezekhez vagyok kötve" – mutatott a gépekre és a vezetékekre.

„Semmi gond, leválasztalak" – mondta Vincente.

„Tudod, mit kell tenni?"

„Nyilvánvaló, de bíznod kell bennem."

FEJEZET 9

G RACE MÉRLEGELTE A LEHETŐSÉGEIT. Ha Vincente-nek igaza volt, és miért hazudna? Akkor a kórházban és környékén mindenki a levegőbe veszett. Még miután ezt elismerte, Grace továbbra is kételkedett a saját ép elméjében. Először azt hitte, hogy Vincente vámpír lehet. Aztán azt hitte, hogy a bátyja és az apja meglátogatták, annak ellenére, hogy meghaltak. És most ez.

„Természetesen bízom benned, Vincente. De félek. Nem értem, mi történik velem."

„Ez nem csak veled történik. Velem is történik. Te és én együtt vagyunk ebben. Nincs itt senki más, csak te és én."

„De vajon álmodom? Biztos vagy benne, hogy ez nem álom, Vincente? Mondd, hogy nem álom! Azt hiszem, megőrülök!"

Vincente magához húzta Grace-t és átölelte. Meleg lehelete csiklandozta a fülét. Suttogva mondta: „Nem veszíted el az eszed. Ez valóság. Te és én együtt vagyunk ebben... és ki kell jutnunk innen."

„Mi van, ha a vérrög felszakad? Mi van, ha?" – kezdte Grace.

„Akkor majd megoldjuk. Elviszlek egy másik kórházba. Egy másik helyre."

Grace bólintott, miközben Vincente levette a szívmonitorról. „Félek" – vallotta be.

„Én pedig attól félek, mi fog történni, ha itt maradunk" – mondta Vincente. Levette az utolsó tépőzáras rögzítést, mire a gép hevesen sík vonalat mutatott. A gép visított és villogott, amíg Vincente ki nem húzta a dugót a falból.

Aztán csend lett a szobában.

„Most jön a nehéz rész" – mondta Vincente. „Ki kell vennem a tűt a kezedből, és ez fájni fog."

„Beszélj hozzám. Tereld el a figyelmemet."

„Oké. Mondtam neked, hogy egy fontos meccsem lesz? Annyira vártam, hogy játszhassak. Úgy tűnik, rég volt már az utolsó meccsem." Vincente habozott. „Mindennek vége."

„Egyáltalán nem fájt. Köszönöm" – mondta Grace, miközben átlendítette a lábait az ágyon. Meztelen lábai eddig a takaró alatt rejtőztek.

Vincente elfordította a tekintetét, amikor Grace leereszkedett a hideg linóleum padlóra. A hidegség önkéntelenül borzongást váltott ki a legyengült testéből. Vincente felemelte és megtámasztotta. Grace a fürdőszoba ajtajára nézett. Oda indult. Vincente addig tartotta, amíg biztonságban be nem lépett.

Grace kiürítette a hólyagját. Lehúzta a vécét, majd a mosdóhoz ment, hogy megmossa a kezét. Megnézte a tükörben a tükörképét, és elakadt a lélegzete. A haja rendezetlen volt, az arcszíne pedig sápadt. Nagyon betegnek nézett ki – ami igaz is volt. Grace megmosta a fogait, megfésülte a haját. Kinyitotta az ajtót, és látta, hogy Vincente átkutatja a szobát.

Mielőtt bármit is mondhatott volna, a férfi megkérdezte: „Hol vannak a ruháid?"

„Fogalmam sincs. Talán anya vitte őket haza mosni?" Visszament az ágyhoz. „Arra gondoltam, talán itt kellene maradnunk, és megvárni, amíg visszajönnek. Biztosan visszajönnek. Vagy talán csak felkelek, vagy te kelj fel, és akkor minden visszatér a normális kerékvágásba?"

„Nem, Grace. El kell mennünk innen... most. Nem álmodsz, és nem veszted el az eszed – hacsak én is nem veszítem el az enyémet! Ne aggódj a ruhák miatt. A kórházi köntösöd megteszi, amíg nem találunk neked valami mást."

Megint megborzongott. Vincente egy takarót terített a vállára.

„Gyere, Grace. Ne beszéljünk többet a múltról, hanem gondoljunk a jelenre. El kell tűnnünk innen."

„Talán jobb lenne, ha itt hagynál. Csak lassítalak."

„Nem hagylak itt, Grace. Együtt kell maradnunk. Most már együtt vagyunk ebben. Gyere."

„De Vincente, talán ha itt fekszem az ágyon és alszom egy kicsit, te egyedül is találsz segítséget. Nagyon fáradt vagyok." Az ágy felé indult, és fel akart mászni rá.

Vincente kinyújtotta a kezét, és magához húzta. A vállára tette a kezét. „Grace, nem bízol bennem?"

„Bízom, de..." Grace ott állt remegve, miközben Vincente sötét szemébe nézett. Félt. Félt attól, hogy ébren van. Félt attól, hogy alszik. Elterelést akart, és többet akart tudni róla, többet az életéről. Vissza akart tartani, hogy megbizonyosodjon arról, hogy ő az igazi Vincente Marino. Kezdett mindent megkérdőjelezni.

„Hol éltél, mielőtt ide költöztél?"

„A családom sokat költözött" – mondta Vincente. „Már majdnem öt éve vagyunk itt Sydney-ben, és öt év hosszú idő a családomnak, hogy egy helyen maradjon."

Grace meglepő módon emlékezett arra, amikor Vincente először jött az iskolába. Ez egy emlékajándék volt. Hagyta, hogy beáramoljon a tudatába, és újraélte a jelenetet. Ismételten végignézte a fejében.

„Jól vagy, Grace?"

Annyira belemerült az emlékezésbe, hogy elfelejtette, hogy az igazi Vincente ott áll előtte. Grace habozott, hogy elárulja-e neki az álmát. Azt akarta, hogy csak az övé legyen, és csakis az övé. De végül úgy döntött, hogy nincs mitől tartania.

„Eszembe jutott az első nap, amikor idejöttél az iskolánkba. Mintha egy fénysugár áthatolt volna a szívemen, és átszúrta volna a lelkemet. Nem tudtam lélegezni."

Vincente nem tudta, mit mondjon erre a vallomásra, ezért nem mondott semmit.

Grace biztos volt benne, hogy ő nem emlékszik rá, hogy látta őt az első napján az iskolában. Miért is emlékezne rá?

„Emlékszem rád" – mondta.

„Csak azért mondod, hogy veled menjek" – mondta Grace.

„Miért hazudnék? A fűben ültél az iskola előtt. Olvastál egy könyvet. Egy fa alatt ültél, teljesen egyedül."

„Igen. A Wuthering Heights-ot olvastam."

„És én odamentem, és úgy tettem, mintha megbotlottam volna. Egy tollat ejtettem el melletted."

„Felvettem, és visszaadtam neked."

„Igen, de Grace, úgy néztél rám, mintha egy másik bolygóról jött lény lennék."

„Igen, az egész szívem és lelkem felébredése. Szóhoz sem jutottam."

„De te nem is ismertél engem."

„Ismertelek, Vincente. Mindig is ismertelek."

„Grace, gondold át, amit most mondtál nekem. Konkrét emlékek vannak a fejedben rólam. Szerintem ez egy hihetetlenül pozitív jel. Jele annak, hogy javulsz."

Gondolkodott rajta, majd fülig mosolygott. „Oké," mondta, „most menjünk innen."

„Nem hagylak itt, Grace. Együtt kell maradnunk. Ebben együtt vagyunk. Gyere."

Grace ágya mellett lévő telefon csengeni kezdett. Grace nyúlt a kagylóért. Vincente megakadályozta, hogy felvegye, mert a szobában egy másik telefon is csengeni kezdett. Aztán egy másik is csengett a szomszéd szobában. Aztán még egy, és még egy. A telefonok csengése visszhangzott a folyosókon. A hang fülsiketítő volt.

„Menjünk!" – kiáltotta Vincente, amikor kimentek a folyosóra. A csengés visszhangzott, és egyre hangosabb lett.

Fülüket befedték, és elérték a liftet. Az ajtók kinyíltak, majd bezárultak, aztán újra kinyíltak, majd bezárultak. Túl kockázatos volt beszállni. A lépcsőház felé vették az irányt.

A csengés hangja halkult, miközben lefelé mentek a lépcsőn. Amikor megérkeztek a földszintre és kinyitották az ajtót, a hang hangosabb volt, mint valaha.

„Gyerünk!" – kiáltotta Vincente, miközben kimentek a bejárati ajtón. Találtak egy autót. Beültette Grace-t az utasülésre.

A gázpedált a padlóig nyomta, és elszáguldottak a csendes, sötét éjszakába.

*****

V INCENTE EGY DALT ÉNEKELT arról, hogy ismeretlen cél felé vezet. Átkeltek Sydney belső nyugati részén. Észrevette, hogy Grace csendes és elaludt. Úgy gondolta, ez valószínűleg jó dolog, mivel szüksége volt időre, hogy gondolkodjon. Hogy tervet készítsen.

Az autók mindenhol egymás után sorakoztak, elzárva a főutat. Kanyarogva kellett haladnia. Néha fel kellett hajtania a járdára, hogy átjusson.

Útközben sok elhagyott és járó motorral álló járművet látott. Voltak teherautók, taxik, rendőrautók és mentőautók is. Mindannyian az utcán álltak – még repülőgépek és helikopterek is. A levegő tele volt füsttel. Olyan volt, mint valami Stephen King regényből, egy abszolút apokalipszis.

Először Vincente megállt a zebránál, és figyelte, hogy nem jönnek-e gyerekek, felnőttek vagy akár kutyák. Mivel nem látott senkit, feladta.

Úgy tűnt, senki sem maradt. Vincente mégis remélte, hogy a családját és a barátját a külvárosban találja meg. Megpróbálta felhívni az anyját a mobilján, de nem vette fel. Hagyott üzenetet. Ugyanezt tette a nagyszüleinél is.

Grace felébredt és megkérdezte: „Hol vagyunk?"

„Most csak körbejárjuk Sydney-t. Felmérjük a helyzetet. Amíg aludtál, elmentem a Royal Kórházba és megnéztem."

„Fel kellett volna ébresztened."

„Nem, nem volt rá szükség. Ott is hallottam a telefonok csörgését. Anélkül is tudtam, hogy a kórház üres, hogy bementem volna." Vincente egy kereszteződésbe hajtott. Grace megragadta a karját és azt mondta, álljon meg.

Vincente hirtelen fékezett. Vártak, mert gyalogosátkelőhely volt, de senki sem akart átkelni.

Grace megemlítette a szélben lobogó ruhákat, amelyeket ki tudja, mióta hagytak ott. Észrevette, hogy nem látszott madár az égen. Nem ugattak a kutyák. Látta, hogy az üzletek még nyitva vannak, de nincs bennük személyzet, és nincsenek vásárlók sem.

Égett járművek is voltak.

„A város teljesen kihalt" – mondta Vincente.

„Reménytelen" – morogta Grace.

„Soha ne add fel a reményt."

Minden rendben lesz" – biztosította Vincente, miközben „ átnyúlt és megérintette Grace kezét. A lány megremegett, amikor a férfi bőre az övéhez ért.

„Mit fogunk tenni?" – kérdezte Grace.

„Nos, folytatjuk az A tervet" – válaszolta Vincente.

„Van A tervünk?"

„Amíg aludtál, Grace, kidolgoztam az A tervet. Ez magában foglalja a másik kórház és a közeli külvárosok átvizsgálását. Gondoltam, ha valakinek szüksége van a segítségünkre, akkor nagy valószínűséggel megtaláljuk őket."

„Jó terv volt."

„Eddig semmit sem láttunk, sem élőt, sem holtat."

„Hova tűntek a madarak?" – kérdezte Grace.

„Valószínűleg a víz felé. El akarnak menekülni a zajos, a levegőt szennyező autók elől" – válaszolta Vincente.

Észrevette, hogy a tank majdnem üres. Meg töltötte egy benzinkútnál. Aztán vett néhány dolgot a kisboltban. Vincente odadobott Grace-nek egy csokoládét, és kinyitott egy Mars szeletet.

„A pénzt a pulton hagytam."

„Pénzt hagytál ott?" Grace nagyon meglepődött.

„Igen. Nem vehetek benzint fizetés nélkül. Ha csak úgy elvennénk, amit akarunk, az a civilizáció végét jelentené!

Ráadásul a benzinkút tulajdonosa ismeri a családunkat, mióta ide költöztünk. Néhányszor segített anyának, amikor gondja volt az autóval, és apa nem volt a városban."

„Tetszik a logikád."

„Igen, nem akarunk anarchiát, ugye?" – nevetett.

Grace most még jobban csodálta Vincente-t, mint korábban. Csodálta a határozott hozzáállását. Az őszinteségét. Valamilyen oknál fogva a sors összehozta őket. Ő és Vincente egy kalandban voltak. Ez egyszerre volt izgalmas, ijesztő és furcsa.

Vincente gyorsan bekanyarodott egy mézeskalács-szerű házhoz. „Megérkeztünk" – mondta.

FEJEZET 10

Ez a nagyszüleim háza. Iskolai szünetben és amikor a szüleim üzleti úton vannak, mindig itt szállok meg. Mivel a családom sokat költözött, ez mindig is a második otthonom volt."

Grace belélegzett az eukaliptusz illatát, és így szólt: „Még nagyon korán van. Gondolod, hogy nem bánják?"

„Tegnap este próbáltam telefonálni, de nem vette fel senki. Hagytam üzenetet. Ha alszanak, nem fogják bánni. Bemehetünk, mert van saját kulcsom. Ráadásul ez egyfajta vészhelyzet."

Vincente kinyitotta az ajtót.

Grace még mindig a kertet nézte, és egy hatalmas fára figyelt az udvar közepén. A fa megdőlt, és gyökereinek nagy része látható volt. Grace megborzongott, és karjaival átölelte magát.

Vincente, aki már bent volt, kiáltott: „Gyere be!"

Most, hogy bent volt, Grace megpróbált otthon érezni magát. Hirtelen egy szélroham behatolt a nyitott ajtón, és megragadta a kórházi köntösének hátulját. A hideg átjárta a csontjait, és újra megborzongott.

Vincente átnyúlt a kanapé háttámláján, és levett egy kézzel horgolt, többszínű takarót, amelyet a nagymamája készített. A takarót Grace vállára terítette.

Grace belebújt, és belélegzett a kellemes illatba.

„Várj itt" – mondta Vincente. „Felmegyek, és megnézem őket."

„Rendben" – Grace nézte, ahogy Vincente felmegy a lépcsőn, és befordul a folyosó végén.

Amikor már nem látta, Grace az ablakhoz ment, és a függönyön keresztül leskelődött. A fa gyökerei mintha megmozdultak volna. Az ágak elkezdtek lengeni. Grace újra megborzongott, majd becsukta a függönyt.

Körülnézett, anélkül, hogy túl kíváncsi lett volna. A ház Vincente szentélye volt. Mindenhol fotók voltak róla. Vincente csecsemőként. Vincente kisfiúként. Vincente sportruházatban. Vincente a szüleivel. Vincente a trófeáival. A fotók sorakoznak egymás után. Grace észrevett egy bizonyos típusú fotót, amelyet a többi között nem látott, nevezetesen Vincente-t és egy barátnőjét. Ez jó jel volt.

Vincente visszatért a földszintre. Az arckifejezéséből és sietségéből látszott, hogy a nagyszülei nincsenek otthon.

„Nincsenek itt, és semmi jel nem utal arra, hogy tegnap este itt voltak volna. Az ágy nem aludt, és a szennyeskosárban sincs semmi. A nagyi mindig ragaszkodott ahhoz, hogy lefekvés előtt tegyük a koszos ruhákat a kosárba."

Leült, végigfutott az ujjaival a haján, majd összekulcsolta a kezét a feje tetején. Ez a testhelyzet segített neki koncentrálni. Gyakran csinálta ezt, amikor ki kellett zárnia a közönséget az egyik meccsén.

Grace csendben állt mellette, mint egy egér.

Vincente felriadt, és „Á!" kiáltott, majd felugrott, és gyorsan átvágott a házon.

Grace követte a folyosón, elhaladt a konyha és a fürdőszoba mellett, és bejutott egy apró szobába a folyosó végén. Az egy iroda volt.

Megnézte, hogy a számítógép be van-e kapcsolva és működik-e. Nem volt – a dugót kihúzták a falból. „A nagyapa biztosan megint spórolt az árammal" – mondta. „Néhány percig tart, amíg újraindul, úgyhogy addig is ehetünk valamit és ihatunk egy kávét. Gyere!"

Grace és Vincente bementek a konyhába, ahol avokádózöld konyhai eszközök voltak. A konyharuhákra gyümölcsök és zöldségek voltak nyomtatva. Az asztal közepén nyuszi alakú só- és borsszórók mosolyogtak rájuk csintalanul.

„A nagyi mindig jól feltölti a hűtőt" – mondta Vincente, miközben kinyitotta az ajtót. Grace-nek odadobott egy csirkecombot, a másikat pedig maga kezdte el rágcsálni, miközben feltette a vízforralót. Ezután fogott kávét, cukrot, tejszínt és két bögrét. Amikor a víz felforrt, öntött nekik, majd visszamentek a folyosón a számítógépes szoba felé.

Miután beléptek, Vincente leült, és elkezdett a billentyűzeten pötyögni. Amikor megjelent a Facebook, belépett a profiljába, hogy frissítse, majd megnézte, hogy van-e online valamelyik barátja. Senki sem volt.

Néhányszor rákattintott, és megnézte a hírfolyamot. Több mint huszonnégy órája egyik barátja sem írt bejegyzést vagy frissítést.

„Nem hiszem el, hogy senki sem járt itt. Még Liz sem, az unokatestvérem az USA-ban, aki legalább ötször frissíti a profilját naponta. Attól tartok, hogy ez nem csak velünk történik itt Sydney-ben. Lehet, hogy mindenhol így van."

Grace a szájára tette a kezét, hogy visszatartsa a lélegzetét, de az mégis kiszökött, és betöltötte a csendes szobát. „Talán mind együtt vannak valahol? A föld alatt vagy valahol biztonságban, ahol nincsenek számítógépek, és várnak."

„Az egész világ, a föld alatt, és vár? Az tényleg valami lenne" – mondta Vincente, miközben kijelentkezett a Facebookról. „Megnézem az e-mailjeimet" – magyarázta.

„Új e-mail érkezett!" – üdvözölte a böngésző. Egy rövid üzenet volt a nagymamájától, aki a krikettmeccséről érdeklődött.

„Szóval, mit tegyünk most? Hol nézzünk még?" – kérdezte Grace.

„Nem tudom" – válaszolta Vincente, és ismét a fejére tette a kezét, és a térde közé hajtotta a fejét.

Grace kinyújtotta a kezét, és a vállára tette. Vincente megfogta a kezét, és hálásan elfogadta a vigasztalást. „Tudom, hogy még korán van" – mondta Grace –, „de kimerültem. Talán szundítanunk kéne egy kicsit, pihenni itt. Amikor felébredünk, lehet, hogy a dolgok megváltoztak, vagy eszünkbe jut egy remek ötlet, hogy mit tegyünk tovább."

„Igen, én is kimerült vagyok, és igazad van, talán érkezik egy e-mail, vagy valaki bejelentkezik a Facebookra addig. Ki tudja? Nincs mit vesztenünk.

„Hadd próbáljak meg még egy dolgot" – mondta Vincente, miközben elővette a mobilját. Csoportos üzenetet küldött mindenkinek a címjegyzékéből. „Kész" – mondta. „Ha valakinek van telefonja, válaszolni fog. Most már pihenhetünk egy kicsit. Nem fognak válaszolni, ha csak ülünk itt, és a számítógépet és a telefont bámuljuk." Bekapcsolta a mobilját, hogy feltöltse, majd a lépcső felé indult.

„Hol aludjak? – kérdezte Grace.

„Gyere fel, megmutatom a házat."

Vincente és Grace felmentek a lépcsőn, és beléptek egy négyágyas ágyas hálószobába. „Ez a nagyszüleim szobája, itt aludhatsz. Nekem van egy saját szobám a folyosó végén. Pár ajtóval lejjebb."

Őszintén szólva Grace kicsit félt, és nem akart egyedül maradni a szobában. De mit tehetett? Megkérje Vincente-t, hogy aludjon az ágy melletti széken, vagy ossza meg vele az ágyat? Bólintott, majd hálát adva a puha ágyért, amely előtte állt, beleheveredett és azonnal elaludt.

Vincente rájött, hogy Grace milyen fáradt, de ő nem volt elég fáradt ahhoz, hogy azonnal elaludjon. Hogy ezt orvosolja, körbejárta a házat, evett néhány Vegemite szendvicset. Visszatért a számítógéphez, remélve, hogy a dolgok megváltoztak. De nem változtak.

Bekapcsolta a tévét, remélve, hogy egy kicsit eltereli a figyelmét. Minden csatorna leállt, és csak hófehér statikus zaj volt. Ugyanez volt a helyzet, amikor a rádiót próbálta: csak statikus zaj. Elkezdett azon gondolkodni, hogy a világ véget ért mindenki számára – mindenki számára, kivéve őt magát és Grace Greenwayt.

Milyen furcsa, hogy ez történt két emberrel, akik alig ismerték egymást. Hogy ilyen furcsa helyzetbe kerültek. Grace kedves lány volt, és Vince is kedvelte, de nem volt az ő típusa. Arra gondolt, hogy ha tudná, mit érez iránta, talán még többet ártana neki, ha bizakodást keltene benne. Már egy ideje tudta, hogy Grace szerelmes belé. Bár egyidősök voltak, társadalmi körük és tapasztalataik világok távolságra voltak egymástól.

Vincente a matematikaórájukra gondolt. Grace mindig mindenki előtt járt, a tanárt is beleértve. Neki matematikusnak kellett lennie – ez nem volt kétséges. Neki profi sportolónak kellett lennie – ez sem volt kétséges. Mit tennének, vagy mik lennének, ha csak ők ketten maradnának a bolygón? Mit tartogatna számukra a jövő?

Megrázta a fejét, és elítélte magát az ilyen negatív gondolatokért. Felment a lépcsőn, benézett Grace-hez. A lány mélyen aludt. Vincente a saját szobájába ment.

A komódhoz ment, hogy megkeresse a ruháit, de a pizsamája nem volt ott. Furcsa. Egész éjjel a ruháiban aludt, és most másra akart váltani. Megnézte a másik fiókot, és talált egy fekete alsóneműt és egy pár zoknit. Felvette mindkettőt, és lefeküdt az ágyba. Hamarosan mélyen elaludt.

∗∗∗

V INCENTE! V INCENTE!" – KIÁLTOTTA Grace, és pillanatok
,, múlva a férfi máris visszatért mellé.

„Jól vagy?" – kérdezte.

„Elfelejtettem, hol vagyok" – válaszolta Grace. Elhúzódott az
ágytól, és karjait a férfi nyakába vetette. Hamarosan váratlan, heves
ölelésbe keveredtek. Amikor rájött, mi történt, visszahúzódott és
bocsánatot kért.

„Nem kell bocsánatot kérned" – mondta a férfi.

Lenézett, és rájött, hogy gyakorlatilag meztelen.

Akkor ő is észrevette. Elpirult. „Most felöltözöm, ha nem
bánod."

Amikor Vincente elindult, a lámpák felettük remegni kezdtek.
A mennyezetre rögzített lámpatestek remegni kezdtek, villogtak.
Nagyszülei szobája egy lepukkant motelszobára emlékeztetett,
stroboszkópos világítással.

A komódon lévő tárgyak ritmikus táncba kezdtek remegni és
rázkódni – majd a padló is csatlakozott hozzájuk.

„Azt hiszem, földrengés van!" – kiáltotta Vincente. „Gyere! Itt
fent nem biztonságos."

A pár kilépett a lépcsőre, és az egyszerre életre kelt. Ritmikus kétlépéses mozdulatokkal jobbra-balra ringatózott. Grace megpróbált kapaszkodni a korlátba, de nehezen tudott előrehaladni. Vincente megragadta a kezét, és levezette a lépcsőn.

Amint megérkeztek a földszintre, a remegés abbamaradt. A lépcsőház már nem volt egyenes, és a összeomlása küszöbön állt.

„Biztosan lesz utórengés" – mondta Vincente. „Maradjunk a bejárati ajtó közelében, minden esetre."

Egy második rengés következett. Csakhogy ezúttal sokkal súlyosabb volt. A lépcső mozgólépcsővé változott. A lépcsőfokok hatalmas halomban zuhantak le a földszintre.

Vázák és képek repültek szét a szobában. A székek megingtak. Egy tükör eltört, és fülsiketítő csattanást hallatott. Grace sikított.

A bejárati ajtó felé rohantak.

***

Mielőtt Vincente kinyitotta volna az ajtót, egy erős szélroham hatására az magától kinyílt.

A tinédzserek egymásba kapaszkodva léptek ki a verandára.

Közvetlenül előttük a hatalmas fa, amelyet Grace már korábban is észrevett, csavarodott és forgott. Ágai úgy nyúltak ki, mint öreg, ízületi gyulladásos ujjak. Ijesztő pózban állt, miközben minden irányba kinyújtózott. Gyökerei kígyóként mozogtak.

Előttük olyan élettelen tárgyak suhantak el, amelyek korábban nem voltak repülésre alkalmasak. Esernyők, szemetesládák, grillek és ruhaszárítók csapkodtak ide-oda. Mindenbe belerohantak. Egy repülő lapát a fa oldalába csapódott, és szinte emberhez hasonló nyögés töltötte be a levegőt.

„Ez csak a szél" – nyugtatta Vincente, miközben Grace-t visszahúzta a házba. „Nem mehetünk ki oda, túl veszélyes. Mintha Home Depot-tárgyakból álló jégeső lenne!"

A szél nyomta az ajtó hátulját, így csak együttes súlyukkal tudták bezárni az ajtót. Hátukkal szilárdan az ajtóhoz támaszkodtak. Az ajtó elmozdult és hátukba nyomódott. Vincente és Grace kitartottak.

„Na, és most mit csinálunk?" – kérdezte Grace. Remegett. A térdei már nem tartották meg. Mégis, Vincente mellett állt.

„Nos, olvastam a földrengésekről, és általában rosszabbodik a helyzet, mielőtt javulna. Általában vannak előjelek, majd egy nagy rengés következik. Azt hiszem, el kell döntenünk, hogy ez volt-e a nagy rengés, vagy el kell tűnnünk innen, amíg még lehet."

„Szerintem rosszabb lesz."

„Akkor hallgassunk az ösztöneinkre, mert az enyém pontosan ugyanezt súgja. Először fogd a telefonkönyvet, hogy megnézhessük a címedet és a telefonszámodat. Ha megvan az információ, felhívhatod anyukádat. Oké, most pedig tűnjünk el innen!" – kiáltotta Vincente, amikor újabb rengés rázta meg a földet.

Ez a rengés fenomenális erővel járt. Zúgás, recsegés és ropogás követte. Aztán a nagy fa rádőlt a házra, és áttörte a tetőt. A pár ott állt, és felnézett a fára, amely most már szilárdan a nappaliban állt. Ironikusnak tűnt, hogy az ajtó, amelyet védtek, még mindig sértetlen volt, míg a mennyezet most már az ég volt.

„Gyerünk!" – kiáltotta Vincente, miközben kirohantak az ajtón.

A repülő tárgyak körülöttük repkedtek, miközben a biztonságos autójuk felé tartottak. Amikor Vincente kinyitotta az ajtót, Grace észrevette, hogy a gyűrű az ujján csillogott és ragyogott, mint egy harmadik szem. Úgy tűnt, hogy magába szívja a fényt az égből.

Furcsa gondolatok repkedtek Grace fejében, miközben a tárgyak szétrepültek és összetörtek körülötte. Ránézett Vincente-re, és arra gondolt, hogy ha ő vámpír, akkor halhatatlan. Ő is vámpírrá tehetné őt. Ha ez megtörténne, akkor egyikük sem lenne többé egyedül. Tudta, hogy ez őrült gondolat.

Aztán valami furcsa, de egyértelmű dolog villant fel az agyában. Egy távoli emlék vámpírok megöléséről fa karókkal. Vincente-re nézett, miközben egy faág repült feléjük. Ha nem tesz valamit, az Vincente hátába fúródna.

„Szállj be!" kiáltotta. „Vigyázz a hátadra!"

Épp időben ugrott be, mert a faág becsapódott és horpadást hagyott az autón.

„Köszönöm! Ez közel volt!" kiáltotta Vincente.

Miután beültek, egy fém esernyő formájú forgó dervis suhant el előttük, közvetlenül a szemük előtt.

Egy dübörgő reccsenés. Olyan hangos volt, hogy be kellett takarniuk a fülüket. Újabb reccsenés következett. A föld előttük elkezdett megnyílni, mint egy törött kókuszdió. A földrepedés az út mentén haladt, veszélyesen közeledve feléjük. Dolgok zuhantak bele, egész házak, fák és autók.

„Menj!" – kiáltotta Grace, miközben a pusztító repedés egyre közelebb kúszott hozzájuk.

Vincente hátramenetbe kapcsolt, majd padlógázzal elindult. Nyakuk visszacsapódott, mint egy gumiszalag, miközben porfelhőben elhúztak.

„Ne nézz vissza!" – kiáltotta Vincente.

Úgy vezetett, ahogy még soha azelőtt. Elkerülte az elhagyott autókat és a törmeléket, mint egy profi autóversenyző. Folytatta az utat; biztonságban tartotta őket, távol a földrengés halálos pusztításától.

Hajtottak, hajtottak és hajtottak, anélkül, hogy visszanéztek volna.

*** * ***

J ó IDEIG TARTOTT, MIRE abbahagyták. Mire légzésük normalizálódott.

„Visszamehetünk, ha már biztonságos" – mondta Grace.

„Attól tartok, nincs értelme" – válaszolta Vincente, miközben mély levegőt vett. „A ház biztosan a gödörben van. Elveszett. Minden elveszett."

„Annyira sajnálom, Vincente."

„Semmi baj, vannak jó emlékeim arról a házról. Itt vannak." A szívére mutatott. „És itt." A fejére mutatott. „Senki sem veheti el őket tőlem."

Grace elgondolkodott a jelenlegi helyzetén. Hogyan vették el az emlékeit. Egy magányos könnycsepp gördült le az arcán.

„Sajnálom, Grace. Nem akartam…"

„Tudom, hogy nem akartad, de ez a helyzet. Az enyémeket elvették tőlem."

„De visszakapod őket. Tudom, hogy így lesz."

„Köszönöm, hogy ezt mondod, de senki sem tudja biztosan, hogy így lesz-e, főleg orvosok nélkül."

„Tudom, hogy az emlékek még mindig ott vannak valahol, benned. Nem vesztek el teljesen. Csak meg kell találnod a módját, hogy hozzáférj hozzájuk."

Grace beleegyezett. Tetszett neki az ötlet, hogy hozzáférjen az emlékeihez.

„És ha már itt tartunk" – mondta Vincente. „Miért nem lapozgatod át a telefonkönyvet, és keresed meg a családod telefonszámát és címét? Akkor felhívhatjuk az anyukádat."

Grace mosolygott, és elkezdte lapozgatni a telefonkönyvet, majd megállt, amikor megtalálta Greenwayt. Vincente odaadta neki a mobilját, és Grace elkezdte tárcsázni a számot. Amikor meghallotta a másik végén a hangot – anyja hangját –, elmosolyodott. Beszélni kezdett, de a sípszó után üzenetet kellett hagynia.

„Ez csak egy gép."

„Nálam is így volt. Semmi baj. Megvan a cím, úgyhogy most odamehetünk és megnézhetjük."

„Úgy tűnik, van egy C tervünk."

FEJEZET 11

Jaj, ne!" kiáltott Grace. „Vigyázz!"

Vincente figyelmét az útra fordította. Grace átnyúlt és megragadta a kormányt. A jármű hirtelen jobbra kanyarodott. Vincente megpróbálta megtartani az irányítást, de Grace kezei szorosan fogták az övét, így nem tudta.

„Vigyázz!" kiáltotta újra.

Vincente küzdött Grace-szel. Visszanyerte az irányítást az autó felett. De akkor már késő volt megállítani – az irány már meg volt adva. A gumik csúszni kezdtek, és hamarosan az autó teljesen megállt, amikor egy fa törzsének ütközött.

„Megőrültél?" – ordított Vincente.

„Én…" – mondta Grace.

„Mi a fenét képzelsz, mit csinálsz?" Vincente jobbra-balra rázta a fejét, mintha épp most lépett volna ki a zuhany alól. „Alig jutottunk ki élve a másik helyzetből, és most, a fenébe is, Grace! Mi a…?"

„Én…" – mondta Grace.

„Miért tetted ezt?"

„Szeretnéd, ha most válaszolnék?" – kérdezte Grace nagyon nyugodtan.

„Persze, hogy szeretném." – mondta Vincente. „Majdnem megöltél minket. M-E-G-Ö-L-T!"

„Tudom, hogyan kell leírni a megölni szót, köszönöm szépen. Akarod, hogy elmagyarázzam, vagy nem?"

„Igen." – mondta Vincente, dühösen. Mély lélegzeteket vett, hogy megnyugodjon.

„Először is" – mondta Grace – „vissza kell mennem, hogy megnézzem, megtalálom-e. Aztán elmagyarázom."

„Őt?"

„A kislányt" – magyarázta Grace.

És hamarosan futni kezdett. Kórházi köntöse lobogott a szélben, de nem érdekelte. Csak a kislány érdekelt.

Vincente utánarohant. A nyomában volt. Úgy gondolta, hogy Grace elment az esze. Egy kislány? Ő nem látott senkit. Grace biztosan csak képzelődött.

Grace megállt. Körbe-körbe forgott, minden bokorban, minden lehetséges rejtekhelyen kereste a kislányt. Grace kifogyott a levegőből, és mivel nem találta, megállt. Mozdulatlanul állt, és feszülten hallgatózott.

„Egy gyermek volt, fehér hálóingben, csipkés szegéllyel és piros nyakkendővel a gallérján. Hosszú, sötét haja vállára omlott, és hatalmas, mandula alakú, olajzöld szemei voltak."

Vincente mellette állt, és hallgatta a leírását. Figyelmesen hallgatta, és megpróbálta megérteni, de nem értette.

„Itt volt. Mi – te – majdnem elütöttük."

„Egy kislány?"

„Igen."

„Grace, itt nem volt kislány."

„Ott volt! Láttam! Ott állt az út közepén. Gyönyörű volt."

„Grace, én nem láttam. Nem volt valódi."

„Valódi volt, olyan valódi, mint te, aki most itt állsz előttem."

„Azt mondod, hogy csak neked jelent meg?" Vincente megkérdezte, remélve, hogy ezzel kihozza őt a sodrából.

„Nem tudom. Erre nem gondoltam."

Vincente nem akarta megtenni, de vissza kellett térnie a tárgyra. Habozott. „Valódi – mint az apád és a bátyád?"

„Ez aljas dolog, és te is tudod!" – mondta Grace, miközben átfutott az úton, a fák között. Elmenekült.

Vincente egyre biztosabb volt benne, hogy Grace elment az esze.

Grace megpróbált megmenteni egy kislányt a bajtól. Világosan látta a kislányt, ahogy ott állt. Mit kellett volna tennie – hagyni, hogy megüsse? Annyira meg akarta ütni, és keményen. Ehelyett tovább futott. Futott bárhová. Bárhová, csak távolabb.

***

Amikor végül utolérte, Grace egy mezőn feküdt a fűben, és nézte a felhőket, ahogy elhaladnak felette.

„Csatlakozhatok hozzád?" – kérdezte.

„Persze."

Megérintette a puha füvet, és belélegzett az illatát. Egy pillanatig csendben maradtak.

„Mondd el még egyszer, mit láttál az úton a kislánnyal."

Grace hallgatott.

„Ígérem, hogy meghallgatom, amit mondani akarsz."

„Nézd a felhőket ott fent, mintha mi sem történt volna. Annyira gyönyörűek, magasan az égen, súlytalanul lebegnek."

„Grace, mondd el."

Mély levegőt vett, ránézett Vincente-re, majd visszanézett az égre, és azt mondta: „Ott volt egy kislány. Meglátott. Felismert. Ilyen jelet tett nekem." Felemelte a kezét, és jelnyelvi stop jelzést mutatott.

„Mikor tanultad meg a jelnyelvet?" Vincente elhúzta a szemöldökét, rájönve, hogy a lány nem fog emlékezni arra, mikor és miért tanulta meg. „Bocs, buta kérdés volt."

Grace hallgatott, a felhőket nézte, és teljes figyelmét rájuk összpontosította.

„Várj egy percet, nem emlékszel a telefonszámodra, de a jelnyelvre emlékszel?"

„Azt hiszem."

„Nem érted, hogy ez mit jelent, Grace?"

Grace hallgatott.

„Azt jelenti, hogy igazam volt. Hozzáférhetsz az emlékeidhez, amikor csak akarsz" – mondta Vincente izgatott hangon.

„Azt hiszem, apámmal és a bátyámmal is ezt tettem."

„És most ezzel a kislánnyal. Ki volt ő? Mi volt ő neked?"

„Nem tudom, de most azon gondolkodom, hogy milyen veszélybe sodortam magunkat. Meghalhattunk volna, amikor nekicsapódtunk annak a fának."

„Igen."

Grace felállt, és újra reménykedni kezdett. Azon tűnődött, hogy a gyerek talán elbújt, mert fél. Kiáltott: „Kislány, bárhol is vagy, gyere elő, és beszélj velem! Nem bántunk. Biztonságban leszel. Segíthetünk neked."

Csak a levelek zizegése és a szél fütyülése töltötte be a levegőt. Grace kezeit csípőre tette. Erősen érezte, hogy a kislány nem tűnhetett el a semmibe. Valahol ott kellett lennie.

Vincente még mindig kételkedett. Megpróbálta megérinteni Grace-t, de ő elhárította, mint egy rovart.

Grace továbbra is a kislányt szólította, hogy jöjjön elő. Grace kizárólag erre a feladatra koncentrált, és addig kiabált, amíg el nem rekedt a hangja.

G RACE MINDEN ENERGIÁJA ELFOGYOTT. A kislánynak még mindig nyoma sem volt. Ideje volt feladni, ezért visszament a kocsihoz. Vincente csendben követte. Testbeszéde mindent elárult: most már megértette az igazságot. A kislány csak illúzió volt. A kérdés az volt, hogy miért?

Vincente rúgott egyet a kocsi kerekeibe, majd felnézett Grace-re. A nő kimerült és zavarban volt. Még a szemébe sem tudott nézni. Ennek ellenére Vincente mégis rendkívül vonzónak találta, ahogy ott állt. Annyira reménytelennek és magányosnak tűnt. Mintha meg kellene menteni.

Odament hozzá, és ujjai közé vette egy tincset a hajából. Körbe-körbe tekerte, és egyre közelebb húzta Grace-t magához. Aztán megcsókolta. Gyengéden, lágyan. Egy kis csók, épp annyira, hogy Grace még többet akarjon. Grace először viszonozta a csókot, majd a férfi elhúzódott tőle. „Sajnálom."

„Én nem" – mondta Grace, belül és kívül is mosolyogva. „De legközelebb, ha azt mondom, állítsd meg az autót, akkor állítsd meg, rendben?"

„Megígérem."

„Még akkor is, ha nem látsz senkit?"

„Még akkor is, ha nem látok senkit."

„Rendben."

„Rendben."

„Azt hiszem, talán még egy kicsit itt kellene maradnunk, hátha visszajön."

„Grace, nem jön vissza. Kérlek, szállj be a kocsiba."

A motor azonnal beindult. Elindultak. Grace megpróbált nem hátranézni, de az ösztön túl erős volt.

FEJEZET 12

AHOGY AZ AUTÓ TOVÁBB száguldott, Grace a jelenre koncentrált. Letekerte az ablakot és kinyújtotta a karját. Hagyta, hogy a szellő megcsiklandozza a karján lévő szőrszálakat, ami libabőrt okozott. Élőnek érezte magát. Mintha most már ő és Vincente esélyt kaptak volna arra, amiről álmodott. Mégis félt túl sokat gondolkodni rajta, túl sokat koncentrálni rá, mert nem akarta elrontani.

Grace nevetett, amikor a szél átfutott az ujjai között. Egy pillanatra visszatért az a pillanat. A csók pillanata: az első csókuk. Szép, gyengéd, meleg, ragadós volt, és érezte, ahogy a férfi vágya hozzá nyomul.

Furcsa volt a mozdulatlan járművek hullámában haladni. Nem dudáltak. Nem hallatszott sziréna. Senki sem kiabált. Nem hiányoztak neki ezek a hangok. A hangok, amelyekre csak homályos emlékei voltak, általában irritálóak voltak. Azonban hiányzott neki a madarak éneke. Hiányzott neki a madarak mozgása, éneke, a fáról fára repülésük. Hiányzott neki a méhek zümmögése. Kíváncsi volt, hogyan fog gondoskodni a természet, hogyan fog most zajlani a beporzás. A természet sok változáshoz alkalmazkodni tudott. Anyatermészet megtalálja a módját a túlélésre.

Grace Vincente-re nézett. Ő a vezetésre koncentrált.

Mély gondolatokba merültnek tűnt.

Vincente aggódott, és dühös volt magára. Először is, megfogadta, hogy nem fogja elcsábítani. Tudta, hogy nem az ő típusa. Egyáltalán nem az ő típusa. Ő Grace Greenway volt: okos matematikai zseni. Számokban gondolkodott.

A fenébe, valószínűleg számokban álmodott.

Megpróbálta nem gondolni a csókra, az első csókjukra. Úgy döntött, hogy az első csókjuk az utolsó is lesz. Annak ellenére, hogy váratlanul szép volt. Édes. Ártatlan. Grace nem számított rá, és aztán ott volt... Ugh, nem akart gondolni arra, hogy mit érzett, amikor Grace megcsókolta. Hogyan izgult fel olyan gyorsan, egyetlen egyszerű csóktól. Valószínűleg azért, mert kint volt a világban, alsógatyában kóborolt. A vágya iránta valószínűleg csak egy ellenőrizhetetlen késztetés volt, egy természetes reakció. Nem valami, amit ő akart.

Egy pillanatra megállt, érezte a lány tekintetét magán, és megigazította a kormányon lévő kezeit. Megpróbált más dolgokra gondolni, hogy elterelje a figyelmét róla. Filmekre gondolt. Videójátékokra. Ételekre.

Grace eközben a világról gondolt. A nagy világról, ami az övék volt, az övé és Vincente-é, és csak ők oszthatták meg egymás között. A múltjára gondolt, arra, hogy mennyire hiányérzetet érez, mivel nem állnak rendelkezésére az emlékei. Arra is gondolt, hogy ez nem negatív dolog, hanem jó. Így tudta újraalkotni önmagát.

Ugyanakkor tudta, hogy soha nem lesz teljes, ha nem állítja vissza önmaga legnagyobb részét. Azt a részt, ami matematikai természete volt: Grace matematikai állapota.

Megpróbálta felidézni mindazt, amit valaha tudott Pitagoraszról. Régen mindent tudott az életéről és matematikai elméleteiről. Most azonban a tények és számok mind összefolytak a fejében. Megpróbálta felidézni a Fibonacci-számokat, de azok sem voltak már tiszták a fejében. Elhatározta, hogy elmegy a könyvtárba, és elolvassa ezeket a két könyvet, valamint másokat is, például Einsteint és Galileit. Megtanulja magának mindazt, amit régen tudott, és ezzel reméli, hogy megnyitja emlékeinek tárházát, és hozzáférhet azokhoz.

„Régen láttam ezt a filmet" – mondta Vincente. „Azokról az idegenekről szólt, akik lejöttek a Földre, és űrhajóikkal támadtak."

Grace meglepődött. Megszokta a kényelmes csendet, ami közöttük volt. Arra biztatta, hogy meséljen többet a filmről. „Érdekesnek hangzik."

„Pontosan az volt. De még nem mondtam el a legérdekesebb részt."

„Nos, ne tartson izgalomban."

„A filmben csak két túlélő maradt, egy férfi és egy nő."

„Nem lehet!"

„És miért nem ölték meg őket az idegenek?" – kérdezte Vincente. Grace vállat vont. „Mert meg akarták figyelni őket. Tanulmányozni akarták őket." Megállt, és várt, miközben a szeme sarkából Grace-t figyelte. „Aztán ketrecbe zárták a két embert, mint az állatkertben. Hogy megfigyeljék, hogyan szaporodnak."

„Mi van, ha nem akartak szaporodni?" – kérdezte Grace remegő hangon.

„Kényszerítették őket."

„Hogyan kényszeríthették őket erre?"

„Nem akartak meghalni, és élelemre volt szükségük a túléléshez. Tehát megtették, amit meg kellett tenniük, és az idegenek figyelték őket, megfigyelték, mi motiválja az embereket."

„Undorító."

„Nos, ha belegondolsz, az emberek évszázadok óta ketrecekbe zárják az állatokat. Figyelik őket, ahogy szaporodnak. Tanulmányozzák őket, néha még kísérletekhez is felhasználják őket, hogy fejlesszék az orvostudományt és egyebeket. Szóval vajon tényleg rosszabbak lennének?"

„Nem, azt hiszem, nem, ha így fogalmazol. De neked és nekem itt van egy lehetőségünk, hogy megváltoztassuk a dolgokat. A múltat nem tudjuk megváltoztatni."

„Igaz. Ha mi vagyunk az utolsó két túlélő" – feltételezte Vincente –, „akkor úgy élhetünk, ahogy akarunk."

„Mi történt... úgy értem, a film végén?"

„Soha nem láttam a végét. Egy barátomnál aludtam. Gyerekek voltunk, és nem lett volna szabad olyan sokáig fennmaradnunk. Amikor a szülei ránk találtak, befutottunk a hálószobájába. Soha többé nem találtam meg azt a filmet."

„Mit tettek az idegenek a Föld többi lakójával, ha csak ők ketten maradtak?"

„Azt tudom. Megsütötték őket! Igazán ironikus, ha belegondolsz, mert a filmben az idegenek fézerrel lelőtték őket –

puff! – és aztán egyszerűen eltűntek. Semmi sem maradt utánuk, semmilyen maradvány. Úgy értem, se csontok, se holttestek, se hamvak. Mintha soha nem is léteztek volna."

Grace karjait maga köré fonta, és túl későn jött rá, hogy ez borzongató érzést kelt benne. Remélte, hogy most már befejezte, így visszatérhetett a jövőről, a közös jövőjükről szóló kedves gondolataihoz.

Vincente megzavarta boldogságát újabb filmbeszélgetéssel. „Egy másik, amire emlékszem, az idegenekről szólt, akik a Földre jöttek és mindenkit elégettek. Csak egy halom por maradt minden ember helyén. Ez volt az egyetlen bizonyíték azoknak, akik éltek. Bizonyíték arra, hogy egyszer emberek éltek itt." Megállt. Grace nem kommentálta. Remélte, hogy most már befejezte. „Aztán volt még egy, amelyikben az emberek agyába chipet ültettek, hogy belelássanak az elméjükbe és irányítsák őket. Ezek a filmek egyre ijesztőbbek lettek."

„Ne felejtsd el az E.T.-t" – mondta Grace.

„Mi?" Vincente lélegzetvisszafojtva, lenyűgözve várta, hogy Grace rájöjjön, hogy tudta nélkül felidézett egy emléket.

„Tudod, az E.T. telefonál haza?"

„Igen, tudom" – mondta, és olyan széles mosolyt villantott, hogy Grace egy pillanatra elgondolkodott, miért mosolyog.

Aztán rájött. Feloldott egy emléket. Igaz, nem volt a legérdekesebb információ, de attól még emlék volt. Visszamosolygott rá.

Annyira büszke volt, hogy odanyújtotta a kezét, és egy pillanatra megfogta a kezét, majd újra csend lett.

AMIKOR VINCENTE KANYARODNIA KELLETT egy körforgalomban vagy egy kanyarban, elengedte Grace kezét. Egy pillanatra találkozott a tekintetük, majd újra az útra koncentrált.

Büszke volt rá.

Grace hatalmas büszkeséggel töltötte el a kis emlékkép-szünete. Elképzelte, hogy az elméje belseje egy könyvtár. Fel-alá sétált a folyosókon, emlékeit keresve. A polcokhoz nyúlt, felvette őket, és egyenként megvizsgálta őket. Kiválasztott egy vastag, piros borítású könyvet, remélve, hogy talál benne valamit magáról, de semmi sem történt. Nem akarta feladni ezt a technikát. Úgy döntött, tovább próbálkozik.

Vincente az évek során elért technológiai fejlődésen gondolkodott. Annyi találmány született, néhány jó, néhány kevésbé jó. Körülnézett, és látta, hogy csak kettőjüket kell ellátniuk, és elgondolkodott, hogy valójában mire volt jó ez a sok kemény munka.

A távolban harangszó hallatszott. Egyre hangosabb lett, ahogy egy épület előtt megálltak. „Felismered?" – kérdezte.

Grace elolvasta a táblát: „Queen Victoria Gimnázium, az iskola, ahol valóra válnak az álmaid." Nem emlékezett rá.

„Ez a mi középiskolánk" – mondta.

„Gondoltam, hogy az lehet, de nem voltam biztos benne" – válaszolta Grace. Körbenézett a campuson, és végül megtalálta a hátsó krikettpályát: azt a pályát, ahol az utolsó iskolai napján megsérült. „Vajon mire szolgált az a harang?" – kérdezte Grace.

„Épp én is ezen gondolkodtam. Valószínűleg csak időzítőre van állítva. Automatikus. De lehet, hogy valaki bent rekedt és segítségre szorul, ezért szeretnék utánanézni. Akarsz itt maradni?"

„Nem, veled akarok menni."

„Rendben, de maradj mögöttem. Nem tudjuk, mi vár ránk. Valószínűleg semmi, de sosem lehet tudni" – mondta Vincente. Elképzelte, hogy valaki bent rekedt, és túl fél, hogy kijöjjön.

Grace az idegeneket képzelte el, mint a filmekben, akik arra várnak, hogy elkapják és csapdába ejtsék a Föld utolsó két emberét. Megborzongott, amikor Vincente kinyitotta az ajtókat, és beléptek a hosszú folyosóra. Nagy csend volt; az egyetlen hang a lábuk kopogása volt a hűvös linóleum padlón.

Vincente eszébe jutott, milyen jól érezte magát ezeken a falak között. Hogy mindig is egyfajta sportoló volt – jobb szó híján – hős. Odament a szekrényéhez, kinyitotta, és kivette a tornazsákját. Fekete alsóneműjére felhúzott egy krikettnadrágot, és felvette a mezt. A nadrágon keresztül még mindig látszott a fekete alsóneműje. Grace nevetett.

„Nem mintha még nem láttad volna őket" – mondta Vincente, bár ő is nevetett.

A szekrények ajtajainak többsége tárva-nyitva állt, tartalmuk pedig szanaszét hevert. „Valószínűleg a földrengés miatt" – találgatta Vincente.

Grace még mindig remegett.

„Vegyél egy mély levegőt" – mondta, megpróbálva megnyugtatni és biztatni.

Grace szíve egyre gyorsabban vert. Rossz előérzete volt a hellyel kapcsolatban.

Vincente hangosan kérdezte: „Helló, van itt valaki?"

A hangja visszhangzott a folyosókon, de nem kapott választ. Aztán újra megszólalt az iskola csengője. Mivel bent voltak, a hang visszhangzott.

A folyosó végén Vincente kinyitotta az ajtókat, és belépett a tornaterembe. A kosárlabda-meccsre készültek. Az üres lelátók és a pálya kissé szomorúnak tűnt.

„Te is jó voltál kosárlabdában?" – kérdezte Grace.

„Meglepően jó voltam a legtöbb sportban. Imádtam az izgalmat. A közönség éljenzését. Az adrenalinlöketet, amit akkor éreztem, amikor kosarat dobtam, vagy amikor megnyertünk egy meccset. Nagyon izgalmas volt."

„Igen, el tudom képzelni. Úgy hangzik, mint egy erős drog."

„Néha úgy éreztem, mint egy drog, de ez csak a középiskola, egy nagy meccs szünete, tudod? Profi lenni – nos, az csak egy álom volt."

„Profi akartál lenni?"

„Igen, de most már kissé butaságnak tűnik."

„Az álmok soha nem butaságok" – mondta Grace komolyan.

„Ilyesmit mondtak volna nekem az anyám és az apám."

„Bárcsak megismerhettem volna őket" – mondta Grace. „Egy nap meg fogod."

Megijedtek, amikor a csengő újra megszólalt.

„Menjünk innen, borzongató érzésem van" – mondta Grace.

„Nem, előbb megnézzük az irodákat, ott a folyosó végén. Meggyőződünk róla, hogy mind üresek, és akkor mehetünk."

Grace követte Vincente-t a tornateremből. A rossz érzés Grace gyomrában morajból üvöltéssé változott.

Ó, NE! Ó, NE! Ó, ne! – ezek a szavak jártak Grace fejében. Nem tudta kontrollálni magát, miközben Vincente mögött sétált.

„Ez itt a titkárság. Ott van a tanácsadó irodája." Belenézett, mivel az ajtó tárva-nyitva volt, és meggyőződött róla, hogy üres. „Ez az igazgatóhelyettes irodája. Ez pedig az igazgató irodája." Megpróbálta kinyitni az ajtót. Zárva volt. „Helló!" kiáltott.

Hallottak valamit. Kopogás volt. Halvány, de folyamatos. Az igazgató irodájából jött.

Vincente bekopogott az ajtón. „Van ott valaki?"

Nem volt válasz.

„Az idegenek valószínűleg nem beszélnek angolul" – mondta Grace.

Vincente vállával nekitolta az ajtót, de az nem mozdult.

A kopogás abbamaradt. Visszatartották a lélegzetüket, és várták. Aztán újra elkezdődött.

Bármi is volt az, kezdett kifogyni az energiája. Be kellett jutniuk oda. Kifutottak az időből.

***

Gondolkozz! Gondolkozz!" – mondta Vincente hangosan, miközben fel-alá járkált. Néhány másodperc múlva így szólt: „Oké, megvan. Kövess!"

Grace úgy tett, ahogy mondták neki. Hamarosan visszatértek a tornaterembe. Vincente azt mondta Grace-nek, hogy álljon a lelátó mögé, míg ő felborítja az egyik kosárlabda palánkot. Elkezdték azt a folyosón végighúzni.

Vincente elmagyarázta, hogy az alja homokkal van megtöltve. Ha visszavitték az irodába, azzal betörhették az ajtót.

„Micsoda remek terv!" – mondta Grace. „Szerintem működhet."

„Maximális erőt kell alkalmaznunk. Úgy értem, mindent bele kell adnunk."

Amikor elhaladtak a női mosdó előtt, Grace rájött, hogy már régóta ki kell mennie, és habozott, mielőtt megpróbálta kinyitni az ajtót.

„Kizárt!" – kiáltotta Vincente. „Nem mész be oda, mielőtt én megnéztem."

„Semmi baj nem lesz."

„Valószínűleg nem emlékszel rá, de a horrorfilmekben a legtöbb rossz dolog a női mosdóban történik. Megyek és megnézem, és ha minden rendben van, utánam mehetsz. Szóval maradj itt. Úgy értem, ne mozdulj egy centimétert sem."

„Oké, főnök" – mondta Grace.

Vincente visszatért, miután lehúzta a vécét, és azt mondta Grace-nek, hogy minden rendben van.

Bement, de most rájött, hogy mégsem tud menni, bár tudta, hogy muszáj. Elkezdte folyatni a vizet egy, két, majd három csapból, amíg a veséi nem reagáltak. Miután megkönnyebbült és lehúzta a WC-t, kijött a mosdóból.

Folytatták az utat, sportfegyverüket magukkal cipelve. Az iroda előtt megálltak, és újragondolták a behatolás módját.

„Először is, cseréljünk helyet" – mondta Vincente. Úgy gondolta, hogy a legjobb lenne, ha ő lenne a hátsó végén, a fegyverük nehezebb részén, hogy maximális eredményt érjenek el a célponton: az irodai ajtón. Amikor elfoglalták a helyüket, Vincente folytatta a magyarázatot.

„Amikor háromig számolok, nyomjátok előre minden erővel, amit csak tudtok. Aztán álljatok meg. Újra háromig számolok, és még egyszer toljuk. És így tovább, amíg áttörjük."

„Jó tervnek tűnik" – mondta Grace, és jól megfogta a szerkezet elejét.

Vincente számolt, és az első ütésük pontosan célba talált, de az ajtó nem mozdult. A második ütésnél az ajtó elmozdult a keretben, és érezték, hogy a felső zsanér egyik része kinyílik. Újra nekifutottak, nagyobb erővel, és a negyedik alkalommal az ajtó beomlott, és a igazgató asztalára zuhant. A párosnak most új problémával kellett szembenéznie: az ajtó félig nyitva, félig csukva volt, függőlegesen. Nem jutottak előbbre a bejutással.

„Van ott valaki?" – kérdezte Vincente.

Csend volt az egyetlen válasz.

Egymás mellett állva, a résen át leskelődve, mindketten haboztak felmászni az ajtóra és bemenni.

A folyosóról megláttak egy faágat. Az áttörte az ablakot, és az igazgató asztalán feküdt. Azt is észrevették, hogy a padlón nagy mennyiségű törött és összetört üvegdarabok hevertek szerteszét.

Mindkettőjüknek egyszerre jutott eszükbe egy gondolat. Mivel az ablak szélesre volt törve, ha valaki bent rekedt volna, már rég kimászott volna. Hacsak nem sérült meg. Nem látszott vér a környéken. Talán eszméletlen volt, az íróasztal alatt?

Vincente úgy döntött, hogy az ajtót deszkaként használja. Végül is a másik végén az íróasztalhoz volt rögzítve.

„Bejövök" – kiáltotta Vincente. Rálépett az ajtóra, és centiméterenként haladt előre. „Ez nem lehet!" – kiáltotta, miközben Grace-t az irodába vezette.

Egy fekete holló volt. Az ág végén előre-hátra lengve egyenesen az arcukba bámult. Csőre hevesen kopogott az asztalon.

„Milyen furcsa" – mondta Vincente. „Nagyon Edgar Allan Poe-szerű."

Ekkor a szél mintha felélénkült volna. A faág megingott. A madár feje többször is nekicsapódott az íróasztalnak, még hangosabb kopogó zajt keltve.

Vincente és Grace összerezzentek a hangtól.

Grace el akart menni, és felkészült, hogy kimásszon az irodából. Amikor hátralépett, Vincente a kezével megállította.

Grace megfordult.

Az ág a szél segítségével emelkedett. Emelkedett? Igen, furcsa módon egyre magasabbra emelkedett, majdnem a nyitott ablak magasságába.

Vincente figyelte, ahogy az ág a madarat felfelé viszi. Hirtelen az ág teljesen kikerült az ablakon. A szél tovább vitte az eget felé.

„Gyere ide, Grace, ezt látnod kell!" – suttogta.

Az ág kifelé haladva megkarcolta a törött ablakot. Egyre magasabbra és magasabbra emelte a madarat.

Ketten bámultak ki az ablakon, és azon tűnődtek, hová viszi a fa a halott hollót.

Grace nem tudta levenni a szemét a halott madár szeméről. A nap sugarai megcsillantak benne, és visszatükröződtek. Olyan volt, mint egy maszk – a halál maszkja.

„El kell mennünk innen!"

– mondta Grace.

„Ne, várj. Én szeretnék..." – kezdte Vincente, de akkor a szél elsöpörte az ágat.

A többi ág hirtelen életre kelt. Saját akaratukból felfelé mozogtak. Szorosan követték az ágat, amelyen a halott madár lógott.

Az összes ág hangja, ahogy együtt mozogtak, a széllel ringatóztak, felfelé emelkedtek, rettenetes kakofóniát keltett. Úgy hangzott, mintha csontokat törnének össze.

Grace karjait maga köré fonta, miközben libabőr keletkezett a fedetlen bőrén. Amikor a hang elviselhetetlenül hangos lett, befogta a fülét. Ennek ellenére nem tudta elfordítani a tekintetét a holló halott szemeiről.

A meghalt madár továbbra is előre-hátra, előre-hátra ringatózott, mint egy altatódal. Mindeközben a faág végén szúrva maradt, mint egy shish kebab.

Grace visszatartotta a lélegzetét. Minden porcikájával el akart menni onnan.

De mégsem tudta levenni a szemét a madár szeméről. Megbabonázva volt. Elragadta.

Ahogy Vincente-t is.

Ott álltak, mintha megfagyott volna az idő.

Várták, mi fog történni.

AZ ÁGAK TOVÁBB EMELKEDTEK. Az irodában baljós csend uralkodott, miközben a madár folytatta útját. Még mindig ágak vették körül, amelyek körbevették és felemelték, mintha súlytalan lenne. Aztán az ágak öregasszonyokhoz hasonló, ízületi gyulladásos ujjaikkal elkezdték ringatni a madarat, előre-hátra, előre-hátra.

A látvány olyan szörnyű volt, hogy Grace sikítani akart. Ehelyett azonban ő is előre-hátra kezdett ringatózni, ahogy Vincente is. A mozgás, a felemelkedés, a ringatás, a ringatás és a felemelkedés gyönyörű volt.

Előre kellett lépniük, közelebb az ablakhoz, hogy láthassák. Óvatosan lépkedtek, hogy ne lépjenek rá a körülöttük a padlót borító üvegszilánkokra, miközben nyakukat nyújtogatták a törött üvegen keresztül, és kinéztek az ablakon. Egyre magasabbra emelkedett a madár, miközben továbbra is gyengéden ringatózott, és az ég felé emelkedett.

Aztán minden megállt a levegőben.

Csend töltötte be a helyszínt.

A fa törzse megmozdult.

Először csak egy kis mozdulat volt.

Alig észrevehető.

Rázkódott, mint valaki, aki épp felébredt.

Köhögött. Tüsszentett.

Ingadozott és rángatózott.

Aztán ásított egy groteszk arccal. Egy hatalmas, tátott szájjal, amelybe a halott holló beleesett.

Ropogó hangok hallatszottak. Szörnyű hangok, mintha csontok törnének, csikorgatnának.

Böfögött. Néhány fekete toll repült ki a szájából. Az egyik lebegett, és az ablakpárkányra hullott, ahol Grace és Vincente álltak, tátott szájjal.

Aztán az ágak újra mozogni kezdtek. Irányt változtattak. Lefelé mutattak.

***

Fuss!" – kiáltotta Vincente.

" Hátulról hallották, ahogy a fa gyorsan mozog. Amikor az ágak újra behatoltak az ablakon, újabb üvegdarabok zuhantak a padlóra.

Vincente kézen fogta Grace-t, és elhúzta a folyosón. Szinte úgy repültek, mintha a holló szelleme belépett volna a testükbe.

Az ízületi gyulladásos, fából készült ujjak tapogatózva haladtak a folyosón, követve, kopogva, rombolva és kaparva mindent, ami a hatótávolságukba került.

Miután Vincente és Grace kiléptek az iskolából, Vincente elővette a zsebéből a kulcsokat, és odadobta őket Grace-nek. Azt mondta neki, hogy nyissa ki az ajtót, indítsa be a kocsit, és hogy egy pillanat múlva visszajön. Ha nem, akkor induljon el.

„Nem tudok vezetni."

„Gyorsan megtanulod!"

Miután beült az autóba, nézte, ahogy Vincente leveszi az ingét. Nézte, ahogy a pulóvert az ajtófogantyúk köré tekeri. Annyiszor tekerte körbe, amennyiszer csak tudta, remélve, hogy ezzel nyernek egy kis időt.

Amikor az ágak befordultak a folyosó túlsó végének sarkán, Vincente megfordult és elrohant. Beugrott az autóba, becsapta az ajtót, és padlógázzal elindult.

Az autó elhúzott, amikor az ágak betörték az ajtókat.

„Hű! Ez egy kicsit túl közel volt a kényelemhez" – mondta Grace, miután már több utcányira voltak az iskolától. Még mindig hangosan lélegzett, nehezen kapta vissza a levegőt.

„Ne viccelj! Az egész dolog őrületes volt!"

„Miféle fa volt az egyáltalán?" – kérdezte Grace.

„Azt hiszem, olajfa volt. A kérdés az, hogy miért madarakkal táplálkozott? Miért volt szinte emberhez hasonló szája, és miért kellett húst ennie?"

„Hallottam már madarakról, akik fákban fészkelnek, de soha nem hallottam madarakat evő fákról!"

„Igen, nos, most egy teljesen más világban vagyunk, Grace, és szerintem talán el kéne gondolkodnunk azon, hogy szerezünk magunknak fegyvereket. Ki tudja, mi más van még odakint? Gondolnunk kell arra, hogy megvédjük magunkat. Minél hamarabb, annál jobb."

„Hol szerezhetnénk fegyvereket?"

„Ismerek egy helyet a városban, ahol kipróbálhatunk fegyvereket, késeket, bármit, amire szükségünk van. Valójában nincs jobb alkalom, mint a jelen. Elég megrázott az eset, hogy most szerezzenek fegyvereket."

„Kimerült vagyok, de nem hiszem, hogy hamarosan el fogok aludni" – mondta Grace, miközben karjait a mellkasán keresztbe fonta.

Ahogy a fákkal szegélyezett utcákon haladtak, most olyan félelem volt a szívükben, ami eddig soha nem volt ott: a fák! Húsevő fák.

„Mindig azt hittem, hogy az olajfák a béke szimbólumai. Emlékszem az olajfákról szóló történetekre a Bibliában és a mitológiában" – mondta Vincente.

„Ausztráliában őshonosak?"

„Természetesen nem. De miért lenne ez fontos?"

Egyikük sem tudta biztosan. Azt sem tudták, miért vett fel a húsevő fa ilyen szokatlan tulajdonságot.

Megpróbáltak nem gondolni rá, miközben a Sydney szívében található fegyverbolt felé tartottak.

FEJEZET 13

Z ÜZLET ELŐTT VILLOGÓ tábla a következő szavakat
villogatta: „Fegyverek! Fegyverek! Fegyverek!" A kis
betűkkel írt szöveg pedig így szólt: „Új-Dél-Wales állami törvényei
szerint engedély szükséges".

Mivel egy teljesen új világban éltek, ezek a törvények már nem
voltak érvényesek.

Vincente Marino és Grace Greenway nem rendelkeztek
engedéllyel. Nem voltak még 18 évesek. Nem volt személyi
igazolványuk és pénzük sem. De ez nem számított. Azért jöttek ide,
hogy megvédjék magukat. Semmi sem állíthatta meg őket.

Vincente kinyitotta az ajtót, és bementek. Grace Vincente
mögött állt, és elárasztották az érzések a fegyverek láttán.
Körülnézett, próbálva belemerülni a hangulatba, de ez túllépte a
képzeletét.

„Ez jó lesz" – mondta Vincente. „Sok töltényt lehet beletenni,
így nem kell annyiszor újratölteni. Harcban jól jöhet. Bármelyik fa
törzsét könnyedén átlyukasztja."

„Hmmm" – mondta Grace, mert nem jutott eszébe más, amit
mondhatott volna.

Aztán Vincente továbbment, és felvette egy másik fegyvert. „Ez is jó, mert kicsi és könnyen elrejthető. Látod, pontosan a nadrágom elejébe tudom tenni, és senki sem venné észre, hogy nálam van."

„De ez nem veszélyes? Neked, úgy értem. Nem lehet, hogy véletlenül elsül?"

Vincente mosolygott: „Bevenném a biztosítékot. Nem szeretnék semmit eltalálni."

Grace mosolygott és elpirult. Nem tudta elhinni, hogy ilyen beszélgetést folytatnak, miközben Vincente a fegyvert a tenyerébe tette. „Elég kicsi ahhoz is, hogy a táskádba tedd."

Megérintette a fegyvert. Egyáltalán nem volt nehéz, és jól illeszkedett a tenyerébe. Meglepődött, hogy nem érezte idegennek, de nem is volt túl ijesztő, valószínűleg azért, mert játéknak tűnt.

„Nincs megtöltve" – mondta Vincente. „Valójában egyik fegyver sem van megtöltve. Ne félj, vedd fel és nézd meg közelebbről!"

„Kipróbálhatjuk, mielőtt megvesszük?"

„Igen, nagyon vicces. Nézzünk tovább!"

Vincente figyelte, ahogy Grace megnyitja az elméjét, és elfogadja, hogy az új valóságukban fegyverekre van szükség.

Grace felvette a műanyag kosarat, és elkezdte átnézni a késeket. Mindenféle méretben és formában voltak, és kardok is voltak. Érdeklődve fogott néhány kést fém tokban, és a kosárba tette őket. Ha a legrosszabb eshetőség bekövetkezne, mindig használhatná őket sárgarépa és hagyma aprítására.

„Hű, ez a kicsike" – Vincente az egyik késre mutatott, amit Grace a kosarába tett – „valószínűleg kettévágna egy rönköt. Remek választás."

Grace ragyogott. Vincente jó néhány fegyvert halmozott fel egy katonai kinézetű bőröndbe. Több nagy hordozható céltáblát vitt a karja alatt.

„Megtanítom neked, hogyan kell használni a fegyvereket, miután elhagytuk a várost. Nekem is újra kell tanulnom a valódi fegyverek használatát, mivel az összes fegyveres tapasztalatom számítógépes játékokból származik."

„Lőhetnénk egy lövést egyenesen a George Streeten, és senki sem hallaná meg" – mondta Grace.

„Igaz, igaz, de túl furcsa lenne. Barbár, ha érted, mire gondolok?"

„Igen, értem" – mondta Grace. „Végül is Sydney az otthonunk. Meg kell tisztelnünk, ahogy megérdemli."

„Igen, ez a mi városunk, a mi Sydney-nk, és nem tudok elképzelni szebb várost, ahol veled rekedhetnék, Grace."

Elpirult, amikor a férfi felé közeledett. Felvette a műanyag dobozt a késekkel, és elindult a kocsi felé. Grace még soha nem szerette ennyire. Minél inkább átvette az irányítást, annál inkább sugárzott belőle az érzékiség és a tesztoszteron. Grace azt kívánta, bárcsak odarohanna hozzá, és nyíltan megcsókolná. A férfi valószínűleg azt gondolná, hogy túl merész, és megint elment az esze.

Vincente arra gondolt, milyen szexi Grace, ahogy a pisztolyt a tenyerében tartja. Úgy gondolta, még szexibb lenne, ha megtanítaná lőni. Megállította magát. Grace nem az ő típusa volt. Nagyon bátor volt az igazgatói irodában. Hűvös maradt, amikor sokan mások teljesen elvesztették volna a fejüket. Mégis aggódott, főleg azért, mert túl sokat gondolt rá. Miért? Máris 24 órában együtt voltak. Miért nem vágyott egy kis magányra?

Missy Malone-nal pár óra után – ha nem csókolóztak – unatkozni kezdett. Sportolni akart, vagy a fiúkkal lógni. Missy az ő típusának felelt meg: csinos és népszerű volt. Nem volt a legokosabb, de ez nem számított, amíg jól illettek egymáshoz.

A valóság az volt, hogy Missy valószínűleg már nem volt ott, csakúgy, mint a többiek. Hiányzott neki, és azon tűnődött, ha ők lennének az utolsók, akkor más lenne a helyzet. Más, mint ami most volt közte és Grace között. Grace-szel jól érezte magát, és ő nem volt igényes.

– Készen állunk, hogy most induljunk? – kérdezte Grace, ami visszarántotta a valóságba.

– Igen, bocsánat. Csak elkalandoztam egy pillanatra.

„Sötétedik. Talán keresnünk kéne egy helyet, ahol éjszakázhatunk?"

„Igen. Ismerek egy helyet. Menjünk a Sydney Harbourba. Ott pihenhetünk, és úgy tehetünk, mintha turisták lennénk."

„Tökéletes."

A Quay felé hajtottak, és a Marriott előtt álltak meg. Bementek, és miután készítettek maguknak ennivalót az üres szállodai konyhában, felmentek a több hálószobás penthouse lakosztályba.

Külön szobáikban elaludtak, és húsfaló fákról álmodtak.

És arról, hogy csókolóznak egymással.

FEJEZET 14

M ásnap reggel Vincente kiállt az erkélyére. Ránézett a Sydney Harbour Bridge-re, majd végigpásztázta a horizontot, és megnézte az Operaházat. Minden normálisnak tűnt, ugyanolyan volt, mint korábban. A kikötőben a kompok többsége a rakparton horgonyzott, és a hullámok ide-oda dobálták őket. Utasokra vártak. Közelről minden úgy nézett ki, ahogy emlékezett rá. Aztán kitágította a látóterét, és rájött, hogy néhány komp a partnak ütközött. Fele a vízben, fele a szárazföldön volt.

Grace odahívta. Amikor visszahívta, bejött a szobájába, és csatlakozott hozzá az erkélyen. Két csésze kávét főzött nekik. Kint ültek.

Grace már lezuhanyozott. „Azt hiszem, ma tényleg szükségünk van új ruhákra.”

„Igen, egyetértek. Már tegnap eszembe kellett volna jutnia.”

„Menjünk sétálni, vegyünk pár dolgot, aztán próbáljuk meg élvezni a napot és a napsütést.”

„Ez jó terv a reggelre. Délután visszahozlak ide, és talán vehetsz egy könyvet, vagy keresünk neked egy laptopot.”

„Inkább veled maradnék."

„Ah, akkor ma reggel biztosan sokkal jobban érzed magad" – jegyezte meg Vincente.

„Igen, így van. Úgy érzem... Nos, ma rettenetesen boldog vagyok."

„Menjünk, vegyünk valamit reggelire, aztán menjünk el egy kicsit vásárolni."

„Menjünk!"

A TINÉDZSEREK RENGETEG RUHÁT felpróbáltak, mind elegáns, mind praktikus darabokat, de a vásárlás már nem volt ugyanaz, amikor bármit megkaphattak, amit csak akartak. Egy idő után megunták, és csak azt vitték magukkal, amire szükségük volt.

Visszatérve a szobába, Grace felhúzott egy szűk kék farmert, egy égkék nyakpántos topot és egy pár Nike futócipőt. Talált még néhány élénkpiros, kényelmes papucsot is.

Vincente fekete Levi's farmert, fehér pólót és egy pár Reebok Pumps cipőt vett fel.

Az autóban észrevehetően csendben ültek, miközben a fákkal szegélyezett utcákon haladtak. Mindenféle elhalt fát láttak, amelyek mintha gúnyolódnának rajtuk az útjuk során. A haldokló vagy már elhalt fák csontvázai kissé elvették a reményüket. A hosszú, csontos ágak kinyújtották ujjaikat, és gúnyolódtak rajtuk.

Úgy tűnt, hogy a természet ellenük fordult. Húsevő fák. Elhalt vagy haldokló fák. Nincs több alma. Nincs narancs. Nincs körte. Nincs citrom. Nincs lime. Nincs olajbogyó. Nincs karácsonyfa. Nincs a szélben lengő fenséges tölgy.

Az út mellett a leginkább meggörbült és eltorzult fa szerkezetet találták, amit valaha láttak. Kínzott, rothadó ágai az ég felé nyúltak, mintha az örökkévalóságig elérni akarnák azt, amihez nem juthatott hozzá.

Grace megborzongott, majd megpillantott egy fát a távolban. Ez a fa más volt, mint a többi. Ágai kereszt alakban nyúltak át a törzsén.

Vincente leállította az autót. „Az anyám művész" – mondta Vincente. „Úgy emlékszem, láttam egy festményt, talán Delacroix-tól, hasonló fákkal és Jákobbal, aki egy angyallal küzd."

„Szerinted ez egy jel?"

„Ha ez egy jel, akkor nem tudom, hogyan kell értelmezni."

„Talán csak így nőtt ki a földből."

„Talán."

Grace valami mást is észrevett. Egy bokorcsoport volt. Rózsabokrok. Az egyik ág végén egyetlen vörös rózsa nőtt. Ez volt az utolsó. Talán az utolsó virág.

Grace lehajolt mellé, mintha térdre borulna előtte. Imádkozva hozzá.

Vincente nézte, nem tudva, mit tegyen vagy mondjon.

Grace illatos parfümjét szagolgatta, magához szorítva. Megvédve a szél ellen. Grace arra gondolt, hogy szeretne lefeküdni mellé, ott maradni, ennek a gyönyörű, egyetlen vörös rózsának a látványában.

„Gyere, Grace" – szakította meg Vincente a gondolatait. „Egyre sötétebb lesz."

„Itt akarok maradni."

„Nem maradhatunk itt. Nem állíthatjuk meg az időt."

„Tudom! Nem vagyok őrült. Csak itt akarok maradni, és megőrizni ezt a rózsát." Összeszorította. „Része akarok lenni valami igazán szépnek. Meg akarok tartani valamit, ami a földből nőtt ki, abból a földből, amit egykor ismertünk. Azt a vérszomjas fát szeretném felváltani ezzel a rózsával. A szépség..."

„...örök öröm" – mondta Vincente. „Angol óra. John Keats."

Grace még mindig a rózsát bámulta.

Vincente kezdett aggódni, mert már nagyon sötét volt, és ők egy mezőn voltak, amelyet mindenféle fák és bokrok vettek körül.

Mi van, ha valamelyik olyan, mint az a másik fa, amelyet olajfának hittünk? Mi van, ha mind olyanok? El akart menni onnan, mindkettőjüket ki akart vinni onnan. A közvetlen veszélyből.

„Grace – mondta, lehajolva mellé –, az a virág akkor hullik le, amikor készen áll rá. Most letépheted, és magaddal viheted. Így veled marad. A szépség néhány napig veled marad. Vagy hagyhatod a sorsra, a véletlenre, a természetre, vagy Istenre, ha van ilyen, és egyszerűen elsétálhatsz.

A szél egyre erősebb lett, és Grace remegni kezdett.

„Vihar készül, Vincente. Nézz fel a felhőkre! Egyre sűrűbbek, mintha egymást próbálnák kiszorítani az égből."

Felnézett, de csak sötétséget látott.

„Nem érzed?" – kérdezte a lány. Újra reszketni kezdett, és fogai vacogni kezdtek. Karjaival átölelte magát, és elengedte a rózsát.

Együtt álltak a mezőn, amíg az éjszaka-szerű égbolt elkezdett kavarogni, örvényleni és tekergőzni. Aztán fekete, tintás cseppek kezdtek hullani, ami miatt elrejtették az arcukat, és fedezékbe rohantak.

A sötét égboltról Z alakú nyílvesszőkkel fénycsóvák zuhantak le a földre, véletlenszerűen csapódva oda, ahová irányították őket.

Körülöttük villámok csapódtak fákba és házakba, lángra lobbantva azokat. Az eső egyre erősebben esett, és a villámok újra lecsaptak.

„Meg kellett tanulnia harcolni magáért, hogy túlélje" – mondta Grace. A rózsára utalt, de tudta, hogy nekik is harcolniuk kell, és hogy a természet maga is élet-halál harcot fog vívni.

„Ennyit az új ruháinkról" – mondta Vincente.

Elmenekültek onnan, miközben a villámokkal játszottak.

FEJEZET 15

AMIKOR AZ ÉJSZAKAI ÉGBOLT végre kitisztult a villámlások és az eső után, Grace és Vincente lehúzódtak az út szélére. Együtt nézték, ahogy a nap felkel a horizonton.

„Ez egy teljesen új nap" – mondta Grace.

„Igen, és ma szerintem el kéne mennünk anyukád házához, a te házadhoz."

„Tényleg? Ez egy kicsit ijesztő. Nem gondolod, hogy még túl korai lenne visszamenni oda, újra megtapasztalni az otthonomat? Mi van, ha...?"

„Ma nincs „mi van, ha". Menjünk csak, és meglátjuk, mi lesz, ha odaérünk, rendben?"

„Milyen messze van?"

„Nem messze attól a helytől, ahol korábban voltunk, az iskola mellett."

Grace egy pillanatig elgondolkodott az otthonán. Elképzelte, ahogy anyja kinyitja az ajtót, és nagy öleléssel üdvözli. Örül, hogy látja. Grace érezte, ahogy egy könnycsepp lecsorog az arcán, és a tenyerével letörölte, remélve, hogy Vincente nem vette észre.

„Semmi baj, ha az anyádra gondolsz. Nem kell félned az emlékektől."

„Csak... képzelődöm, kitalálok dolgokat, ahelyett, hogy valódi emlékek alapján élnék. Nekem ez hazugságnak tűnik."

„Hé, nem te vagy az első, aki hazudik magának, és nem is leszel az utolsó! Gyerekkoromban arról álmodtam, hogy művész leszek, mint az anyám, és nézz meg most: sportoló vagyok. És ha művész lennék sportoló helyett, szerinted népszerű lennék? Elfogadnának?"

„Miért olyan fontos ez neked? Úgy értem, hogy mások elfogadjanak, akik közül néhányat valószínűleg nem is ismersz?"

„Én... én még nem gondoltam erre korábban" – mondta Vincente. Most hazudott magának, és Grace-nek is hazudott. Nem mondhatta el neki, hogy valójában ő is művész, mert soha senkinek nem mondta el, és senkinek nem mutatta meg a munkáit. Mindig elrejtette őket a szobájában. Senki sem tudta, kivéve a szüleit és a nagyszüleit.

Ránézett. Grace Greenway, a lány, aki egyszer megcsinálta neki a matek házi feladatát. Grace Greenway, a lány, akinek a matematikai egyenletek megfogalmazási képessége messze meghaladta a korát.

És itt volt ő, Vincente Marino, a sportos fiú, akit tiszteltek és imádtak, aki Grace segítségére szorult, hogy elég jók legyenek a jegyei, és továbbra is sportolhasson. Mert ha nem sportolt, akkor semmit sem ért, és senki sem volt. Grace tette lehetővé, hogy továbbra is sportolhasson, és cserébe nem is kért tőle köszönetet vagy elismerést. Sőt, soha nem utasította vissza, még akkor sem, amikor ő is bekapcsolódott a többiek közé, és nem mindig volt a legkedvesebb vele. Vagyis soha nem támogatta nyíltan, még akkor sem, amikor a többiek gúnyolták a súlyát és a kiváló számolási képességét.

Most azonban jobban értékelte, mint Grace gondolta, és elhatározta, hogy nem esik bele ugyanabba a csapdába, mint korábban. Nem akart többé olyan fiú lenni, aki Grace Greenwayt természetesnek veszi.

„Itt vagyunk" – mondta Vincente, amikor behajtottak a 15 Wheat Field Lane felhajtójára.

„Mielőtt bemegyünk, el kell mondanom valamit." Grace habozott, majd folytatta: „Ott hátul, nem érezted, hogy valami szenved? Azok a fekete esőcseppek, úgy értem, fekete esőcseppek! Még mindig érzem, de már nem olyan erősen. Mintha valami a felszín alatt fortyogna, bosszúra várva – bár kire, azt nem tudom. Mintha maga a természet szenvedne és segítségért kiáltana.

„Grace, szerintem igazad lehet, és ezt át kell gondolnunk. Komolyan át kell gondolnunk, és talán még kutatást is kell végezni azokról a esőcseppekről. Csak átmeneti jelenség volt, és a ruháinkról is leöblítettük őket. De most koncentráljunk a jelenre. Otthon vagy, és bármi is történt odakint korábban, most már nyugodt a helyzet. Élvezzük az új napot."

„Megpróbálom" – mondta Grace –, „de bármi is legyen odakint, szerintem fel kell készülnünk."

„Felkészültünk. Fegyvereink vannak. És ami a legfontosabb, egymásra számíthatunk. Egyikünk sem egyedül van ebben. Most már egy csapat vagyunk."

„Egy csapat" – ismételte Grace, miközben kiszállt az autóból, és először nézett rá a házára. Kezével végigsimította a vöröses-sárga téglákat, egészen az ajtóig.

Egy pillanatra megállt, és gyönyörködött a szépségében. Arra számított, hogy emlékezni fog egy ilyen jelentős bejárati ajtóra, de nem jutott eszébe semmi.

„Ez egy..." – mondta Grace, miközben megcsodálta a repülő madár alakú ólomüveg ablakot. Grace végigsimította az ujjaival a külső széleket, remélve, hogy valami kapcsolatot talál vele.

„Főnix" – jegyezte meg Vincente. „A legenda szerint lángra lobban, majd újjászületik."

„Egy éghető madár. A szüleimnek egy éghető madár van a bejárati ajtón?"

„Úgy tűnik. Szerintem ez nagyon menő. A béke és az igazság szimbóluma is. Gondolom, ez is egy ok, amiért ezt választották."

„Igen, tényleg jó madárnak tűnik, hogy őrizze a házadat." Grace óvatosan lépett a füves pázsitra, és körülnézett.

„Ne erőltesd túl magad, Grace. Csak nyisd meg az elméd az emlékek előtt. Hadd tudják meg, hogy készen állsz rájuk."

„Amióta felébredtem, készen állok rá!" – kiáltotta Grace, de teljesen megértette, mire gondol. Nem akarta megerősíteni a kétségeket és a felesleges akadályokat. Olyan akart lenni, mint egy folyó, amelybe az emlékei szabadon visszafolyhatnak.

„Hagyd, hogy az érzéseid vezessenek" – mondta Vincente. „Hagyd, hogy az érzékeid vegyék át az irányítást."

„Oké, oké" – mondta Grace. „Te úgy mondod, mintha olyan könnyű lenne, de nem az. Úgy érzem magam, mint egy üres vászon, és nem szabadna így éreznem. Nem akkor, amikor otthon vagyok."

„Adj neki időt. Légy türelmes. Most menjünk be. Talán bent..." Grace pontosan tudta, mire gondol. Megnyúlt a kilincs felé. Nem mozdult. Kopogott az ajtón és csengetett, de nyilvánvaló volt, hogy senki sincs otthon.

„Talán van valahol egy kulcs" – javasolta Vincente. „Gondolkozz! Hol hagyhatta volna az anyukád a kulcsot?"

„Fogalmam sincs" – mondta Grace. Bár volt egy ötlete, hogy az anyukája talán a postaládában hagyta. Követve az ösztönét, kinyitotta a fedelet, de a keresés sikertelen volt.

„Remekül csinálod!" – mondta Vincente.

Grace tudta, hogy Vincente csak bátorítani akarja. De annyira elveszettnek érezte magát, hogy nehéz volt értékelni vagy elfogadni a kis bátorító üzeneteit anélkül, hogy leereszkedőnek érezte volna őket.

Grace behunyta a szemét, és megpróbálta elképzelni a kulcsot. Arra gondolt, hogy a lábtörlő alatt lehet, de a bejárati ajtó előtt nem volt lábtörlő.

„Vincente, szerintem a lábtörlő alatt van."

„Anyám mindig ott hagyja nekem a kulcsot. Biztos, hogy nem az én emlékeimből merítesz?" viccelődött Vincente.

Nevettek.

„Talán hátul?"

Találtak egy lábtörlőt és a kulcsot. Grace Greenway végre otthon volt.

FEJEZET 16

G RACE HABOZOTT, MIELŐTT A kulcsot a zárba dugta. Arra gondolt, milyen hálás azért, hogy megtalálták a kulcsot. Rettenetesen félt attól, mi történne, ha nem találnák meg. Akkor ablakot kellene betörniük, vagy ajtót kellene feltörniük. Úgy lépne be a saját otthonába, mint egy betörő, és ez a gondolat még most is borzongást keltett benne.

„Már majdnem ott vagyunk" – mondta Vincente, és Grace-t sürgette, hogy nyissa ki az ajtót. Jól tudta, hogy mennyire félhet. Igen, ez egy új világ volt. De még mindig az ő világa volt. Ha nem voltak emlékei róla, akkor mi van? Biztosan visszatérnek majd azok az emlékek. Idővel. Egyelőre együtt fogják megoldani, bármi is történik. „Készen állsz?" – kérdezte.

„Csak arra gondolok, milyen hálás vagyok, hogy megtaláltuk a kulcsot."

„Nem mi találtuk meg, hanem te, és ez jó jel, de nem sietünk. Amikor készen állsz." Leült a legfelső lépcsőfokra, hogy Grace-nek legyen ideje kinyitni az ajtót. Egy dologban most bőven volt részük: időben. Korábban biztosan nem így volt, amikor óráik voltak, buszokat kellett elérniük, barátaikkal kellett találkozniuk, házi feladatot és vizsgákat kellett megírniuk, iskolai sporttevékenységeken kellett részt venniük, és a családi dolgok is ott voltak. A napjaik mindig tele voltak tennivalókkal. „Oké, akkor megyek" – mondta Grace. Elfordította a kulcsot a zárban, majd kinyitotta az ajtót.

Meghívta Vincente-t, hogy jöjjön be, és újra felvillanó gondolatok kerítették hatalmukba: a vámpíroknak meghívóra van szükségük, mielőtt bármelyik házba beléphetnek.

Mosolygott, és elgondolkodott, miért jár a vámpír témája a legfurcsább pillanatokban a fejében. Ha ő vámpír lenne, hogyan tudna táplálkozni? Amikor csak ők ketten maradtak meleg testűek a világon? Hacsak nem az történt, hogy valami megváltoztatta a szervezetét, és már nem volt szüksége vérre a túléléshez? Miért emlékezett csak a vámpírokkal kapcsolatos dolgokra, és semmi másra?

Grace megrázta a fejét. Megpróbálta eltüntetni a furcsa vámpír gondolatokat, hogy visszatérhessen a pillanatba. Abba a pillanatba, amikor visszatért a saját otthonába. De talán pontosan ez volt az, amiről nem akart gondolkodni.

A ház végén egy átrium volt, sok növény és párna. Egy hely, ahol le lehetett ülni, kinézni a kertre és pihenni. Grace hátranézett, és észrevett egy hintát és csúszdát a kerti fészer mögött.

Egy pillanatra elképzelte, ahogy kislányként csúszik le a csúszdán és hintázik. Megpróbálta felidézni, ahogy anyja vagy apja hintáztatja, vagy ahogy Daryl és ő futkároznak a kertben. El tudta képzelni mindezt, de csak ennyi volt: a képzelete. Nem valódi emlékek.

Vincente mellette állt, figyelte, és ugyanakkor nem is figyelte. Úgy gondolta, hogy Grace-nek szüksége van térre, és nem akart az útjában állni vagy kényelmetlen helyzetbe hozni. Ugyanakkor azt akarta, hogy Grace mutassa az utat. Végül is, még ha nem is emlékezett, ez az ő otthona volt, ő pedig itt csak egy idegen. Csendben figyelte, ahogy a nő elmerül a gondolataiban, és a szeme a kertet fürkészi.

„Nem emlékszem rá" – mondta végül Grace.

„Majd eszedbe jut" – válaszolta Vincente. „Menjünk be, és próbáljunk meg pihenni."

„Rendben" – mondta Grace, és elindult a folyosón. Elhaladt egy zárt ajtós szoba mellett. Kíváncsiságból kinyitotta, de csak a mosókonyhát találta ott. Továbbhaladva belépett a konyhába. Olyan volt, mintha egy napsugárba lépett volna be. A konyha teljesen sárga volt. Kanári sárga, beleértve a konyhai eszközöket, a függönyöket, a tapétát, az asztalterítőt és az asztali szőnyegeket. Grace közelebb lépett, és észrevette, hogy szinte mindenre apró napraforgó minták vannak nyomva. Anyja nyilvánvalóan nagy rajongója volt a sárga színnek, és még nagyobb rajongója a napraforgóknak.

„Napraforgók" – mondta Grace, ragyogó mosollyal az arcán. Kivette a kiszáradt szárakat a vázából, megtöltötte a mosdót, majd visszatette őket friss vízbe. Azonnal felélénkültek. Grace kinézett az ablakon, és felfedezett egy sor elszáradt napraforgót a ház oldalán. Azokat, amelyeket épp megérintett, édesanyja szedte. Talán ő maga. Behozták őket a konyhába, és pontosan ebbe a vázába tették.

„Anyukád biztosan tudta, hogyan hozza be a napfényt a házba" – mondta Vincente, megpróbálva megnyugtatni Grace-t, aki ismét elmerült a gondolataiban. Leült az étkezőasztalhoz, ügyelve arra, hogy ne csináljon túl nagy zajt, amikor hátratolta a széket. Körbenézett a szobában, és úgy gondolta, hogy egész szép, de az ő ízlésének kissé túlzó. Jó volt egy kis napfény a házban, de ez tényleg nagyon, nos, fényes volt. Ebben a pillanatban nagyon hiányzott neki a napszemüvege.

Grace végigsimította a pultot, próbálva újra kapcsolatba lépni a helyiséggel. Kinyitott néhány szekrényt, és talált egy kávéscsészét, amelyen a neve volt. Volt egy, amelyiken az állt, hogy „#1 Dad" (A legjobb apa), egy másik, amelyiken az állt, hogy „World's Best Mum" (A világ legjobb anyukája), és egy csésze, amelyiken csak egy szó állt: „Daryl". Ez az ő háza volt. Ott voltak a bizonyítékok. Miért nem tudott emlékezni?

Kérlek, hadd emlékezzek, gondolta, bármi, bármit. Kérlek.

Vincente úgy gondolta, Grace már elég sokáig merült el a gondolataiba, és úgy döntött, ideje elterelni a figyelmét. Ezúttal nem csendesen tolta hátra a széket, hanem kaparászó hangot hallatva mondta: „Upsz, bocsánat, de annyira korog a gyomrom, hogy nagyon jól jönne egy kis harapnivaló."

Grace egy pillanatra visszatért a vámpír gondolataihoz, majd megfordult és kinyitotta a hűtőt. Nem volt benne sok minden, mivel anyja a legtöbb időt a kórházban töltötte. Kinyitotta a felső szekrényt, kivett egy üveg kávét és mindkettőjüknek főzött egy csésze kávét. Belekanalazott egy kis műtejszínt. Néhány pillanatig csendben kortyolgatták.

„Ha bármit ehetnél, bármit, mit ennél?" – kérdezte Grace. Ha azt válaszolta volna, hogy egy üveg vért, Grace elájult volna.

„Egy nagy, szaftos steaket ennék – félig átsütve, és egy sült krumplit tejföllel és vajjal, ami ráolvad és elolvad rajta, és desszertként egy Lamingtont."

„Legközelebb, amikor hotelben szállunk meg, rendezünk egy lakomát, jó?" – mondta Grace.

„Jól főzöl?"

„Fogalmam sincs! De hajlandó vagyok megpróbálni."

„Nem sokat főzök. Általában anya főz, és ha ő nincs itthon, akkor mikrohullámú sütőt használok, vagy ételt rendelek."

Ismét néhány pillanatig csendben maradtak. Grace a folyosóra nézett, és arra késztette magát, hogy megnézze a ház többi részét is. Megnézte az órát a mosogató felett, és látta, hogy alig múlt hat óra.

Hamarosan azonban elfáradnak, és aludniuk kell majd. Hamarosan besötétedik. Igaz, bekapcsolhatják a villanyt, de Grace inkább most nézné meg a házat, amíg még van ez a gyönyörű természetes fény.

„Oké, készen állok a felfedezés folytatására" – mondta Grace. Felállt, és a mosogatóban elmosogatta az üres csészéket. Aztán kilépett a konyhából, és továbbhaladt a folyosón.

Vincente csendben követte, ismét időt és teret hagyva neki, hogy szabadon felfedezhesse a házat. Lehetőséget adott neki, hogy megnyugodjon és kinyissa az elméjét.

A FOLYOSÓ HOSSZÚ VOLT és nem olyan világos, mint a konyha. Grace anyukája azonban kis asztalokat, tükröket és képeket helyezett el rajta, amelyek társaságot nyújtottak, miközben az ember a nappali teljes sötétségébe tartott. Grace átlépett a szőnyeggel borított padlón, és egy mozdulattal hátrahúzta a függönyt. Megfordult, hogy megnézze, mit hagyott ki. Remélte, hogy ez a hirtelen mozdulat segít neki visszaszerezni az emlékeit.

Vincente figyelte, anélkül, hogy nyilvánvalóvá tette volna. Nem akart még nagyobb nyomást gyakorolni a helyzetre.

Grace kezeit csípőre tette, és néhány pillanatra remény támadt a szívében.

Visszatartotta a lélegzetét.

Vincente is észrevette a remény csillogását, és felé indult.

Grace a tenyerével megállította. Elkezdett fel-alá járkálni.

Grace olyan volt, mint egy madár, amely felülről keresi az élelmet. Körbe-körbe forgott a szobában.

Hamarosan a remény csillogása eltűnt a szeméből, és összeesett.

A kezét az arcára tette, és sírni kezdett.

FEJEZET 17

Vincente Grace előtt térdelt. A megfelelő szavakat kereste. Nem találta őket, mert az agya kavargott, és a szíve hevesen dobogott. Elakadt a lélegzete, mert visszafogta magát – visszafogta a vágyat, hogy karjaiba vegye és...

Vincente összeszedte magát. Magában meggyőzte magát arról, hogy Grace nem az a fajta lány, aki vonzza őt. Hogy igazán nem számít, mennyire hat rá Grace érzelmi zavara. Néha empatikus ember volt. Nem gyakran, de néha. Amikor a hírekben látott dolgokat, hogy embereket bántanak, embereket tartanak fogva, vagy háború sújtotta országokat, vagy gyermekeket vagy állatokat bántalmaznak, sírt.

Most, ahogy Grace-t nézte itt és most, olyan volt, mintha a híreket nézné. Ki akart nyúlni és megvigasztalni, ahogy egy gyereket vigasztalna. Akkor miért érzett még valami mást is? Valami mást? És mi volt az? Egy pillanatig vizsgálta az érzését, és rájött, hogy pontosan mi az. Érezte, hogy gondoskodnia kell Grace-ről. Meg kell védenie. Igen, biztosan ez volt az! Nem lehetett más. Az az érzés, amit akkor érezett a lába között. Nem lehetett vágy. Nem, az nem.

Amikor Vincente visszatért a jelenbe, Grace állt. Ujjaival végigsimította a kandallópolcot és a bekeretezett fényképeket. Amikor Grace abbahagyta, Vincente odament mellé.

Miután meglátta a fényképet, mosolygott, és felvette. Együtt alaposabban megvizsgálták. Grace volt az. Valószínűleg négy-öt éves lehetett, és egy számolótartót tartott a kezében.

„Ez biztosan te vagy" – mondta Vincente. „Látom a szemedet a szemében."

Grace mosolygott, és átkutatta az elméjében lévő ködöt.

„Tudom, hogy ő én vagyok. Látom, hogy ő én vagyok. De nem emlékszem rá, sem az abakuszra."

Vincente a kezébe vette Grace összezárt ujjait, és egyenként kinyitotta őket, mintha két rózsát nyitna ki. Magához vonta.

Grace odabújva hallgatta a szívét, és egy újfajta kapcsolatot érzett. Elhúzódott.

„Nézd!" – kiáltott fel. „Ez az apám és a bátyám." A fénykép alatt egy táblán ez állt: Benjamin Greenway, Helen szeretett férje, Grace és Daryl drága apja. Túl korán távozott, 55 évesen.

A másik fényképen is volt egy tábla: Daryl Greenway, Helen és Benjamin Greenway szeretett fia. Apjával együtt nyugszik, huszonegy évesen.

Grace mély levegőt vett, és eszébe jutottak a kórházban. Megrázta a fejét. Nem látogatták meg, javította ki magát, mert mindketten meghaltak. Biztosan csak képzelődött.

„Olyan szomorú" – mondta Grace. „Két ember, akik a világot jelentették nekem, és nem érzek semmit. Kivéve a saját magam iránti szomorúságot, hogy nem emlékszem rájuk. Olyan önző vagyok!"

„Nem vagy önző! Csak most nem tudsz emlékezni, és ez nem a te hibád."

„Annyira szeretnék emlékezni valamire. Bármi is legyen az!"

„És emlékezni fogsz, csak légy türelmes. Adj időt magadnak."

„Nem hiszem, hogy ez megtörténik, Vincente. Nem hiszem, hogy valaha is emlékezni fogok."

Vincente kezeit csípőre tette. „Okkal jöttek vissza meglátogatni téged a kórházba. Talán azért jöttek vissza, hogy segítsenek neked."

„Hogyan? Azzal, hogy elhitették velem, hogy megőrültem?"

„Nem, azzal, hogy bebizonyították, hogy még mindig ismered őket, annak ellenére, hogy átkeltek a másik oldalra. Beszéltél velük. Beszélgetést folytattál velük."

„Igen, de értelmetlen volt."

„Mert közbevágtam. Talán még nem mondták el neked, amit el akartak mondani."

„Érdekes lenne, ha igaz lenne, Vincente. De nem hiszem, hogy túl hihetőnek tűnik. De köszönöm," mondta Grace. Átment a szobán, és a lépcső aljánál megállt.

„Talán" – mondta Vincente. Grace visszafordult hozzá. „Talán üzenetet akartak átadni neked. Visszavittek egy olyan időszakba az életedben, amikor mindkettő veled volt: egy boldogabb időszakba. Egy olyan időszakba, amikor volt múltad, amire emlékezhettél, jelened, amiben élhettél, és jövőd, amire vártál."

„Akkor kettő a háromból" – mondta Grace.

Vincente nevetett, és énekelni és táncolni kezdett.

„Folytasd!" – biztatta Grace.

Vincente átcsúszott a padlón, egy vázát mikrofonként használva, és térdre ereszkedve szerelmes dalt énekelt Grace-nek, aki lelkesen tapsolt.

Arcán mélyvörös pír jelent meg, amikor odalépett hozzá, és hevesen megcsókolta a száján.

Ő is visszacsókolta. Kezei vándoroltak, kezei vándoroltak, nyelvük felfedezőútra indult.

Mindketten egyszerre vették észre, mi történik, és egyszerre hátráltak meg.

„Mit akarsz tőlem?" – kérdezte Grace. „Sajnálom, nagyon sajnálom" – mondta Vincente.

„Mindketten..."

„Igen, a pillanat hatása volt. Egyetértek, mindketten..."

„Felejtsük el, hogy ez megtörtént" – mondta Grace.

„Jó ötlet" – értett egyet Vincente. Nézte, ahogy Grace felmegy a lépcsőn.

Amikor odaért, megfordult, és mosolygott a válla felett. „Hamarosan találkozunk. Most megkeresem a szobámat, és kicsit felfrissítem magam."

„Remek!" – kiáltott fel Vincente, miközben ujjaival átfésülte a haját. Amikor Grace eltűnt a szem elől, visszatért a mosdóba, és vizet fröccsent az arcára. A tükörbe nézett, és elgondolkodott, ki az a személy, aki visszanéz rá?

Ki volt az a személy? Ki érezte azokat az érzéseket, valódi érzéseket, akiknek csak néhány nappal ezelőtt még semmit sem jelentett, csak egy lány, aki segíthetett neki a matek házi feladatában, hogy a csapatban maradhasson? Most ő vezette őt nagy utat, és ő válaszolt, megnyílt neki. Annyira szégyellte magát, amiért kihasználta Grace-t, különösen ebben az időszakban, amikor ő olyan sebezhető volt.

Aztán eszébe jutottak a lány puha ajkai, ahogy haboztak, majd megnyíltak előtte. Úgy csókolta meg, ahogy még soha egyetlen lány sem csókolta meg. Egyre jobban beleszeretett, és ő tudta ezt.

A baj csak az volt, hogy ő is beleszeretett.

FEJEZET 18

AZ EMELETEN GRACE IS hideg vizet locsolt az arcára. Belül és kívül egyaránt ragyogott. Egy pillanatra nem érdekelte, hogy emlékszik-e a múltjára, mert úgy gondolta, hogy a jövője sokkal fontosabb. Vincente most sokkal fontosabb volt számára, mint bármelyik emléke.

A folyosón sétált, elhaladva a zárt ajtók mellett. Eszébe jutott a csók és a láz, amely tűzként áradt szét a testében, mígnem megtalálta a hálószobáját. Biztosan az övé volt, mert ott volt a kattogó számítógép, Einstein és Fibonacci képei, tankönyvek, egy számológép és... nos, egyszerűen az ő szobája volt.

A komódon egy kis ékszerdobozt talált. Amikor kinyitotta, egy dal kezdett el szólni.

„Segíthetek?" – kiáltotta Vincente.

Grace visszatért a lépcső tetejére egy kis párnával a kezében. Odadobta neki. A párna szív alakú volt.

Visszatérve a szobájába, megfordította az ékszerdobozt, amelyből kiderült, hogy a dal egy híres szerelmes dal. Nyitva hagyta a dobozt, és hallgatta, ahogy a dallam újra és újra lejátszódik, miközben a zuhany felé tartott.

Egy pillanatra megállt, mert furcsa hangot hallott. Egy morajlást. Egy suttogást. Hallgatózott. Bezárta az ékszerdoboz fedelét. Újra hallgatózott. Gondolta, biztos csak a fejében hallja. Tett még egy lépést. Újra hallotta. Megállt. Hallgatózott.

A hangereje nőtt, de csak kissé.

„Jól vagy ott fent?" – kérdezte Vincente, amikor meglátta, hogy Grace mozdulatlanul áll, és üres tekintettel bámul a folyosóra.

Grace bólintott. Visszatért a szobájába. Épp időben öltözött át, mert Vincente épp akkor ért fel a lépcsőfordulóhoz.

„Jól vagyok" – mondta Grace. „Csak..." habozott. „Uh, hallottál valamit?" Elfordította a fejét, várva, hogy újra hallja a hangot.

„Hallottam valami zenét" – mondta Vincente.

„Igen, az az ékszerdobozom volt, zenél. De valami más is?"

„Mint például?" – kérdezte Vincente, lenézve a lábára.

Grace úgy gondolta, hogy hallott valamit, de nem akarta elmondani neki, hátha ő nem hallotta. De látszott rajta, hogy aggódik miatta. „Mint egy suttogás" – mondta Grace.

„Igen, hallottam valamit."

„Azt hittem, csak a képzeletem játszik velem" – vallotta be Grace. „Először. De most..."

„Nem, én is hallom. Olyan, mint..." Vincente elhallgatott, és mozdulatlanul állt.

„Csitt" – mondta Grace, amikor a hang újra hallatszott. Egy kicsit hangosabban.

Majdnem olyan volt, mint egy nyögés.

A hang Grace nevét suttogta, újra és újra, mintha egy dal refrénje lenne. „Talán az anyukám?" – javasolta Grace.

„Talán.”

„Talán megsérült.”

„Talán.”

„Pszt.”

Erős szélroham fújt be a bejárati ajtón, és felhajtott a lépcsőn Grace és Vincente felé. Annyira erős volt, hogy a falhoz szorította őket. A ház tartalma megremegett, az alapok nyögtek.

Újabb földrengés?

Úgy döntöttek, hogy a legfelső emelet nem a legjobb hely. Megfogták egymás kezét, és elindultak a lépcső felé.

„Menjünk innen!” – kiáltotta Vincente.

Grace tudta, hogy ezt kell tenniük, és azonnal. Azonban aggódott, hogy anyja a házban rekedt. Mi van, ha megsérült?

Amikor elérték a lépcsőt, megragadták a fa korlátot, miközben a lépcső oldalról oldalra ringatózott. A ház remegni és csavarodni kezdett, mintha repülni akarna. A lépcső zongora billentyűként kezdett játszani, szétesett, így fel kellett adniuk a tervet, hogy visszatérjenek a szilárd talajra.

Ismét hallatszott a hang: „Grace”.

* * *

GRACE BOTLADOZVA HALADT a folyosón, mintha a hangot követné. A hang egy zárt ajtós szobából jött a folyosó végén.

„Azt hiszem, az anyukám" – mondta Grace, amikor elhaladtak egy kissé nyitott ajtós hálószoba előtt.

A hangszerek, CD-k, az ágyazatlan ágy és az üres fonott szék alapján felismerte, hogy ez Daryl szobája. A szék közvetlenül az ablak alatt állt, mintha csak várná a bátyja visszatérését. Az ablak tárva-nyitva volt, és egy új szélroham fújt be. Azonnal becsapták a hálószoba ajtaját, hogy megakadályozzák, hogy a szél átlökje őket a korláton.

A hang újra és újra suttogta a tinédzser nevét.

A tinédzserek remegtek és fogták egymás kezét. Együtt haladtak a folyosón. A folyosó végén lévő zárt ajtó felé, miközben a ház körülöttük üvöltött és ordított.

***

A NYÖGÉS EGYRE HANGOSABB lett.

A suttogás már nem volt suttogás.

Egyértelműen egy nő hangja volt.

Helen Greenway hangja volt, aki a lányát hívta.

„Talán válaszolnod kellene?" – javasolta Vincente.

„Anya!"

„Grace!"

„Anya!"

„Grace, Grace!"

Az ajtóhoz értek. Meleg volt a tapintása, és sértetlen volt. Még mindig a zsanérokon volt.

A ház már nem remegett és nem dübörgött.

Kinyitották.

Valami elsuhant mellettük, és belépett a szobába előttük.

Olyan volt, mint egy jeges szellő.

Megborzongtak, amikor az ajtó bezárult mögöttük, majd a zármechanizmus magától a helyére kattanva.

***

FOGAIK CSATTOGTAK, MIKÖZBEN SZEMÜK hozzászokott a fényhez, és körülnézhettek. Grace biztos volt benne, hogy nincsenek egyedül, de nem látta az anyját, és a hang már nem hívta vagy suttogta a nevét.

Hideg volt. Hideg, mint a halál.

„Látsz valamit, bármit?" – kérdezte Vincente.

„Látom a hideg leheletet. Fibonacci hópelyhek formájában."

„Mi?"

„Látod ott? Hópelyhek."

A hópelyhek körülöttük hullottak. Még jobban remegtek, és karjaikkal átölelték magukat, miközben bőrük érezte, ahogy a nedves, olvadó pelyhek kristályfehérből könnyekké válnak.

„Érzek valamit, egy jelenlétet itt velünk. Talán ezért jutott eszembe a Fibonacci-dolog."

„Igen, jól van, de veszélyes?" – kérdezte Vincente. „Úgy értem, megpróbál bántani minket?"

„Nem, nem érzem, hogy bántani akarna minket. De úgy érzem, meg akar ismerni."

„Mi?"

„Azt akarja, hogy megnyugtassam."

„Maradj itt, mellettem. Ne mozdulj!" – mondta Vincente.

„Megpróbál elérni engem, a gondolataimban. Azt hitte, ha idehoz minket, akkor megkaphatja tőlünk, amit akar, de most, hogy itt vagyunk, nem tudja, mit tegyen." Grace abbahagyta a beszédet, és fájdalmában a kezét a fejéhez emelte.

„Beszélsz hozzá? Bánt téged?" – kérdezte Vincente. Grace egész teste remegett a válaszként.

„Valamilyen telepatikus képességgel kommunikál velem. Átvizsgálja az agyamat, a testemet. Hallgatja a gondolataimat és az érzelmeimet."

„Távozz tőle!" – kiáltotta Vincente, miközben felkapott egy széket, és a falhoz vágta.

Grace fájdalmában felkiáltott, míg Vincente-t a levegőbe emelte, és erőszakosan a ágyra dobta.

FEJEZET 19

G RACE TOVÁBBRA IS RÉMÜLTEN nézte, ahogy Vincente-t előre-hátra rázta, mintha egy démon szállta volna meg. Nem tudta nem elgondolkodni azon, hogy mi okozhatja ezt, miközben a fájdalom időnként elárasztotta a testét. Talán egy másik dimenzióból érkezett lény? Egy vérfarkas? Egy vámpír? Egy szellem? Egy démon? Grace átkutatta a szobát, fegyvert keresve. Mivel nem talált, várt, amíg Vincente teste megnyugodott. Lábait és karjait egy láthatatlan, ismeretlen lény kötözte meg.

Vincente most már mozdulatlanul feküdt. Grace megpróbált odarohanni hozzá, de mintha a lába hirtelen a padlóba ragadt volna. Felső teste előre hajlott, mintha cirkuszi torzszülött lenne, de a lábai egyszerűen mozdíthatatlanok voltak.

„Jól vagy, Vincente?"

„Már nem fáj."

„Az jó."

„És te?

„Újra normálisan érzem magam, de nagyon félek, Vincente. Nem tudom mozgatni a lábaimat."

„Arról nem is beszélve, hogy hamarosan besötétedik itt. Elérsz a villanykapcsolóhoz?"

Grace nehezen hajolt előre, hogy elérje a falon lévő kapcsolót. Nyújtózott és nyújtózott, elképzelve, hogy valójában egy gumiból készült cirkuszi torzszülött, megérintette, és hallotta a kattanást, de semmi sem történt. Az áramot kikapcsolták.

„Nem működik, Vincente. Hamarosan sötét lesz itt!" Grace átkarolta magát, és megpróbálta megállítani a remegést.

„Még mindig érzed a jelenlétét körülötted?"

Grace megpróbálta elűzni az érzéseit, elképzelve, hogy azok láthatatlan és ismeretlen dolgokat kereső csápok.

„Most már csend van, Vincente. Talán megkapta tőlünk, amit akart, és most továbbment. Vagy talán nem voltunk azok, akiket remélt."

„Igen, életemben először nem bánnám, ha csalódást okoztam volna ennek a lénynek. De gondolkodjunk el. Mit akart tőlünk? Mi lehetett?"

„Egy vérfarkas?" – javasolta Grace.

„Nincs telihold, legalábbis még pár napig nem. De hé, nem hiszem, hogy láthatatlanok lehetnek."

„Mi van a vámpírokkal?"

„Igen, ők csak éjszaka jönnek elő, nem?" – mondta Vincente, halkan kuncogva. A kötelet nagyon szorosan kötötték a végtagjaira, és a mozgás iránti vágy elsöprő volt. A probléma az volt, hogy amikor megmozdult, a kötelek még szorosabban húztak, és akkor átvágták a bőrét. Látta, hogy a bokájáról vércseppek gyűlnek a lepedőn.

Grace is észrevette a lepedőre csöpögő vért. Nézte, ahogy a vörös vér a fehérre csöpög, és szétterjed. Zavarba ejtette a szőnyeg alól felé közeledő mozgás. Határozottan mozgás volt. Kígyószerű. Lassú. Csúszó-mászó. Felejti felé tartott.

„Vincente!" – sikoltotta, miközben a valami lassan közeledett felé.

Felső teste hátrált. Hátra, hátra, amennyire csak tudott.

Grace szerencsétlenségére ez nem volt elég.

***

VINCENTE!" GRACE SIKÍTOTT, A szemei szinte kiugrottak a helyükből.

Látta, hogy a lány retteg, de fogalma sem volt, miért. Megpróbálta meglazítani a kötelet, de tehetetlen volt. A küzdés csak azt eredményezte, hogy a kötél még szorosabban szorította a testét.

A lény továbbra is utat tört magának Grace felé.

Vincente észrevette, hogy valami mozog a szőnyeg alatt. Látta, ahogy Grace lába megroggyan, miközben a lény egyre közelebb kerül hozzájuk.

Grace mozdulatlanul állt, és megpróbálta uralkodni magán. Sikítani akart, de ehelyett a légzésére koncentrált. Ahogy a lény egyre közelebb jött, érezte, hogy elkezdte tapogatni.

Egyfajta nyugalom kerítette hatalmába, elárasztotta az érzékeit. Ösztönösen érezte, hogy az a lény nem akar bántani.

„Grace!" – kiáltotta Vincente, és a kötelek belevágtak a bőrébe. Középen meghajlott, most már egy újszülött borjúra hasonlított. Aztán a semmiből előkerült egy szájpecek. Vincente szájára rögzítették.

Grace látta, hogy Vincente sikít, hangosabban, mint valaha. De az ő irányából csak fájdalmas csend hallatszott. A néma sikolyok a legfélelmetesebb sikolyok.

Egymás szemébe néztek. Minden erejükkel egymás felé nyúltak, és egymás szemébe néztek, amikor a valami Grace lábához ért.

A lábujjaitól kezdve felfelé haladt, egyre feljebb és feljebb.

Ekkor Grace hangja elektrizáló sikollyal töltötte be a házat.

NE KÜZDJ ELLENE, MONDTA Grace magának, jól tudva, hogy Vincente pontosan ugyanezeket a szavakat mondaná neki, ha tehetné.

Nyugodj meg, gondolta, hagyd, hogy tegye, amit tennie kell, és akkor talán elmúlik.

Megpróbálta kizárni, kizárni mindent, kivéve Vincente-t, aki az ágyon feküdt, szemei tágra nyíltak. Onnan, ahol volt, láthatta a kis vérfoltot, ami a jobb bokájából csöpögött. Figyelte, ahogy a mellkasa fel-le emelkedik.

A dolog megfordította és megcsavarta, amíg úgy érezte, már nem is önmaga.

Az ereje egyre nőtt. Eleinte a fájdalom elviselhető volt, mint egy enyhe égő érzés. Majdnem mint egy forró csók. Addiktív volt; újabb csókot akart, aztán még egyet, majd még egyet. Aztán valami mássá változott. Egy határozottabb égéssé. Mint egy megjelölés. Forró. Forróbb. Forróbb.

Arca elpirult, és ökölbe szorította a kezét. Harci szelleme előtört, de a fájdalom túl nagy volt ahhoz, hogy elviselje.

Amikor elérte a medence területét, a forróság megugrott, és a hőmérséklet még magasabbra emelkedett. Mintha lángokban állt volna. Égett a máglyán. Nem tudott gondolkodni. Olyan volt, mint egy nagy ideg – egy nyers ideg. A fájdalom elviselhetetlen volt. Nem bírta tovább, és mégis egyre erősödött.

Grace-nek sikerült megőriznie az eszméletét, miközben a fájdalom felkúszott a mellei felé. Azok is lángoltak, ahogy a hő továbbhaladt, összehangolva a fájdalmat, hogy az egész testében lüktetett.

Amíg minden el nem sötétült.

FEJEZET 20

Amikor magához tért, Grace már nem volt a testében. Lassan megértette, mi történt. A fájdalom miatt az elméje széttöredezett.

Valahonnan a jelenet felett még mindig látta magát, ahogy egy képzeletbeli gubószerű tokban vonaglott, miközben a fájdalom forgószele dobálta, forgatta és csavarta a testét, amely még mindig benne mozgott. Fogva tartotta égő markában.

Érezte az égést, érezte saját húsának szisszenését, Grace már nem tudta tovább nézni magát, ezért inkább Vincente-re fordította figyelmét.

Ő is vonaglott. A teste egyik oldalról a másikra hullámzott, és szinte úgy remegett, mintha epilepsziás rohamot kapott volna. Grace felé lebegett. Ajkaival megérintette a forró homlokát.

A férfi szeme kinyílt, mintha megérezte volna a jelenlétét. Grace sikított neki, megpróbálva áttörni a korlátokat, de Vincente elfojtott sikolyait nem hallották. Grace sikoltásának intenzitása, amely már nem a saját testéből jött, lehűtötte a forró szobát, és Vincente-nek még nagyobb fájdalmat okozott.

Grace meg akarta ölni azt a dolgot. Bármi is volt az, meg akarta fogni, megfojtani, és kioltani az életét. Azt akarta, hogy vége legyen. Akkor tudta, mit kell tennie. Vissza kellett térnie a testébe, hogy szembenézzen a szörnyű teremtménnyel. Vissza kellett mennie. Nem volt hova mennie.

Igen, az a valami elvette a testét, de nem vette el az elméjét, és nem vette el a lelkét. Ugyanez volt igaz Vincente-re is. Igen, mindkettőjüket kínozták, ismeretlen okokból. Talán azért, mert ők voltak az utolsó két ember a Földön. Pontosan úgy, mint abban a régi filmben, amit Vincente említett, ahol az idegenek megpróbálták kideríteni, mi motiválja az embereket. Vagy talán meg akarták őket ölni!

Bármi is volt az ok, Grace nem hagyta, hogy megkapják, amit akartak. Hogy harc nélkül elvegyék az életüket.

Egy pillanatra elképzelte, hogy kiugrik az ablakon. Hogy hátrahagyja magát és Vincente-t. De nem tudta megtenni. Szerette azt a testet, annak ellenére, hogy voltak hibái. Bár sok volt belőle, mégis az övé volt, és csak az övé. És ott volt Vincente. Szerette őt, ez nem volt kétséges. Vissza kellett térnie önmagához. Meg kellett mentenie őt. Talán mindkettőjüket.

A szoba kívül a magas fák előre-hátra, előre-hátra lengtek a szél mágneses erejében. Ő és Vincente olyanok voltak, mint azok a fák, a fájdalommal mozogtak, ahogy a széllel mozogtak.

Mély levegőt vett, majd visszatért a testébe. A fájdalom késként hasított át rajta. Azonnal el akart szakadni, de hamar rájött, hogy ez gyengítette, csökkentette az irányítását és az erejét. A lényege megváltozott. Most már megértette, hogy a széttöredezéssel további hatalmat adott a dolognak a fizikai énje felett. Most már elhatározta, hogy visszaveszi a hatalmat!

Miután visszatért a testébe, az otthonába, összegyűjtötte minden pozitív gondolatát és energiáját, valamint minden szeretetet, amit a szívében talált. Ezeket a dolgokat a memóriabankból hívta elő, amely messze túl volt az elérhetőségén.

Visszatartva a szétválás vágyát, minden energiáját nem a szúrós, könyörtelen fájdalomra összpontosította, hanem arra, hogy saját magának egy erős fényforrást teremtsen.

Miután elképzelte, úgy mozgatta, mint egy napfénygolyót. A tenyerében tartotta, amíg a fénygolyó olyan nem lett, mint egy szív: Grace és Vincente egyesített szíve.

Az összes energiát a golyóból Vincente felé irányította. A golyó átsodródott a szobán, ragyogóan fénylve. Néhány másodpercre Vincente teste már nem vonaglott. Amikor a perzselő fájdalom ismét elhatalmasodott rajta, visszahúzta a szívet, és megtartotta. Ez erőt adott neki, hogy elviselje, amit el kellett viselnie.

És valahol a lelke mélyén egy dal kezdett el szólni, egy dal, amelyet nem ismert fel. Egy dal, amely teljesen ismeretlen volt számára. Ahogy szólt, és ahogy énekelte, ajkai már nem égtek, és szemei Vincente felé fordultak. Szíve azt mondta az övének, hogy csatlakozzon a dalhoz, énekelje vele együtt.

Együtt énekeltek a gondolataikban és a lelkükben, és a fénygömb egyre erősebb és erősebb lett.

„Soha nem hívtalak ide, szellem, vagy bármi is legyél. Nincs jogod megszállni a testemet. Megszállni a barátom testét. Most pedig tűnj el!"

És elment. Elment.

Grace összeesett a padlón.

FEJEZET 21

Ó RÁKKAL KÉSŐBB GRACE ROSSZUL érezte magát, ami nem volt meglepő, mivel fogalma sem volt, hol van.

Amikor megpróbált megmozdulni, minden porcikája fájt. Karjai és lábai természetellenes pozíciókba voltak csavarodva, mint egy elszáradt vagy letört faágak. Megpróbálta összeszedni magát, de minden mozdulat fájdalmas görcsökkel járt.

Megpróbált felállni – a kulcsszó itt a „megpróbált" –, de csak újra összeesett. Grace a szőnyegre nézett. Próbált gondolkodni, emlékezni. Mi volt azzal a szőnyeggel? Körbenézett a szobában. Megtalálta az ágyat. Megtalálta Vincente-t.

Minden, ami a hátborzongató megpróbáltatásukkal kapcsolatos volt, visszatért az emlékezetébe.

Felállt, és kisgyermekként sétált, mintha újra meg kellene tanítania a testének a mozgást. Végül elért Vincente-hez, és lenézett a mozdulatlan testére. A vérfoltokra, amelyek már barnák voltak. Nem terjedtek tovább.

A szeme az ajkaira esett. Azokra a csókra vágyó ajkakra. Odahajolt, de megállt, amikor a férfi szemei kinyíltak, majd még jobban kinyíltak. Nem örült, hogy meglátta. Rettegett.

„Mi az, Vincente? Bármi is volt az, már eltűnt. Biztonságban vagyunk. Jól vagyunk. Minden rendben lesz."

Bár Grace továbbra is pozitív szavakat suttogott neki, Vincente rémült arckifejezése csak fokozódni látszott. A szeme ide-oda járt, előre-hátra. Valamit mondani akart neki. Figyelmeztetni?

Suttogva megkérdezte, van-e valami mögötte. A férfi bólintott.

Grace egy pillanatig gondolkodott, kinyújtotta a kezét, és tapogatózni kezdett, de nem talált semmit. Futni akart, elmenekülni, de tudta, hogy az a valami ott van rá várva. Visszatért érte.

Vagy valami más volt? Valami más? Grace rettegett attól a gondolattól, hogy ez a valami erősebb, hatalmasabb lehet, és tönkreteheti őt. Megsemmisítheti.

Vincente szeme mozdulatlanul a nő válla fölött meredt. Félelme ragályos volt, és Grace remegett és reszketett. Aztán rájött, hogy csak együtt tudják legyőzni ezt a dolgot.

Grace lehajolt, és egyik kezével elkezdte kibogozni a kötelet, amivel Vincente-t megkötözték, míg a másik kezével az éjjeliszekrényben keresett valami fegyvert. Valamit, amit használhat. Remélte, hogy anyja tartott ott valamit, egy eszközt, ami segíthet neki ebben a súlyos helyzetben.

Vincente szeme sikított. A szeme Grace szeme lett.

A fiókban egy csipesz volt az egyetlen használható eszköz, amit talált, és Grace elkezdte elvágni a kötelet. De így nagyon sokáig tartott volna Vincente kiszabadítása. Lehajolt, és elkezdte a fogával elrágni a kötelet, és jól haladt, amíg Vincente újra remegni és vonaglani nem kezdett. A szeme találkozott Grace szemével, majd becsukta a szemét.

Grace megfordult, és kiáltott: „Ki vagy te, és mit akarsz tőlem? Tőlünk? Nem akarunk neked ártani. Mondd meg, mit akarsz, és megadjuk neked! Megpróbálunk segíteni, de kérlek, ne bánts minket. Ne bántsd az én Vincente-emet. Bármit megadok neked!"

Vincente abbahagyta a vonaglást.

A szemei kinyíltak, amikor Grace-t felemelték a földről, és a levegőbe emelték.

Az erő a mennyezetnek csapta. Aztán a falnak. Bumm. Bumm. Bumm.

Végül a földre dobta, ahol élettelenül feküdt, mint egy rongybaba.

***

ÜVEGCSÖRÖMPÖLÉS. TÖRÉS. MINDENFELÉ REPÜLŐ szilánkok. Megcsípik a bőrét. Átszúrják a bőrét.

Grace a karjaival és a kezeivel védte magát, ahogy csak tudta.

Valami felkapta és kivitte az ablakon. Egy repülő lény hátán ült, és érezte annak büdös szagát. Kapaszkodott. Puha volt. Nem tollas, hanem szőrös, szőrös.

Nagyon sötét volt, olyan sötét, hogy nem tudta kivenni annak a lénynek az alakját, amelyen szállították.

Bejártak és átrepültek dolgokon: fekete, formátlan, árnyékos földi lakóhelyeken, tornyokon és hidakon. Érezte, hogy egyre magasabbra emelkednek, egyre feljebb és feljebb, amíg már nem volt semmi, amibe belefuthatnának. A felhők között voltak.

Talán meghalt?

***

G RACE ÉS A SZAGTALAN lény repült az éjszakai égbolton. Amikor a lény hirtelen jobbra kanyarodott, Grace majdnem elvesztette az egyensúlyát. A lény megnyugtató „Gwap-Gwap" hangot adott ki. Visszaszorította Grace-t a biztonságba. Grace karjait a lény köré fonta.

Siklottak. Grace, aki eszméletét vesztette, még mindig nem volt biztos benne, hogy meghalt-e vagy csak álmodik. Tovább haladtak, egyre mélyebbre és mélyebbre a sötét éjszakában.

Grace kinyitotta a szemét, és néhány másodpercig azt hitte, hogy egy fémből készült alagútban vannak.

Belélegzett, megérezte a tenger illatát, majd elvesztette az eszméletét.

Úgy tűnt, mintha egy egész életen át utaztak volna, és most a nap kezdett felkelni. A fényt tükörként visszavert, miközben lefelé sodródtak.

A gyomra összeszorult, amikor a furcsa, szilárd felhőkről lepattantak. Ugráltak, zuhantak. Grace ebben a pillanatban nem érezte a félelmet. Biztonságban érezte magát. Hálás volt, hogy él.

Aztán a lény elengedte.

A zuhanás közben küzdött a széllel.

A zuhanás közben küzdött a széllel.

A NAP MAGASAN ÁLLT az égen, ami normális volt. Ahol Grace volt, az nem volt normális.

Egy hatalmas fa karjaiban feküdt, és már attól is felfordult a gyomra, hogy csak lenézett. Örült, hogy megérinthetett valamit. Kezével végigsimította a szilárd ágat, amelyre letették.

A nap sugarait a vállára vetette. Kivette a bőréből az üvegszilánkokat, és nem nézett le.

Mivel semmi sem vonta el a figyelmét, követte a fa törzsének vonalát. Az egyre csak folytatódott. A fa nagyon magas volt, legalább 145 méter.

Grace körbejárta a szemével a környezetét. Egy kör alakú fákkal. Ösztönösen, minden logikus ok nélkül tudta, hogy az ő fája a Király fa. A többiek Lovagok voltak. Kereste a Királynő fát, de nem találta.

Megpróbálta felidézni, amit a fákról tudott. A Tudás fája. Faktor fák. Bináris fák. A jó és a rossz fája. Kívánságfa. Karácsonyfa. A bölcsesség fája.

Elgondolkodott a fák isteniségén. Elképzelte, hogy ha újra kislány lenne, ez lenne az a fa, amely előtt tiszteletteljes félelemmel állna. Sokkal több volt, mint csodálatos. Ez a fa olyan magas volt, mintha egészen az égig érne, ha az létezne.

Grace megrázta a fejét. Elvonta a figyelmét a fa csodálatos látványa, pedig le kellett jutnia róla.

Nem is beszélve a húsevő fáról. Miféle fa volt ez?

A gondolat csak egy pillanatig foglalkoztatta, mert hátradőlt, és nézte a felhőket, ahogy elvonulnak. Érezte a jelenlétüket magában, mintha az egyik felhő tetején sodródna az égen. Elfelejtett mindent, amire emlékeznie kellett volna, miközben elképzelte, hogy egy marshmallow-szerű, párnás alakú felhőre lép.

Egyik belsejében lebegett, amikor újra elaludt.

A NAP MÁR MAJDNEM eltűnt, és a szürkület már a láthatáron volt. Kinyújtózott és ásított, megnyugodva. Egy pillanatra teljesen megfeledkezett arról, hol van.

Alatta a fák köre – a Lovagok – álltak, ágakkal a oldalukon. Mind halott fák voltak. Azonban a fa, amelyben ő volt, néhány levéllel rendelkezett, és nagyon is életteli volt.

Követte a fa törzsét egészen a földig. Észrevette, hogy a föld alja meg volt rázva. Friss ösvények vezettek el a fától. Ösvények, amelyek a többi fához, a Lovagokhoz vezettek. Nyilvánvaló volt, hogy a többi fa egykor életteli volt, de átirányították táplálék- és energiaforrásaikat, hogy megmentsék a Királyt. Meghaltak a Királyfaért. A végső áldozatot hozták.

De miért?

Erre a kérdésre Grace-nek nem volt válasza.

Felnézett a hold arcára. Albert Einstein arca tükröződött benne. Mosolygott rá, szinte arra számítva, hogy valami tudományos és matematikai képleteket fog előadni.

Szimmetria vette körül, az ágakban és minden más életformában. Megnyugtató volt érezni a szimmetria ismerős voltát.

Bár nem adott választ, ahogy Einstein holdja sem.

Einstein csillogó csillagokkal volt körülvéve. A csillagok elismerésük jeléül pislogtak. Megnyugtatta, hogy ő vigyáz rá.

Elméjét egyszerre mindenre és mindenre megnyitotta.

Nem érezte magát fáradtnak, és a válaszokat kereste az égen. Ha megpróbálna leereszkedni, leeshetne. Vagy talán eljutna az aljára. Lassan, centiméterenként haladhatna lefelé.

Ha leugrana, biztosan kitörné a nyakát. Nem volt annyira vágyakozó, hogy újra szilárd talajra lépjen, ha az a halálát jelenti.

Arra gondolt, hogy segítségért kiált, de ki tudna segíteni neki? Vincente? Nem, ő még mindig az ágyhoz volt kötve, amennyire tudta.

Vagy várhatott. Talán az a valami, ami a fára juttatta, vissza fog érte jönni? Talán visszarepíti Vincente-hez? De lehet, hogy végzett vele.

Megvizsgálta a fa szimmetriáját; gyönyörű műalkotás volt. Időbe telik, de használhatja létraként.

Belélegzett a fa illatát. Megborzongott, amikor eszébe jutott, hogy ez egy olajfa lehet, amely képes megenni egy döglött madarat.

Egy fa, amely ágával élő zsákmányt tud felnyársalni. Úgy döntött, inkább a földre zuhan és meghal, mint hogy felnyársalják és megegyék.

Túl sötét volt ahhoz, hogy elkezdjen leereszkedni. Grace biztos volt benne, hogy nappal több szerencséje lesz, bár értékelte az iróniát, hogy Einstein ott van, hogy útmutatást adjon neki.

Hátradőlt az ágak karjaiban, és Vincente-re gondolt. Hiányzott neki. Az elmúlt héten minden pillanatukat együtt töltötték, és ő fontos részévé vált az életének.

Pihentette a szemét, a kezét párnak használta, és kigondolt egy tervet: egy nagyon nagy fejszével.

FEJEZET 22

Z ÚJ NAP HAJNALÁN Grace mozdulatlanul ült, és nézte a
napfelkeltét, mintha még soha nem látta volna. Akaratlanul
is megbabonázva, olyan volt, mint egy angyal egy hatalmas fa
tetején, ami egyáltalán nem hasonlított karácsonyfára.

Órák óta ébren volt, fáradt volt a mozdulatlan ülésből, várva,
hogy valami jó ötlet vagy új menekülési terv pattanj ki a fejéből.
Egész éjjel telepatikus üzeneteket küldött minden matematikusnak
és tudósnak, aki elhagyta a Földet, és egy másik dimenzióba került.
Arra buzdította őket, hogy küldjenek vagy továbbítsanak neki egy
ötletet, bárhol is legyenek, de semmi nem jött.

Csalódottan Grace rájött, hogy teljesen egyedül van. Senkire sem
számíthat, csak magára.

Lenézett, lenézett, lenézett. Amennyire csak tudott,
kinyújtózott az ágon, amely bebizonyította, hogy elbírja a súlyát.
Visszahúzódott.

Hosszú út volt lefelé, rettenetesen hosszú út. Abban a
pillanatban elszaladt a fantáziája. Elképzelte, hogy Vincente
helikopterrel jön érte, hogy megmentse. Leereszkedett egy nagy
létrán az égből, és együtt visszaszálltak a zümmögő gépezetbe.

Szenvedélyesen csókolóztak, majd felemelkedtek a mennyekbe, ahol boldogan éltek, míg meg nem haltak.

Grace bosszankodott magán, amiért ilyen gyerekes fantáziákra gondolt. Vincente nem volt olyan helyzetben, hogy megmentse. Most nem ő irányított! Bármi is volt az a valami, ott tartotta őt az ágyon, mintha szexrabszolga lenne.

Egyre dühösebb lett, és a levegőbe emelte öklét, mintha az bármit is segített volna. Senki sem látta, ahogy öklét lengette.

Mégis, valahol a tudata mélyén egy része még mindig hitte, hogy Vincente megmentheti és meg is fogja menteni. Csak várnia kellett. Tudta, hogy ez idióta, és tudta, hogy csak ő rendelkezik azzal az erővel, hogy visszajusson a földre, mégis nem tudta magát eléggé motiválni ahhoz, hogy elkezdje a leereszkedést.

Egész nap nézte, ahogy a nap árnyékokkal játszik, táncolva be-be a faágak között. A levelek nevettek, mintha csiklandoznák őket, és ő egy egész napot pazarolt el azzal, hogy semmit sem tett, ami segíthetett volna neki.

A csillagok csillogtak körülötte, miközben elaludt. A fejében egy dal szólt:

„Ringasd, Gracie, a fa tetején,

Amikor a szél fúj, a bölcső ringatózik,

Amikor az ág letörik, a bölcső leesik,

És le fog esni Gracie, a bölcső és minden."

Hirtelen felébredt, és rájött, hogy a biztonságos hely szélére csúszott, ahová helyezték. Minden erejével megragadta a fatörzset, és visszacsúsztatta magát a helyére, miközben a levelek körülötte úgy tűntek, mintha suttognák az összes fa pletykát, amit kihagyott.

Remélte, hogy az egész csak egy rossz álom volt. Megpróbálta meggyőzni magát, hogy Vincente bejön és megmenti.

FEJEZET 23

S zegény Grace sírt, amíg ki nem sírta magát. Elképzelte, milyen lenne, ha szárnyai lennének. Akkor elrepülhetne a fáról. Biztonságban elmenekülhetne. Megmenthetné Vincente-t, és együtt elszökhetnének.

Amikor a nap ismét megjelent, Grace úgy döntött, hogy azonnal megkezdi a mászást. A fa úgy tűnt, mintha nyúlánk ágai a nap felé nyúlnának, és egy pillanatra Grace elképzelte, hogy valóban fa ujjakkal nyúl felé.

A kilátás a helyről, ahol ült, még mindig lélegzetelállító volt. A szem ellátott, ameddig csak ért. Minden mozdulatlan volt. Semmi sem mozdult, kivéve a szellő segítségével.

Grace melegséget és biztonságot érzett, ott pihenve a nap biztonságos fényhálójában. Majdnem úgy, ahogy elképzelte, hogy érezné magát, ha visszatérne az anyaméhbe. Úgy érezte, egy az egész világgal: egy az univerzummal. És mégis, soha életében nem volt még ennyire egyedül. Hogy lehet ez?

Grace-t megbénította a mély vágy, hogy higgyen egy nála nagyobb erőben, és egyszerre megértette, miért. Mielőtt a fizika, a tudomány és a szimmetria létezett, biztosan szükség volt a lélekre. A lélek túlélésének szükségessége: egyetlen lélek. Egy.

Mélyen a mellkasához szorította térdeit, és hagyta, hogy lelke átvegye az irányítást minden érzékszervén. Kétségtelenül tudta, hogy egyszer újra megérinti a fa alatti füvet, és azt is tudta, hogy el fog menni innen.

Egy másik dolog, amit biztosan tudott, az volt, hogy Vincente csak egy fiú. Nem rendelkezett olyan különleges erővel vagy képességgel, amellyel egy halhatatlan rendelkezne. Érezte a fájdalmat. Megsebesülhetett. És ami a legfontosabb, Grace megértette, hogy a férfiaknak néha segítségre van szükségük. Igen, egy olyan atletikus és erős fiúnak, mint Vincente, néha még egy lány segítségére is szüksége volt.

Egy lány segítségére, egy ilyen pillanatban.

Egy olyan lány segítségére, mint Grace Greenway.

F ELKÉSZÜLT, ÉS ÓVATOSAN LEERESZKEDETT, remélve, hogy az alatta lévő ágak elbírják a súlyát. Az ág meghajlott, és még egy kicsit meg is nyikorgott, de kitartott.

Kicsit tovább ereszkedett, és észrevette, milyen idegen érzés számára a fára mászás. Biztos volt benne, hogy kislányként soha nem volt természetes fára mászó. Megjegyzés magamnak, gondolta Grace, ha valaha lesz lányod, építs neki faházat, amikor még kislány, hogy megtanuljon rendesen mászni.

Grace elképzelte magát profi fára mászóként. Valakiként, aki már sok fára felmászott és le is jött, és ezt könnyedén tette. Rájött, hogy valószínűleg nem úgy mászik, ahogy egy profi fára mászó mászna. Nem, gondolta, ő a törzset használná. A fa vastag részét, a stabilitás érdekében.

És pontosan ezt tette. Folytatta a leereszkedést, apránként. Centiméterről centiméterre.

Középen volt. A farmerjába szálkák szúródtak, és a kezei véreztek, mert a durva fakéregre támaszkodott.

Amikor túl fáradt volt ahhoz, hogy tovább haladjon lefelé, karjait és lábait a fa törzsére fonta, és pihent. Akkor a fájdalom és a lüktető vér zengett az agyában, de túl fáradt volt ahhoz, hogy odafigyeljen rá, és így elaludt.

***

Engedd el" – mondta egy halkan suttogó hang, miközben Grace alvás és ébrenlét között lebegett. „Itt az ideje, Grace, hogy elengedj."

Grace még szorosabban kapaszkodott, mint korábban. Elfordította a fejét, és karjaival elnyomta a hangot.

„Engedd el, Grace" – mondta a hang.

Egyre fáradtabb lett a kapaszkodástól. Karjai és lábai lüktettek. Kerülte, hogy lefelé nézzen.

Megcsúszott. És lezuhant.

Egy hatalmas szilánk fúródott a kezébe, és vér ömlött ki belőle, lecsöpögve a fáról.

Ránézett a kifolyó vérre, és nem törődve vele, újra leereszkedett.

***

E GYIRÁNYÚ LEFELÉ TARTÓ ÚTJÁT folytatva elsöpörte
a vért, amelyet ruhái felszívtak. Megállt, hogy levegőt
vegyen. Újra elindult. Alig tért vissza csepegő vörös útjára,
máris újabb vér folyt, amelyet a gravitáció segített lefelé.

Grace vércseppjei csillogtak és táncoltak a napfényben, mint
zafírkristályok.

Többé nem tudott lejjebb menni. Vágyott a biztonságra, a
pihenésre alkalmas helyre a fa tetején. Rájött, hogy már jócskán
előrehaladt a fa lefelé haladásában. Igen, még mindig hosszú út
volt hátra, de új remény ébredt a szívében.

Sikerülni fog.

Amennyire csak tudta, kinyújtózott a törzsön. Lábait a közeli
ágakra tekerte, hogy pihenjenek. Úgy nézett ki, mint egy perec,
de kitartott, és büszke volt az előrehaladására.

Elméje elkalandozott, és rájött, milyen szomjas és éhes. Az
életéért küzdött, és megpróbálta más dolgokra koncentrálni.
Elképzelte Vincente-t, hogy nézett ki, amikor először felébredt.
Hogy mindig végigsimította az ujjaival a haját. Hogy felderült az

arca, amikor mosolygott. Hogy kobaltkék szemei mintha mélyen a lelkébe néztek volna.

„Vincente!" kiáltotta. „Vincente!"

Delíriumban volt – vagy majdnem –, amikor senkinek sem szólva kiáltotta: „Amikor kijutok ebből a fából, csak fakéregből fogok táplálkozni – mmm, finom!" Őrült nőként nevetett.

A folyamatos napfény hatására megsült az agya. Kitartott, és vakmerően nevetett, amíg valami furcsa nem történt a fa törzsével: lélegzett.

El akarta engedni. Vékony jégen járt. Bizonyára elment az esze. Arra gondolt, hogy talán félreértette a fa viselkedését. Újraértékelte a helyzetet, és úgy döntött, hogy inkább sóhaj volt. A fa sóhajtott.

Fák, amelyek más fákat szolgáltak. Húsevő fák.

A fa tüsszentett.

Rövid és gyors tüsszentés volt, nem túl hangos és nem túl hosszú. Grace azon tűnődött, vajon a fa szíve megáll-e, amikor tüsszent. Összeszedte magát, és rájött, hogy a fáknak nincs szívük.

Az életéért küzdve átölelte a fatörzset, és elájult.

G RACE NEM TUDTA PONTOSAN, mi történt vele, mielőtt felébredt. Érezte, ahogy a fa lüktet. Érezte, ahogy a szíve dobog, dobog és dobog a vastag faanyagban. Megértette, hogy meg kell találnia a fa száját, hogy ne váljon a fa táplálékává.

Elképzelte azt a szájat, amelybe a halott madár beleesett. Az a fa méretéhez képest rendkívül nagy száj volt. A szája biztosan egy kráter volt.

Akkor eszébe jutott egy ötlet. Anélkül, hogy átgondolta volna a következményeket, kihúzott egy nagy szilánkot a fából, és a felkarjába szúrta. A vér kifolyt, és lefolyt a fa törzsén. Eleinte csak néhány csepp volt, de hamarosan a cseppek összeálltak egy nagy vérröggé.

Nézte, ahogy lefelé, lefelé, lefelé halad a fán, majd bekövetkezett az, amit remélt – és amitől tartott.

Egy hatalmas, fekete, nyelvszerű valami nyúlt ki egy tátongó lyukból, és az asp nyelvének ékesszólásával villogott és csavarodott, miközben Grace vérét nyalogatta és táplálkozott belőle.

Amikor már nem maradt több vér, a nyelv egyre magasabbra nyúlt a törzsön, keresve. Még mindig éhes volt.

Grace minden erejével kapaszkodott. Nem akart most leereszkedni, nem akkor, amikor az ott várt rá.

Szüksége volt egy B tervre.

FEJEZET 24

AZ ÉLETÉÉRT KÜZDVE KAPASZKODOTT a fa törzsébe, összpontosított, és lassan, egyre sekélyebbé váló légzésével megnyugtatta magát. Kétségbeesetten akart leereszkedni. Ki akart jutni a veszélyből. És kétségbeesetten akart megkönnyebbülni.

„Grace."

Ezúttal felnézett, amikor meghallotta a nevét.

Ne mondd, gondolta, hogy a fa is tud beszélni, és hogy tudja a nevemet. Ne mondd ezt!

Kiszáradt. Éhes és kimerült volt. Bár aludt egy kicsit, ez nem az a fajta alvás volt, amire szüksége volt.

„Mindig is makacs gyerek voltál" – mondta a hang.

Férfi hang volt. A férfi hangja, aki meglátogatta a kórházban. A férfi hangja, aki évekkel ezelőtt autóbalesetben meghalt. Apja hangja.

Elvesztette az eszét. Ezúttal nem volt kétség. Határozottan elvesztette az eszét.

„Grace" – suttogta.

Mivel Grace nem vette észre a jelenlétét, a férfi újra és újra suttogta a nevét. Vagy talán csak a szél volt. Csak a szél hívta a nevét?

„Engedd el" – mondta az apja. „Ez nem jó neked és annak a fiúnak. Ő sem jó neked."

A Vincente-re való utalás felkeltette a figyelmét.

Az apja nevetett. „Grace, hallgass rám. Te és Vincente nem vagytok egymásnak teremtve. Ő más úton jár. Csak engedd el. Engedd el a jelent."

„Ne beszélj Vincente-ről. Nem is ismered őt."

„Grace, nem mondhatom el, mit tudok, és honnan tudom, de fizetni kell, és az ár túl magas neked. Ráadásul manipulálnak téged, hogy helyrehozd a múltat."

„Mi?"

„Nem mondhatom el neked mindent, amit tudok. Idővel megtudod, de azt tanácsolom, hogy most add fel. Kérj bocsánatot. Aztán engedd el. Te csak egy gyermek vagy, ártatlan. Nem a te dolgod a múltat kitörölni. Nem a te dolgod jóvátenni."

„Én... én nem értem."

„Majd meg fogod érteni, de akkor már túl késő lesz. Kérlek, engedd el. Tedd meg most. Ez az egyetlen módja, hogy megszabadulj a sorsodtól."

Még szorosabban kapaszkodott a fatörzsbe. Ennek semmi értelme nem volt.

„Csak engedd el" – suttogta.

Ő még mindig kapaszkodott. Minden erejét beleadta. Nem tudta tovább elviselni a kényszerítő, manipuláló szavakat.

Összeszedte minden erejét, és lassan, centiméterről centiméterre kezdett leereszkedni. Túlélési ösztönei beindultak, és visszavágott.

„Grace, nem figyeltél rám? Te egy ostoba, ostoba lány vagy!"

Valami felrobbant Grace fejében, és gondolatban azt mondta neki, hogy fogja be a száját. Eközben tovább gyűjtötte az erejét, és egyre lejjebb ereszkedett a fatörzsön.

Már nem félt. Nem volt gyenge. És nem adta fel harc nélkül.

Figyelmen kívül hagyva kétszínű apját, Grace fejében egy terv kezdett kialakulni. Az egész alkarját végighúzta a pengeszerű ágakon, sebeket ejtve és hagyva, hogy a vér kifolyjon.

A lecsöpögő vér nagy vérrögöt alkotott, amelyről tudta, hogy felébreszti az éhes szájat. Pontosan azon a helyen lebegett, ahol korábban látta, és mérlegelte a lehetőségeit. Kockázatos volt, de egyszerre két problémát is megoldott volna. Nem volt más választása.

Amikor a sós cseppek a feketedett nyelvhez közeledtek, az mohón megnyalta őket. Aztán felfelé kezdett keresni még többet. Nagyon falánk nyelv volt, mohón vágyott Grace vérére.

Új cseppeket engedett ki a sebből, figyelve és várva a tökéletes pillanatot, amikor a nyelv újabb cseppre várva elhelyezkedett – és akkor bombát dobott rá.

Apja még mindig szidta. Grace továbbra is figyelmen kívül hagyta. „Szereti a véredet, Grace" – suttogott egy hang messze felette.

Nem az apja volt. Egy kislány hangja volt.

Grace felnézett, és felismerte a kislányt. Ő volt az, aki a minap az út közepén állt. Grace kanyarodott, hogy elkerülje. Biztonságban ült a faágakból készült fészekben, ahonnan Grace megkezdte utazását, és a fehér hálóingjén lévő piros szalagot csavargatta az ujjai körül.

Grace pislogott, hogy a kislány újra eltűnjön, de ezúttal ott maradt.

„Segíts, Grace" – mondta.

„Ki vagy te? Hogy hívnak?"

A kislány nevetett. „Ismersz engem, Grace. Nem emlékszel?"

Grace megrázta a fejét. Megpróbált emlékezni.

Akkor a kislány nagyon halkan megszólalt. „Én vagyok az akkord."

Grace valahogy azonnal megbánást, szomorúságot és szeretetet érzett a gyermek iránt.

A kislány a faág szélén ingadozott, mint egy báb, és énekelt

„Én vagyok a nő-rajzoló,

én vagyok a sírás;

én vagyok a titkos hang,

én vagyok a sóhaj;

én vagyok az, amit hallani lehet

a szürkületben;

A madarak egy hanggal válaszolnak,

A virágok pézsmával;

Én vagyok az a fájdalmas növény,

Ahol kiált

Egy magányos madár,

A homályos vízesések mellett;

Én vagyok a nő-rajzoló,

Ne hagyj el;

Én vagyok a titkos hang,

Hallgasd meg sírásomat;

Én vagyok az erő, amelyet az éjszaka

Elvesz külföldön;

Én vagyok az élet gyökere;

Én vagyok az akkord." *

Grace, akit elvarázsolt a kislány hangjának édes hangszíne és szépsége, odanyújtotta a kezét.

A kislány befejezte a dalt. „Ne felejtsd, Grace, van, akit adnak, és van, akit elvesznek. Ne felejtsd." A kislány leugrott a faág végéről.

Grace sikolya volt az egyetlen hang, ami hallatszott.

Kivéve a szárnycsapkodást, amikor a kislány alakja hollóvá változott, és elrepült.

FEJEZET 25

Képtelen volt megkülönböztetni a valóságot a kitalációtól, ezért Grace az alvásban talált megnyugvást. Amíg fel nem ébredt, akkor minden visszatért.

Alig tudott kapaszkodni a fában, és az elméje is zavaros volt.

Jobbra valami kicsi és zöld lógott és lengett. Egy olajbogyó volt, szinte elérhető távolságban.

Csak annyit kellett tennie, hogy áthelyezte a súlypontját, kissé odébb ment, majd úgy nyúlt érte, mint a cirkuszban a gumiból készült nő. A gyomra korogni kezdett. Észrevette, hogy éhes.

Ahogy felé fordult, egy pillanatra megállt. Valami mélyen a gyomrában gyanút ébresztett benne. Hirtelen jelent meg, vagy csak nem vette észre korábban? Milyen abszurd! Túl sok volt ez neki. Grace ismét elgondolkodott, hogy talán elment az esze.

Az enyém, gondolta.

Előre hajolt, és egyre messzebb nyúlt, anélkül, hogy veszélybe sodorta volna magát, amíg az olajbogyó a keze ügyébe nem került.

Meghúzta.

Az majdnem elengedte, majd a fa elkezdett rázkódni, mintha rohamot kapott volna. Közvetlenül maga alá nézett, és észrevett egy tüskés ágat, amely pontosan rá mutatott. Ha most leesik, akkor ugyanúgy felnyársalja az ág, mint azt a szerencsétlen hollót.

Grace küzdött, hogy kitartson. Minden erejével kapaszkodott a rángatózó fába, karjaival és lábával. Most már a fa tetején ült.

Hirtelen a rángások valami mássá változtak. A fa rohamot kapott. Óriási dührohamot. Vagy fájdalmat érzett? Grace ismerte a fájdalmat. Emlékezett, hogy az hogyan vesztette el az irányítást minden felett, még a saját emberségét is.

A fa egy pillanatra megnyugodott, majd még hevesebben rángatózni kezdett.

Grace az öt érzékre gondolt. Elgondolkodott, hogy ha ennek a fának van szája, amivel eszik, és nyelve, amivel ízlel, akkor milyen más emberi tulajdonságokkal rendelkezik még? Van dobogó szíve? Érez?

Előrehajolta a fejét, mély levegőt vett, majd a fa törzsére lehelte. Úgy tűnt, ez segít, még ha csak egy pillanatra is.

Megpróbált valami mást. Megsimogatta a hozzá legközelebb lévő ágat. Azt, amelyiken az olajbogyó volt. Miközben simogatta az ágat, arra gondolt, milyen hálás azért, hogy él.

És Grace akkor tudta meg, hogy a fa elterelte a figyelmét arról, hogy leszedje a gyümölcsét, a gyermekét. Ez volt az egyetlen dolog, amiért élt.

Végül is nem volt királyfa. A király elküldte a bástyáit, hogy megmentsék ezt a fát, a királynőt. Ő volt a remény. Ő volt a jövő.

És most ő is haldoklott.

Grace óvatosan leereszkedett, már nem érdekelte az olajbogyó. „Annyira sajnálom" – mondta Grace hangosan. „Annyira sajnálom."

Ahogy a könnyek lefolytak az arcán, az arcáról, az alatta várakozó ágakra hullottak. És hamarosan az ág lefelé fordult, már nem jelentett fenyegetést számára. Aztán minden csendes lett. Minden békés volt. És Grace biztosan tudta, hogy nagyon hamarosan újra Vincente-tel lesz.

Grace visszatért a fa törzséhez és pihent. Kimerült volt, kényelmetlenül érezte magát és éhesebb volt, mint valaha, de nem bánt meg semmit.

A fa köhögni kezdett. Aztán a fa köpködni kezdett. Grace elkezdett lefelé zuhanni. Mintha az ujjait vajba mártották volna. Nem tudott kapaszkodni.

Felnézett az éjszakai csillagokra, Einstein holdarcára, és elfogadta, bármi is fog történni. Beletörődött, mert mindent megtett, amit csak tudott, hogy biztosítsa a túlélését.

Kicsit közelebb csúszott a földhöz.

Észrevette, hogy a körülötte lévő ágak forognak. Pörögnek. Az ágak, amelyek korábban az ég felé mutattak, most lehajoltak, és felé mutogattak.

Tovább csúszott lefelé, tudva, hogy a fa is haldoklik.

Ahogy a fa szaggatott görcsökben vonaglott, Grace csúszott, csúszott és csúszott, miközben a végtelen eget és a felette kavargó felhőket nézte, amelyek gondtalanul haladtak tovább.

A vékony ágak nyögtek és fájdalmasan várták a véget.

Hamarosan a nap felkelt a horizonton, és sugarait a vonagló fa felé terjesztette, finom, harmonikus fénnyel töltve meg, amíg az ágak felmelegedtek és megmerevedtek.

Amikor a napfény megcsókolta a fát, talán utoljára, az ágak meghajoltak, meggörbültek és összecsukódtak, lépcsőt alkotva. Egy lépcsőt, amely Grace-t visszavezetné a földre.

Levette nedves kezeit a fa törzséről, és óvatosan rálépett az első lépcsőfokra. Az könnyedén elbírta a súlyát. Gyorsan haladt előre, egyik lépcsőfokról a másikra, és szükség szerint a fa törzséhez kapaszkodva tartotta az egyensúlyát.

Alatta láthatta a füvet. Már majdnem ott volt. Versenyfutás volt a nap sugarai ellen: Grace odaér-e, mielőtt azok elérik a földet? Ki ér le előbb?

Amikor Grace leereszkedett, ő és a napfény egyszerre érintették meg a földet. Nevetett, amikor a fű csiklandozta a lábát, és élvezte a földes, pézsmás illatot.

Ott állt, a hatalmas fa alatt, és az ég felé mutatott.

Eleinte nem volt szívesen látott vendég a fa számára, de most olyan volt, mintha egy rég elvesztett barátjától búcsúzna. A fa ágai meghajlottak és eltorzultak, és a törzse arra utalt, hogy már nem sokáig fog állni.

Hangos nyikorgás hallatszott, majd földrengető reccsenés, amikor a lépcső lefelé kezdett omlani. A földre zuhantak, és úgy pattogtak, mint egy gyerek a trambulinon, majd faeső következett, és szilánkok repültek mindenfelé, mint a repeszek.

Grace mozdulatlanul állt, túlságosan megrémülve ahhoz, hogy megmozduljon, míg a királynő a lábai elé esett, végső nyughelyére.

Egy apró dolog még mozgásban volt. Leereszkedett.

A nő elkapta az olajbogyót a kezével, zsebre tette, és elindult Vincente-t keresni.

***

AHOGY HAZAFELÉ TARTOTT, ZAVARTNAK és kimerültnek érezte magát, de szerencsésnek, hogy életben maradt.

Nem tartott sokáig, mire rájött, hogy egyáltalán nem volt messze a háztól. Amint meglátta az otthonát, sírva fakadt. Nem tudta abbahagyni, miközben kinyitotta a bejárati ajtót, és felmászott a törött lépcsőn. A tetején felszívta az orrát, és rájött, hogy büdös. Gyorsan lezuhanyozott, átöltözött és megtisztította a sebeit.

Aztán kinyitotta a hálószoba ajtaját (már nem volt bezárva) és meglátta Vincente-t, aki még mindig az ágyhoz volt kötözve. Pontosan ugyanabban a helyzetben volt, ahogyan otthagyta. Először attól tartott, hogy meghalt.

Amikor a fejét a mellkasára hajtotta, érezte a lélegzetét a nyakán. Hallotta a szívének dobogását.

Megcsókolta a szemét, az arcát, a homlokát és a száját. Felébresztette a jóképű hercegét. Visszahozta őt az ébrenlét világába. Könnyek gördültek le az arcán.

Vincente kinyitotta a szemét. „Álmodom?"

Grace nem válaszolt. Csak megcsókolta az édes ajkait, újra és újra. Aztán felmászott az ágyra mellé, karjait a nyaka köré fonta, és elaludt.

FEJEZET 26

M ÉG MINDIG AZ ÉLETÉÉRT kapaszkodva a fa törzsébe, Grace felébredt. Kint még mindig sötét volt. Félve attól, hogy megmozduljon, még szorosabban kapaszkodott. Aztán forró leheletet érzett a homlokán. Összerezzent. Elhúzódott.

A törzs megmozdult.

Hallotta a szívverését.

„Ehhez hozzá tudnék szokni."

Grace sikított.

„Jól vagy, Grace? Ébredj fel!" – mondta Vincente.

Hátralépett, és közvetlenül a szakállas arcába nézett. Bár sötét volt, látta, hogy Vincente-tel van. Hazatért, és újra együtt voltak.

Álomban álmodott – de ez valóság volt. Szorosan átölelte.

„Biztosan szörnyen nézek ki" – mondta Vincente.

„Nekem gyönyörűnek tűnsz."

„Ah, ezt valószínűleg minden férfinak mondod, akit ágyhoz kötözve találsz."

„Igen, mindig azt mondom nekik, hogy nagyon gyönyörűek, így hagyják, hogy azt tegyek velük, amit akarok." Nevetett.

„Beszélnünk kell arról, ami itt történt, és arról, ami akkor történt, amikor... távol voltál.”

„Most nem akarok erről beszélni, Vincente. Talán soha nem is akarok erről beszélni.”

„Rajtad múlik, Grace, de remélem, hogy egy nap el fogod tudni mondani.”

„Szörnyű és csodálatos volt egyszerre.”

„Ha kioldozol, talán zuhanyozhatok és átöltözhetek. Aztán beszélgethetünk.”

A konyhában talált egy ollót, és elvágta Vincente kötelékeit. A kötelek helyén megszáradt vér volt, de a sebek úgy tűntek, hogy gyógyulnak.

Segített neki felállni, miután kiszabadította, de a lába alatta kinyújtózott.

„Majd én elintézem” – mondta Vincente, miközben lassan kiment a szobából. Grace követte, kinyitotta neki a fürdőszoba ajtaját, majd elkezdett mászni a törmeléken, hogy újra leérjen a földszintre.

„Anyám megőrizte az öcsém összes ruháját. Nézd meg, hátha találsz valamit, ami jó rád.” Vincente bólintott, majd becsukta maga mögött a fürdőszoba ajtaját. Grace hallotta, hogy elindul a zuhany, és elhatározta, hogy készít reggelit.

A konyhában Grace úgy döntött, hogy pikniket készít. A kertben választott helyet. Aztán főzött egy kanna kávét, és elővette a bögréket és a cukrot. A fagyasztóból kivett néhány kenyeret, és a hűtőből elővette a lekvárt, a vegemite-et, az eperdzsemet és a vajat. Aztán megsütött néhány tojást, és mindent kivitt a kertbe.

Piknik volt, de hiányoztak a szalvéták és az asztalterítő. Átnézte a fiókokat, és mindkettőt megtalálta. Mindent úgy rendezett el, hogy gyönyörűen nézzen ki, és még egy vázát is tett az asztal közepére, benne szárított virágokkal.

Amikor mozgást látott a konyhában, odaszólt Vincente-nek: „Kint vagyok!" Amikor kiment, kiáltott: „Meglepetés!"

Először csendben ettek együtt.

Vincente ránézett Grace-re, és először látta őt teljesen más szemmel. Eddig csak távolról látta, pedig ott volt mellette. Talán azért, mert korábban vak volt iránta. Azóta Grace erőről, bátorságról és olyan életkedvről tett tanúbizonyságot, amit Vincente eddig nem ismert. Grace mélyen csókolt, mintha a szívével csókolna, és Vincente tudta – mindig is tudta –, hogy Grace szereti őt. Mégis, eddig nem hitte, hogy ő is ugyanúgy érez. Mostanáig.

„Nem tudtam, hogy a kávé ilyen finom lehet" – mondta Vincente, megpróbálva elterelni a gondolatait. De mély érzései elárulták, és átnyúlt a takarón, és gyengéden megcsókolta Grace ajkait.

A nő teste megadta magát neki, és együtt mélyen és habozás nélkül csókolóztak. Vincente elsimította Grace haját az arcáról, és szorosan magához ölelte. Hallgatta a nő szívét, amely az övével együtemben dobogott, és elárasztotta egy olyan fajta szerelem, amelyet még soha nem érzett.

Vincente a szemébe nézett, miközben beszélt. „Amikor távol voltál..."

A nő megpróbálta félbeszakítani, mondani akart valamit. Tudta, hogy Grace nem akar beszélni arról, ami történt, amikor távol voltak egymástól, de ő nem erre akart kilyukadni.

A mutatóujját Grace ajkára tette, és azt mondta: „Csitt." Most kellett elmondania, mielőtt elveszítené a bátorságát. „Amikor távol voltál, rájöttem néhány dologra, és a legfontosabb az, hogy szerelmes vagyok beléd."

A lány felhördült. Nem tudta visszatartani.

A fiú ismét intett neki, hogy hallgasson.

„Nemrég egy krikettlabdával fejbe ütöttelek, és elájultál. Aggódtam érted, de egy pillanatra az jutott eszembe: „Most ki fog segíteni a matek házi feladatban?" Tudom, hogy önző voltam. Teljesen.

A lány ismét meg akarta szakítani. „Aztán figyeltelek téged, azt a buta kislányt, aki mindig furcsán nézett rám, aki néha a szemével követett. Aki nyilvánvalóan belém volt zúgva..."

Erre a megjegyzésre eltorzította az arcát, és zavarba jött. Kíváncsi volt, miért nem állt meg egyszerűen a „Szerelmes vagyok beléd" mondatnál. Az olyan tökéletes lett volna.

Folytatta: „Segítettél nekem a matekban. Te voltál a kulcs ahhoz, hogy a csapatban maradhassak, de nem voltam hálás neked. Nem igazán. Úgy éreztem, hogy valahogy tartozol nekem. Úgy éreztem, hogy mindenki tartozik nekem. Akkor még más voltam. De megváltoztam. Te változtattál meg. Most, amikor a tükörbe nézek, egy férfit látok, aki bármit megtenne érted. Egy férfit, aki veled akar lenni, és nem csak ma vagy holnap, hanem mindig, örökké. Lehet, hogy azt gondolod, hogy nem vagyok a típusod, és lehet, hogy azt gondolod, hogy nem vagy elég jó nekem, de őszintén szólva, én nem vagyok elég jó neked! A múltban csak azt tettem, amit elvártak tőlem, anélkül, hogy megkérdőjeleztem volna. Azokkal a lányokkal jártam, akikkel elvárták tőlem. A sztereotipikus sportoló voltam, és nem vagyok büszke rá, hogy ezt mondom. Te, Grace, arra késztetsz, hogy a holnapra, a mi holnapunkra, a jövőnkre gondoljak, és alig várom, hogy mindent megosszak veled."

Grace érezte, hogy könnyek csorognak le az arcán. Éveken át várta, hogy Vincente ezeket a szavakat mondja neki, és most, hogy hallotta őket, kételkedett benne, és azt mondta: „De Vincente, talán csak azért érzel így, mert csak mi ketten maradtunk? Tudod, mintha egy sivatagi szigeten rekedtünk volna, és egy idő után még a legegyszerűbb lány is jól néz ki."

Válasza a fiú szerelmi vallomására olyan volt, mint egy pofon. Szerette volna visszavonni a szavakat, de már késő volt. A kár már megtörtént.

„Nézd, Grace, tudom, hogy félsz, és most eltaszítasz magadtól. Nos, én is félek, szóval ne próbáld eltaszítani magadtól azzal a „legegyszerűbb lány" dologgal. Ez teljesen lealacsonyítja mindazt, amit most mondtam neked, és bármit is mondasz, bármit is teszel, én mindig szeretni foglak. Szeretlek, Grace."

„Én is szeretlek, Vincente."

Egymás karjaiba estek, és ezúttal a csókok lángoltak. Úgy ittak egymásból, mint két alkoholista, akik hónapok óta nem ittak alkoholt. Szenvedélyük betöltötte a levegőt.

Vincente húzódott el elsőként. Nem volt más választása, el kellett húzódnia, különben túl messzire mentek volna, túl gyorsan.

„Hol tanultál meg így csókolni?" – kérdezte, miközben simogatta a lány hátát, és érezte ujjai között a forró bőr égő érintését.

Grace vállat vont. Csak a férfi szenvedélyére reagált. Megpróbáltak visszatérni az étkezéshez, de az ajkaikon maradt íz, egymás íze miatt minden más unalmasnak tűnt.

Amikor beesteledett, lefeküdtek a takaróra, és nézték a felettük csillogó csillagokat, fogták egymás kezét, és csókolóztak. Tökéletes világ volt; egy világ, ami csak kettőjüknek készült.

Grace ránézett Vincente-re, aki mellette aludt. Lábuk összefonódott, és Grace nem tudta kiszabadítani magát anélkül, hogy felébresztette volna. Tudta, hogy biztosan rossz a lehelete, de nem tehetett semmit, ezért csak nézte, ahogy alszik. Mellkasa fel-le mozgott, és békésen aludt. Boldognak tűnt.

Eufórikus érzés kerítette hatalmába. A legvadabb álmaiban sem képzelte volna, hogy a dolgok így alakulnak. Vincente Marino szerelmes volt belé, és ő is szerelmes volt belé.

Vincente felébredt és ásított. Lehelete megérintette Grace-t. Édes volt, és remélte, hogy az övé is az, mert tudta, hogy az ő íze van.

„Mióta vagy ébren?" – kérdezte Vincente.

„Nem régóta. Gyönyörű éjszaka volt, és most egy csodálatos nap vár ránk. Mit csináljunk?"

„Először is, szerintem beszélnünk kell rólunk" – kezdte Vincente. „Arról, hová akarunk eljutni, és milyen gyorsan. Tegnap este nagyon akartalak, de nem voltam biztos benne, hogy te milyen gyorsan akarsz haladni. Sokat gondoltam ránk, amíg távol voltál. Vágytam arra, hogy megöleljelek. Őszintén szólva, ez tartott életben. Álmodtam rólunk, a kapcsolatunkról."

„Szerintem lassan kellene haladnunk."

„Egyetértek, ha megígéred, hogy szólsz, amikor készen állsz."

„Amikor készen állok, te leszel az első, aki megtudja!" – mondta Grace mosolyogva, majd ölelkeztek és gyengéden megcsókolták egymást.

Elpakolták a pikniket, és bementek a házba.

„Szerintem ma tovább kell mennünk innen" – mondta Vincente. „Igen, szerintem új kezdetre van szükségünk. De hová?"

„Valami különleges helyre, és azt hiszem, pontosan tudom, hova."

„Hova? Mondd el!"

„Nem, meg kell várnod, amíg odaérünk. Addig is összepakolok néhány dolgot. Hacsak nem szeretnéd, tudod..." Mosolygott, miközben felpillantott a lépcsőre.

A nő odament hozzá, kezeit a vállára tette, és közvetlenül a szemébe nézett. „Tisztázzunk egy dolgot, Vincente Marino: készen állok, hajlandó vagyok és képes is vagyok rá. De nem itt és most akarom. Nem ezen a helyen. De valamikor, hamarosan."

Megcsókolta, majd elindult a romok között a ház emeletére. Megfordult, és azt mondta: „Amikor pakolsz, nézd meg, találsz-e egy nagy fejszét, hátha még több őrült fával találkozunk."

„Meglesz."

FEJEZET 27

„Mikor tudtad meg először, hogy szeretsz?" – kérdezte Vincente, miközben a Parramatta Roadon haladtak a Sydney Central Business District felé.

„Az első pillanattól szerettelek" – ismerte be a lány.

„De az nem igazi szerelem volt, ugye? Csak egy rajongás. Egy szerelmi vágy. Úgy értem, mikor tudtad meg, hogy igazán szeretsz, mint embert? Mint valódi embert?"

Nem tudta elképzelni, hogy az első látásra szerelem valódi lehet. Soha nem érezte még. Nem ismert senkit, aki nem filmben vagy színdarabban fejezte volna ki, hogy a szerelem pillanatnyi lehet.

A nő a kezét az övére tette, amely a sebességváltón pihent.

A férfi furcsán nézett rá. A nő kényelmetlenül érezte magát, de gyönyörű, fehér, szinte elefántcsontszínű nyaka volt.

„Nincs más számomra, Vincente. Soha nem is volt. A szívem annyira tele van veled, hogy egyszerűen nem lehet benne más. Imádlak."

Megállította az autót, és a lány meztelen, fehér nyakához hajolt. Fogai hidegek voltak, amikor megérintették, majd égni kezdtek. A lány szíve olyan gyorsan vert, hogy azt hitte, kiugrik a mellkasából, és egész testét forróság öntötte el, miközben úgy érezte, felfalná a fiút.

Néhány pillanat múlva visszanyerték önuralmukat, és elindultak. Az utcák tele voltak kiégett járművekkel, kivéve egy Land Rovert. Vincente megállt mellette, és mindketten közelebbről megnézték. Szinte új állapotban volt, fehér bőrülésekkel, és rengeteg hely volt hátul a fegyvereiknek és a készleteiknek.

Vincente beindította a motort, és az azonnal beindult. „Szerintem ez jobb, mint a mi autónk, sokkal tágasabb és megbízhatóbb, és... el kéne vinnünk."

Grace-nek nem tetszett az ötlet, hogy ellopjanak egy autót, de logikus volt, hogy szerezzenek valami nagyobbat, ami jobban megfelel az igényeiknek. „Vajon miért nem égett ki ez, mint a többi?" – kérdezte. Vincente vállat vont, és ketten elkezdték átrakni a cuccaikat a másik autóból a Land Roverbe.

Volt még benne egy kis benzin, de nem sok. Vincente úgy döntött, hogy megáll a következő benzinkútnál, és tankol.

Grace bement Vincente-tel, és vettek egy rekesz vizet és néhány apróságot, amit magukkal vihettek.

„Hova megyünk?" – kérdezte Grace újra, miközben átkeltek a Sydney Harbour Bridge-en.

Vincente elmosolyodott. Valami miatt nagyon elégedett volt magával. Grace nagyon kíváncsi és izgatott volt.

Vincente témát váltott. „Szerencsénk volt, hogy megtaláltuk ezt a járművet. Nagyon jó állapotban van, és elvisz minket bárhová, ahová mennünk kell."

„Még nagyobb szerencsénk, hogy van jogosítványod."

„Nos, technikailag nincs" – mondta Vincente, miközben Grace-re nézett. „De ki fog megállítani?"

Grace elgondolkodott a helyzetükön. Nehéz volt elhinnie, hogy nincs más ember sehol, az országban vagy a világ más részén. Nem tudta elhinni, hogy valóban csak ők ketten maradtak a Földön.

„Nem gondolod, hogy kell lennie másoknak is, valahol?" – kérdezte Grace.

„Szerintem csak mi vagyunk" – válaszolta Vincente.

„De mi van, ha vannak mások?"

„Akkor mi megtaláljuk őket, vagy ők találnak meg minket. Addig ne aggódjunk emiatt, jó? Már majdnem ott vagyunk" – mondta, miközben befordultak a sarkon, és egy, a tengerparttal párhuzamos útra tértek. A táj lélegzetelállító volt. Grace alig várta, hogy kiszálljon a kocsiból, és mezítláb futhasson a fehér homokon.

Vincente a vízparti Manly Hotel előtt állt meg. Mint a kisgyerekek, a pár alig várta, hogy levetkőzzék a cipőjüket, és futhassanak a forró fehér homokban. A homok megcsókolta a lábukat, és kavargott, mint a cukor a kávéscsésze alján, és amikor a lábuk megérintette a hideg vizet, megborzongtak és nevettek.

„Szerinted biztonságos?" – kérdezte Grace.

„Biztonságos? Mitől?"

„Tudod, a cápáktól és a medúzáktól."

„Napok óta nem láttunk élő lényt, sem hangyát, sem pókot, sem szúnyogot, egyetlen madarat sem... És te a cápák és a medúzák miatt aggódsz?"

„Igen, nos, a fák éhesek voltak, szóval ki tudja, mi van a..."

Vincente csókkal oszlatta el az aggodalmait. Együtt játszottak a vízben, mint két gyerek, fröcsköltek és kergették egymást, amíg el nem aludtak, egymás mellett, a homokban.

***

R EGGEL Grace és Vincente homokkal borítva ébredtek, és nagyon-nagyon éhesek voltak.

„Készen állok" – mondta, miközben rávetette magát, erőteljesen megcsókolta az ajkát, és visszatolta a homokba vájt mélyedésbe.

„Szerintem… még túl korai" – mondta a férfi, gyengéden félretolva a nőt, felállva és lerázva a homokot a ruhájáról.

A nő újra rávetette magát. „Azt mondtad, szóljak, ha készen állok. Készen állok, nagyon is készen" – mondta, miközben a férfi ingének gombjait tapogatta.

A férfi hátralépett. Mosolygott rá. Grace újra rávetette magát. A férfi elhúzódott.

„Te olyan csúnya vagy" – kiáltotta frusztráltan, amikor a férfi megfordult és elrohant a másik irányba. „Gyáva!" – kiáltotta, és követte. Lihegett. A szíve hevesen dobogott. Semmi mást nem akart, csak letépni a ruháit, megkapni, amit akart, érezni a testét a sajátjához. Egy lenni vele.

„Amikor eljön az ideje, mindketten tudni fogjuk" – mondta Vincente, miközben kinyitotta a csomagtartót, és kivette a palackokat. Belépett a szálloda előcsarnokába, Grace pedig követte.

Nem volt más választása, mint követni őt a liftbe, a folyosón át, és be a hatalmas penthouse-ba.

Miután beléptek, Vincente teljesen elhúzta a függönyöket. Innen jól láthatta mindazt, ami megváltozott azóta, hogy utoljára Manlyben járt anyjával és apjával. Annyi minden megváltozott.

Korábban tömegek sétáltak a sétányon, nevettek és szórakoztak. Hajók vitorláztek a szélben, mint pontok a horizonton. Nevetés és ivászat volt. Gyerekek úsztak, játszottak és homokvárakat építettek. Szörfösök voltak, sokan, akik a nagy hullámokat lovagolták meg.

Delfinek és madarak voltak, főleg sirályok, amelyek repkedtek, a vízbe merültek, ettek és kiabáltak.

Nem is beszélve a barbecue-król, a kávézókban és éttermekben étkezők, ivók, táncolók, beszélgetők és romantikázók tömegéről. Akkor minden olyan más volt, olyan élettel teli és olyan rendkívül nyüzsgő. Vincente emlékezett, hogy régen hosszú várakozás volt, hogy bejussanak Manly legjobb éttermeibe. Most pedig ő és Grace az egész helyet maguknak tudhatták.

Elmesélte Grace-nek Manly-ről, arról, hogy a családja hogyan bérelt házat a tengerparton. Hogyan láttak bálnákat a saját szemükkel. Hogyan integettek a bálnák a farkukkal. Milyen csodálatos volt. Milyen erőteljes.

Elmesélte neki azt is, hogy néha az Oceanside Hotelben szálltak meg, mielőtt házat vettek. Olyan volt, mint egy kis nyaralás. Összepakoltak, és felszálltak a kompra. Milyen izgatott lett, és hogy mindig étteremben ettek, úsztak a tetőn lévő medencében, aztán lementek a strandra, halat és sült krumplit ettek, a homokban ültek és sokat beszélgettek.

„Nagyon hiányoznak neked a szüleid, ugye?" – mondta Grace, és megfogta a kezét. Ha lehetséges, még jobban szerette, amikor a családjáról és az emlékeiről beszélt. Amikor megosztotta vele az emlékeit és tapasztalatait, úgy érezte, mintha az övéi is lennének.

„Most" – mondta – „ez a hely csak a miénk, Grace. Itt maradhatunk, itt élhetünk, és azt tehetünk, amit csak akarunk."

„Igen" – értett egyet Grace – „azt szeretném."

Miután kissé lehűlt a levegő, úgy döntöttek, hogy sétálnak egyet a sétányon. Itt nem voltak láthatóak a földrengés okozta károk. Kezet fogva sétáltak, beszélgettek. Egyre közelebb kerültek egymáshoz.

Az emlékek kissé elhomályosították a látásukat. Együtt nagyon magányosnak érezték magukat.

„Menjünk úszni" – javasolta Vincente, miközben a víz felé futott, homokot szórva mindenfelé, miközben levette a pólóját, a rövidnadrágját, az alsóneműjét, a cipőjét és a zokniját.

Grace látta, ahogy meztelenül fut a vízbe, mintha még soha nem járt volna a tengerparton. Ő is elkezdte levetkőzni, és amikor mindent levett, belegázolt a vízbe.

Találkoztak, és kezet fogtak, amikor derékig elmerültek a hűvös vízben. A hullámok átcsaptak rajtuk, össze- és szétlökve őket, össze- és szétlökve. Csókolóztak és szorosan fogták egymást, miközben a tenger habjai hivatalosan is megkeresztelték őket szerelmükben.

Ha maradtak is élő halak, akik hallották kiáltásukat, túl udvariasak voltak ahhoz, hogy jelezzék jelenlétüket.

FEJEZET 28

MOST, EGYMÁS MELLETT FEKVE a szálloda penthouse-ában, miután olyan álmot aludtak, amilyet csak a szerelmesek ismerhetnek, Grace feje Vincente mellkasára hajtotta.

Ő pedig lenézett rá, miközben aludt. Arra gondolt, hogy ma még szebbnek találja, mint tegnap. Elhúzta a haját az arcából, és a füle mögé tűrte. Grace megmozdult.

„Jó reggelt, álomszuszék" – mondta. Megcsókolta a homlokát.

„Jó reggelt" – válaszolta Grace, miközben nyújtózott és ásított, kezével eltakarva a száját, és azon tűnődve, hogy vajon reggeli lehelete van-e – a nap legrosszabb lehelete. Kíváncsi volt, hogyan kerültek a hotelbe.

Egy pillanatig gondolkodott, megpróbálta felidézni, hogyan jutottak oda, de nem tudta felidézni, hogy egyáltalán beléptek volna a hotelbe. Mintha részeg lett volna, és most teljesen elvesztette volna az eseményre vonatkozó emlékeit, a múltból elfelejtett összes többi esemény mellett. Bosszús volt, mert minden pillanatot meg akart emlékezni Vincente-tel.

„Ha kíváncsi vagy, hogyan kerültél ide" – mondta Vincente.

„Mélyen aludtál a tengerparton, és a dagály közeledett, ezért felvettelek, idehoztalak, majd betakartalak."

„Köszönöm" – mondta, miközben hozzásimult. Aztán elnézést kért, és zuhanyozni ment. A fürdőszoba ajtaján kopogtak. Felvette a szállodai köntöst, és megkérdezte: „Ki az?"

„Én vagyok az, butuska!" – válaszolta Vincente, amikor Grace kinyitotta az ajtót, és meglátta őt szakácsköpenyben – sapkával együtt – egy ételekkel teli kocsival.

„Elég elfoglalt voltál" – jegyezte meg Grace, miközben beleharapott a lekváros pirítósba, és egy darab ropogós szalonnát mártott a lágyan főtt tojásba.

Ették és ették, amíg már nem fértek bele, majd Vincente felállt, és átadott Grace-nek egy dobozt.

„Ajándék? Nekem?"

„Kinek másnak? Remélem, tetszeni fog" – mondta Vincente, és nézte, ahogy Grace letépi a szalagot, és eltolja a papírt, hogy felfedje az ajándékot.

Grace felemelte a legszebb, pánt nélküli nyári ruhát, amit valaha látott, majd a testéhez nyomta. Selyem volt, zöld, és nagyon szexi. Grace Vincente-hez repült, megcsókolta az ajkán, majd ledobta a köntöst, és felvette az új ruhát. Tökéletesen illett rá.

„Köszönöm" – mondta.

„Most nézzük meg, hogy nézel ki nélküle!" – kiáltotta Vincente, mielőtt az ágyra lökte, és újra szeretkeztek.

Amikor felébredtek, és újra éhesek lettek, Vincente elővette a korábban talált csokoládé fondüt, és belemártották a kiolvasztott eperdarabokat. Finoman édesek voltak, és egymásnak adták őket. Amikor jóllaktak és elég energiát gyűjtöttek, újra szeretkeztek.

* * *

KÉSŐBB AZNAP KÉZ A kézben sétáltak a sétányon, miközben a hullámok a partra csapódtak mellettük. A dagály bejött, és ereje körülöttük hömpölygött.

„Itt nagyon boldogok lehetnénk, tudod" – mondta Vincente. „A szállodában van elég ételünk hónapokra. A többi szállodával és étteremmel együtt valószínűleg évekre elegendő ételünk van itt. És luxusban élhetnénk, a szállodában mozoghatnánk, soha nem kellene takarítanunk! Csak átköltözhetnénk egy másik szobába, amikor a miénk piszkos lesz!"

Grace átgondolta mindazt, amit Manly kínált. Ő is úgy érezte, hogy ez a hely szép otthon lehetne. Rengeteg idejük volt, és semmi vesztenivalójuk. Miért ne próbálnák meg?

„Azt hiszem, igazad van, itt kellene maradnunk, itt kellene otthonra lelni. Meglátjuk, mi lesz. De..." Megállt, és felnézett az égre. Aztán megfordult, és egyenesen a szemébe nézett. „Mi van, ha nem csak mi vagyunk itt? Mi van, ha vannak mások is, az országban? A világban? Annyira boldogok lehetünk, ha csak magunkra gondolunk, miközben másoknak segítségre lehet szükségük? Miközben mi is kint lehetnénk, és kereshetnénk őket?"

Vincente nem válaszolt azonnal. Ő is felnézett az égre. Hiányoztak neki a kookaburrák és a sirályok hangjai. Hiányoztak neki még a repülőgépek zaja és az autók dudálása is. „Értem, amit mondasz, drágám. De a felelősségünk magunk iránt van. Különösen akkor, amikor nem tudjuk, mennyi időnk van itt.”

„Szerinted korlátozott az időnk?”

„Ki tudja? Nem mindig az? Minden pillanatot veled akarok tölteni, boldoggá tenni téged. Szeretni téged. Most az a legfontosabb számomra, hogy szeretkezzünk.”

Karját a férfi derekára tette, és tovább sétáltak, majd befordultak a sarkon, lehajoltak a híd alatt, és futottak, mint két gyerek. Amikor elérték a rejtett játszóteret, Grace felmászott a csúszdára, lecsúszott, majd felugrott egy hintára. Vincente leült mellé a hintára, és egyre magasabbra és magasabbra emelkedtek, miközben beszélgetésük folytatódott.

„Te is az elsődleges célom vagy. Szeretni téged, veled lenni. De talán, ha megpróbálnánk másokat is megismerni, boldogabbak lennénk. Úgy értem, tudva, hogy legalább megpróbáltuk” – mondta Grace.

„Most adtál egy ötletet, Grace. Talán megpróbálhatnánk külföldre telefonálni, távolsági hívást kezdeményezni. Megnézzük, hogy így sikerül-e kapcsolatot teremtenünk. Megpróbálhatnánk egy országos hívást, aztán Új-Zélandot, talán Európát, Angliát, majd Kanadát és az USA-t. Itt tölthetjük az időt, élvezhetjük a napokat, és először így keresgélhetünk. Neked is jó így?”

„Szerintem ez egy jó kezdet. De most menjünk úszni” – mondta Grace, miközben leugrott a hintáról és elindult futni. Vincente utána repült, követve a ruhák nyomát, amit maga után hagyott. Összeszedte az összeset, és nézte, ahogy Grace belegázol a vízbe. Fel-le úszkált, majd alámerült. Majd újra feljött, a haja teljesen vizes volt, mintha egy magazin fotózására készülne.

Vincente letépte a saját ruháit, és elindult felé.

Együtt merültek alá, miközben a hullámok csapódtak a testükre.

Gondolod, hogy valaha is hiányozni fog?” – kérdezte Grace, miközben nagyot ásított, és felült, karjait térdére téve. Most már újra teljesen fel volt öltözve, és már jó ideje csillagokat nézegettek, pihenve a naplemente után.

„Mi hiányozni fog?” – kérdezte Vincente, miközben felült, és keresztbe tett lábakkal mellé ült.

„A tanulás, a sport, minden, ami az iskolába járással járt. Szerinted valaha is hiányozni fog?”

„Én például nem hiányolom a matematika bukását, és pontosan ezt csináltam, mielőtt Anderson edző azt javasolta, hogy kérjek segítséget tőled. Szerencsés voltam, azt hiszem, de nem hiányzik a tanulás. Hiányzik a játék, a közönség ovációja, amikor tökéletes dobást hajtottam végre.”

„Hiányzik a lehetőség, hogy profi legyél?”

„Olyasmi. Az egyetlen lehetőségem az volt, hogy ösztöndíjjal jutok be az egyetemre. A szüleim nem tudták volna finanszírozni a tanulmányaimat. Nem mintha szegények lettünk volna, volt pénzünk, de nehézségeket okozott volna, érted? Meg akartam csinálni, saját erőből bejutni.”

„Igen, értem, hogy meg akartad érdemelni. Régebben azt mondtad, hogy matematikus leszel. Talán újra kedvem lesz hozzá, ha visszatér a memóriám."

„Neked minden lehetséges volt." Egy pillanatra elhallgatott, látva, hogy a „volt" szó hallatán elkomorodik az arca, majd folytatta: „Még mindig az!"

„Most már semmire sem emlékszem. Amikor ott fent voltam, a fán, gyakran éreztem, hogy..." habozott, félt bevallani. „Nem, nevetni fogsz."

„Na és ha nevetek? Mondd el, gyerünk! El kell mondanod!" Aztán lehajolt, és elkezdte csiklandozni. „Most már elmondod?" – kérdezte, és addig csiklandozta, amíg a lány bele nem egyezett, hogy elmondja.

„Albert Einstein" – mondta a lány – „azt hittem, látom az arcát a holdban."

A fiú nem nevetett. Felnézett a hold arcára. Most, hogy a lány említette, ő is meglátta a bajuszt és a szemeket. Mark Twainre gondolt, vagy igen, lehet, hogy Albert Einstein is lehetett. „Én is látom" – erősítette meg. „Lehet, hogy Albert Einstein vagy Mark Twain van ott fent."

„Te is látod a bajuszt?"

„Természetesen, de még soha nem vettem észre ilyen tisztán az arcot. Hallottam már a Hold emberéről, de hogy lehet, hogy csak most látom?"

„Nem tudom biztosan" – mondta Grace. Csendben bámulták együtt a holdat, amíg Grace azt nem mondta: „Csak azt tudom, hogy amikor a fán voltam, és reményre volt szükségem, azt Albert

Einstein arcában találtam meg. Erősebbé tett. Reményt adott. Biztosra vettem, kétség nélkül, hogy le fogok jönni onnan, és hogy újra látni foglak. Valójában tudtam, hogy jól vagy, és hogy meg foglak menteni."

„Mindezt Albert Einsteinnek köszönheted, mi? Ő... ő beszélt hozzád? Onnan fentről, úgy értem?"

„Nem szavakkal, annyira nem" – mondta Grace –, „de határozottan volt egy kapcsolat. Mintha az univerzum másik végéről nyúlt volna hozzám. Erőt adott nekem. Tudom, hogy most bután hangzik, de akkor, amikor ott fent voltam a fán, teljesen normálisnak tűnt, hogy Albert Einstein vigyáz rám."

„Nos, köszönöm, Albert Einstein!" – kiáltotta Vincente a holdnak. „Köszönöm, hogy biztonságban visszahoztad a lányomat a földre, hozzám!"

„Igen, köszönöm, Albert Einstein!" – tette hozzá Grace.

„Most már valószínűleg tegeződtek, ugye?" – mondta Vincente, majd elindult futni a parton. Grace utána futott, és nevetve csobbantak a vízben.

Egyikük sem vette észre Einstein professzor kacsintását.

***

A PÁR VISSZATÉRT A szállodába, elszántan, hogy telefonáljanak. „Biztos vagyok benne, hogy ha van valaki Ausztráliában, aki válaszol, akkor ez eljut hozzájuk" – mondta Vincente.

Együtt ültek az irodában, és hagyták, hogy a telefon csengjen, csengjen és csengjen. Senki sem vette fel.

„Próbáljunk ki valami mást" – javasolta Vincente. Vincente talált egy kézikönyvet az asztalon, átlapozta, és megtalálta a kódot, amellyel Új-Zélandot lehetett hívni.

Ugyanaz a helyzet: nem vette fel senki.

„Hol próbálkozzunk legközelebb?" – kérdezte.

„Próbáljuk meg..." – állt a világtérkép előtt, becsukta a szemét, Franciaországra koncentrált, és Vincente beütötte a kódot. Hagyták csengeni, csengeni, és ismét nem vette fel senki.

„Most hova?" – kérdezte Vincente.

„Dél-Amerikába!" – kiáltotta Grace, és Vincente beütötte a számokat. Ez volt a legközelebb, amit régóta élveztek, és minden ország, amit megpróbáltak, új reményt adott nekik: Kína,

Oroszország, Norvégia, Írország és Anglia. Azonban reményük elszállt, miután megpróbálták Kanadát és az Egyesült Államokat.

„Mi vagyunk az egyetlenek" – állapodtak meg, és kimerülten visszatértek a szobájukba. Egyikük sem volt éhes vagy szomjas.

Először nem akartak szeretkezni, és nem akartak beszélgetni sem. Egyedül ültek, és bort ittak. Most már ez volt a világuk. Az életkor nem számított. Azt tehettek, amit akartak. Ez volt az álmuk valóra váltása.

V INCENTE FELÉBREDT ÉS MEGDÖBBENT, amikor hallotta Grace-t álmában beszélni:

„E egyenlő MC négyzetével, kettő meg kettő az négy, négy évszak, kiegyensúlyozott mérleg, három meg kettő az hat, ez egy női szám, a három egy férfi szám, ezért a hat egyenlő a házassággal. Hat, tíz, tizenöt háromszögszámok, négy, kilenc, tizenhat négyzetszámok, a pszichogén kocka hat köbös, vagyis hat szor hat szor hat, ami kétszázhatvanhatot ad, Pitagorasz úgy vélte, hogy mindannyian kétszázhatvanhat évente reinkarnálódunk, ezért ciklus. Visszatérés."

Megállt, kicsit horkolt, és Vincente hozzásimult. Elgondolkodott a nő ajándékán, amely most a tudatalattijában fejtette ki hatását. Zsenialitása átjárta esti gondolatait, és pihenőideje alatt rohant vissza hozzá. Ez volt az első alkalom, hogy ilyen fecsegés ébresztette fel. Olyan volt, mintha Grace egy másik nyelven beszélne. Vincente elgondolkodott, hogy említse-e neki. De ha megtenné, vajon a szuggesztív erő, és nem a saját önmegvalósítása késleltetné a gyógyulási folyamatot?

Amikor reggel lett, Vincente még mindig ébren volt, és hallgatta a körülötte lévő csendet. Grace nem beszélt többet, de párszor nyugtalan lett, és Vincente-nek el kellett távolodnia tőle. Alvás közben vergődött, de amikor matematikáról beszélt, nagyon nyugodt és összeszedett volt. Hangja tele volt szenvedéllyel. Szinte csöpögött a reménytől és a csodálattól, bár Vincente egy szót sem értett abból, amit mondott. Kialakított egy tervet, mit fog tenni, amikor Grace felébred. Nem fogja elmondani neki, hogy beszélt álmában. Legalábbis ma nem. De volt egy terve, és remélte, hogy az segít neki. Ugyanakkor eszébe jutott, hogyan lephetné meg. Optimista volt, hogy a mai nap a legjobb napjuk lesz.

FEJEZET 29

„Gondolkodtam, Grace, jó lenne ma elmenni Sydney-be. Meglátogathatnánk a közkönyvtárat. Nem kell abbahagynunk a tanulást. Van egy egész könyvtárunk és több ezer könyvünk, ami csak a miénk. Ott tölthetjük a nap nagy részét!”

„Igen, tetszik a gondolkodásmódod. Tökéletes!” Grace egy pillanatra megállt, és belenézett a tükörbe. „Szeretnék még pár dolgot venni, talán új ruhákat is. Talán be kéne festenem a hajam? Mit szólnál, ha szőke lennék?”

„A szőke biztosan nem, de nekem is jól jönne pár új dolog. Mehetnénk vásárolni! És még valami, ami szerintem hasznos lehetne, ha találnánk egy CB rádiót. Ez egy primitívebb kommunikációs forma, de...”

„Szóval még mindig azt gondolod, hogy lehetnek mások is odakint?”

„Szerintem csak mi ketten vagyunk, bébi. De ha van CB rádió, és aktívan használhatjuk, és ha van esély, még ha kicsi is, hogy mások így lépjenek kapcsolatba velünk, akkor ez a lehetőség nyitva áll előttünk. Előttük.”

„Szeretlek, Vincente" – mondta, miközben karjait a férfi nyakába vetette, és mélyen megcsókolta. Aztán az ajtó felé indult. „Nincs jobb idő, mint a jelen. Menjünk ki!"

„Teljesen egyetértek!" – kiáltotta Vincente. Karját a nő derekára tette, és együtt kimentek az épületből, és beültek az autóba. Az autójukat véglegesen a szálloda előtt parkolták le, ahol általában csak taxik és limuzinok vehettek fel utasokat. Volt néhány előnye annak, hogy szabályok nélküli világban éltek.

„Vincente" – kezdte Grace –, „gondolkodtam. Bár a szálloda szép és minden, számomra soha nem lehetne otthon. Érted, mire gondolok?"

„Igen, értem, mire gondolsz. Érzed, hogy le kell telepedned, fészket kell raknod. És egy hotel pszichológiailag nem felel meg ennek."

„Jelenleg megfelel, de tudod, a nagy képet nézve nem nekünk való." Vincente megállította az autót, és kinyitotta az ajtót. Grace nézte, ahogy a Salvos Store ablaka felé rohan. Kiszállt az autóból, hogy megnézze, mi vonzotta a figyelmét, és látta, hogy egy CB rádió!

Vincente bement a boltba, és alaposan megnézte a rádiót. Aztán talált egy konnektort, és bedugta. Átnézte a hullámhosszokat. Együtt figyelmesen hallgatták, de csak zaj és visszacsatolás volt. Vincente felvette, bedobta a csomagtartóba, és elhajtottak. A rádió esélytelen volt, ezt mindketten tudták, de nem beszéltek róla.

Áthajtottak Manly utcáin, már teljesen hozzászokva ahhoz, hogy ők ketten az egyetlen emberek a világon. Minden, amit akartak vagy amire szükségük volt, a kezeik ügyében volt: az összes turisztikai látványosság, plusz Sydney természeti kincsei és szépsége. A város a kis paradicsomuk volt, és hogy Manly csak az övék volt, az egyfajta bónusz volt.

Amikor a Land Rover áthajtott a Sydney Harbour Bridge-en, az Operaház mintha elismerte volna jelenlétüket, és Grace megragadta az alkalmat, hogy folytassa a korábbi beszélgetésüket. „Csodálatos lenne kiválasztani a nekünk tetsző házat. Megteremteni a saját otthonunkat" – mondta optimistán.

„Teljesen egyetértek, és bármelyik házat, bármelyik kastélyt választhatnánk, amit csak akarunk. De most még inkább valami személyesebb dologról kell beszélnünk. Valamiről, amiről még nem igazán beszéltünk."

Vincente arckifejezése megváltozott. Komolyan elgondolkodott, komolyabbá vált, mint Grace valaha látta, és ez aggasztotta. Várta, hogy folytassa, nem akarta megszakítani a gondolatait. Rájött, hogy Vincente a megfelelő szavakat keresi. Amikor néhány percig nem szólt semmit, Grace még jobban aggódni kezdett. Amikor Vincente leállította az autót a George Streeten, és a szemébe nézett, de továbbra is hallgatott, Grace nagyon aggódni kezdett.

„Mondd, Vincente! Megijesztesz!"

„Nem használtunk fogamzásgátlót, és lehet, hogy most terhes vagy. Lehet, hogy új anyukaként nézek rád, és én lehetek az apa. És csak azon gondolkodtam, milyen életet élne a gyermekünk? Igen, szeretnénk és gondoskodnánk róla, de mi lenne a jövője? A jövője?"

„Pontosan mit értesz ez alatt? Imádnánk a gyermekünket!"

„Igen, de ki imádná a gyermekünket? Kit szeretne ő rajtunk kívül?"

„Ó, úgy érted, valakit, akivel összeházasodhat. Akivel együtt töltheti a jövőjét, miután mi már nem leszünk?" Erősen magához ölelte, és megsimogatta a fejét, mintha gyerek lenne. „Drágám, nagyon mély gondolatok foglalkoztatnak. Meg kellett volna osztanod velem. Nem kellene egyedül aggódnod ilyen nagy dolgok miatt. Bármi is történik velünk, együtt fogjuk megoldani."

„De egy kis ember, akinek nincs más jövője, csak hogy velünk legyen? Az kegyetlen lenne. Nem lenne helyes!"

„Akkor talán fel kellene adnunk a szeretkezést? Igen, legyünk cölibátusban!" – kiáltotta, miközben simogatta a fejét és csókolta, mintha egy kisfiú lenne. „Ha így kell lennie, akkor úgy is lesz. Nem aggódhatunk most valami miatt, ami talán soha nem fog megtörténni. Szeretjük egymást. Bármit megtennék érted. Az életemet is odaadnám érted, Vincente, és nem tudnék cölibátusban élni, hacsak nem válnánk szét. Hacsak nem lennénk külön. Akkor talán."

„Az soha nem fog megtörténni! Soha nem hagylak el! Nem szándékosan" – ígérte Vincente.

„Akkor megegyeztünk. És ha gyerekeink lesznek, azt fogjuk tenni, ami nekik a legjobb. Bármit is kell tennünk. De most menjünk vásárolni, aztán menjünk a könyvtárba. Később pedig együnk valami finomat! A szerelmünkből semmi rossz nem származhat" – mondta Grace.

„Imádlak, Grace."

Kéz a kézben sétáltak be a David Jones áruházba, ahol egész délelőtt vásároltak. Aztán egy olasz étteremben ebédeltek, ahol együtt főztek spagetti bolognesét.

Ebéd után felfedezték a könyvtárat, és kivettek néhány regényt. Grace nem ment a matematikai részleg közelébe, és Vincente sem kényszerítette rá.

Ezt követően beültek a kocsiba, és végigmentek a George Streeten. Vincente váratlanul megállt, megfogta Grace kezét, és azt mondta neki, hogy mutatni akar neki valamit. Valami fontosat.

Grace ránézett a ajtó feletti táblára: „Kiváló minőségű antik ékszerek vétele és eladása".

Érdeklődve követte Vincente-t a boltba.

* * *

Amikor belépett az üzletbe, olyan volt, mintha egy csillogó csillárba sétált volna be. Minden körülötte élettel teli volt a fénytől. Minden elképzelhető ékszer, a tiarától a karkötőn át az óráig, egészen a gyémántokkal kirakott aktatáskáig, ki volt állítva az üzletben. Annyira el volt ragadtatva, hogy egy pillanatig mozdulni sem tudott. Most már a pénz nem számított számukra. Korábban ezek az ékszerek túlságosan drágák lettek volna számukra.

„Gyere!" – mondta Vincente. „Érezd jól magad, nézz körül! Látsz valamit, ami tetszik?"

Grace előrelépett, lehajolt, és belenézett a vastag üvegvitrinekbe. Jelenleg nem viselt ékszert. Valójában nem volt biztos benne, hogy milyen ékszereket szeret.

Fel-alá sétált a vitrinek között, néhány dologra ráközelített, majd elterelődött a figyelme, és továbbment. Túl sok gyönyörű dolog volt ahhoz, hogy egyszerre befogadja mindet. Amikor elérte a bolt végét, és megfordult, mintha ki akarna menni az ajtón, Vincente megállította.

„Biztosan van itt valami, ami tetszik neked!"

„Csak egy kicsit túl sok ez nekem. Nem sokat tudok az ékszerekről. Talán először beszélhetnél nekem egy kicsit róluk. Mesélj a gyűrűdről. Honnan szerezted?" – kérdezte Grace.

„Oké, igen, látom, hogy túl sok ez neked, de biztosan tudod, mi tetszik neked. Akkor nézzük meg együtt. A gyűrűm évek óta öröklődik a családomban. Családi örökség. Mindig az első fiú első fiának adták. Nem is tudtam, hogy észrevetted."

„Persze, a napfényben változik a színe, ahogy néha a szemed is. Hé, ez tetszik. Gyönyörű!" Grace felvette a gyűrűt, és amikor az ujjára akarta húzni, Vincente kinyújtotta a kezét, hogy megállítsa. A gyűrűt a kezébe vette, majd térdre ereszkedett.

„Grace Greenway, jobban szeretlek, mint bármit a világon. Hozzám jössz feleségül?"

Grace kisgyerek módjára felkiáltott, és felé rohant, hátrafelé lökve őt a padlóra. Igent mondott, és Vincente felhúzta a gyűrűt az ujjára. Tökéletesen illett, mintha neki készült volna. A nagy gyémánt szív alakú volt, szélén apró gyémántokkal. A fényben csillogott.

„Most már hivatalos!" – jelentette ki Vincente. „Úgy értem, hivatalosan eljegyeztük egymást."

„Köszönöm, imádom!"

Ölelkezve forogtak a szobában. Aztán Grace-t elöntötte a szédülés, előre tántorgott, és megvizsgálta a ajtó bal oldalán lévő üvegvitrint. A kis vitrin korábban a nyitott ajtó miatt nem volt látható. Szeme azonnal egy aranygyűrűre esett, amelynek közepén egy szív volt, és körülötte apró gyémántok. A gyémántok apró csillagokként voltak beágyazva. Csodálatos gyűrű volt, és Grace azonnal tudta, hogy neki szánták.

Vincente egyetértett, és mielőtt Grace az ujjára húzhatta volna, kivette a kezéből, és óvatosan egy dobozba tette. A dobozt a nadrágja zsebébe tette, és gyengéden megsimogatta. „Biztonságban tartom" – mondta –, „amíg egy nap össze nem házasodunk."

„Nem viselhetném egyszerűen?" – kérdezte, miközben a zsebébe nyúlt. „Úgy értem, ki tudná meg? Amúgy is, itt nincs senki, aki összeadna minket!"

„Nem ez a lényeg, ugye? Majd megvárja."

„Csintalan."

***

És te?” – KÉRDEZTE Grace, miközben átnézte a vitrineket, Vincente számára keresve egy jegygyűrűt. Elgondolkodott, vajon a férfiak is viselnek-e eljegyzési gyűrűt, vagy az csak a nőknek való, egy női dolog, ami jelzi, hogy eljegyezték? „Szeretnék neked egy eljegyzési gyűrűt venni!” – mondta Grace izgatottan, de Vincente kissé vonakodónak tűnt. „Akkor legalább egy jegygyűrűt” – mondta. Elhessegette, hogy jobban megnézhesse a vitrineket.

„Uh hum, segíthetek, hölgyem?” – kérdezte Vincente, és eljátszotta a pomposz antik ékszerész szerepét.

„Nem, köszönöm, kedves uram” – mondta Grace. „Már elloptam a gyűrűt, amit akartam!” Épp akkor tette a gyűrűt egy dobozba, és a zsebébe.

„Köszönjük, hogy ellopta tőlünk. Kérem, jöjjön vissza!” – nevetett Vincente, amikor kiléptek a butikból.

Kint Vincente egyre nagyobb lépéseket tett. Grace alig tudta tartani vele a lépést. Lihegve futott utána.

Aztán hirtelen megfordult, és magához ölelte. Majd elengedte, lihegve és izgatottan.

„Van egy fantasztikus ötletem" – mondta.

„Mondd el!"

„Neked esküvői ruhára és más dolgokra van szükséged, nekem is. Nos, nekem nem esküvői ruhára, de tudod, nekem is szükségem van esküvői ruhára. Itt vannak a legjobb üzletek a rendelkezésünkre, szóval szerezzük be most mindazt, amire szükségünk van!"

„De az üzletek nem fognak eltűnni, ugye? Miért nem várunk egy kicsit?"

„Nem, mindig azt mondom, hogy nincs jobb idő, mint a jelen, és úgy érzem, hogy ma kell megvennünk őket" – mondta Vincente.

Valójában Grace is így érezte, de egy erősebb vágy elárasztotta. Felülkerekedett az esküvő iránti vágyán. Le akarta vetkőztetni Vincente-t, majd szenvedélyesen szeretkezett vele.

Magához húzta, és szorosan átölelte. Megcsókolta, és mindent megadott neki, amit csak tudott, de a férfi gondolata nyilvánvalóan máshol jártak.

„Te nézd meg ezt, én megyek és megnézem azt, és mondjuk egy óra múlva találkozunk itt, rendben? Pontosan ezen a helyen." Megállt, csókot dobott neki, és azt mondta: „Érezd jól magad!"

„Biztos, hogy nem tudjuk együtt megvenni az esküvői ruhákat?" – kiáltott utána.

Megállt, megrázta a fejét, és visszafordult felé. „Kizárt! Rossz szerencsét hoz, ha a vőlegény az esküvő előtt meglátja az esküvői ruhát. Ebben egyedül kell boldogulnod, bébi."

„De biztosan szükséged lesz segítségre" – javasolta Grace, remélve, hogy meggondolja magát. A férfi csak mosolygott, belépett egy öltönyboltba, és becsukta maga mögött az ajtót. Grace átkarolta magát. Máris hiányzott neki.

FEJEZET 30

URCSA VOLT TÁVOL LENNI Vincente-től. Eleinte nem tetszett neki, hogy el vannak választva egymástól. Aztán belejött a hangulatba, és elkezdett esküvői ruhát próbálni. Sok közülük túl csipkés, túl hivalkodó volt. Néhányat nullás méretre készítettek, és nem álltak jól a nagyobb alkatú nőnek. Mások pedig túl bonyolultak voltak ahhoz, hogy egyedül felvegye őket.

Amikor egy antik fehér ruhát talált a fogason, amelynek rendkívül hosszú uszálya volt, nem volt biztos benne, hogy jó lesz rá, nemhogy illik hozzá. Magas csipkegallérja volt, és hozzá illő tiarával együtt volt. A ruha gombjai gyöngyök voltak, tetejükön csipke rojttal hímzett. Az árcédula 10 000 dollárt mutatott, és Grace rendkívül óvatosan csúsztatta bele magát.

Visszatartotta a lélegzetét, majd kilépett a próbafülkéből, hogy megnézze magát a teljes hosszúságú tükörben. Könnyek töltötték meg a szemét, és lefolytak az arcán. Nem tudta elhinni, hogy valaha is ilyen gyönyörű lehet. Úgy nézett ki, mint egy hercegnő, aki csak arra vár, hogy megérkezzen a hercege, és elvegye feleségül.

Vincente-re gondolt, és arra, hogy mit fog érezni, amikor meglátja ebben a látványos ruhában. Mosolyogva felnézett.

Megnézte az időt, és rájött, hogy még kell találnia néhány kiegészítőt, például cipőt és néhány hajtűt, egy kis sminket és egy pár gyöngy fülbevalót.

A küldetés teljesítve! Mindenre gondolt, amire szüksége lehet, és még maradt is egy kis ideje. Grace lassan visszasétált a találkozási helyre.

Vincente még nem érkezett meg. Furcsa módon a kocsijuk elmozdult.

Leült a járdaszegélyre, a táskák pedig szétterültek körülötte a járdán. Aztán felállt, és vett egy üveg vizet a közeli sarokbolt hűtőjéből. Végül leült, álmodozott az esküvőjükről, és várt.

***

Ahogy esteledett, Grace már nem várt türelmesen. Fáradt volt, és nagyon hiányzott neki Vincente.

A szél felélénkült, és Grace-t hideg futott végig a testén.

Bement egy közeli boltba, és felpróbált egy fekete kapucnis pulóvert.

Felhúzta a cipzárt, a kapucnit a fejére húzta, majd újra leült, és várt Vincente-re.

Várt. És várt.

És még mindig várt, és azon tűnődött, mi történt vele.

FEJEZET 31

M ÉG MINDIG VINCENTE-RE VÁRT, amikor a csillagok megjelentek. Albert Einstein képe lenézett rá. Bárcsak megtartott volna egy regényt a könyvtárból, hogy elolvassa, de a fény nem volt elég jó ahhoz, hogy ezen a helyen olvasson.

Az utcára nézett, annyi üzlet volt, de egyszerűen nem volt hozzá kedve. Persze, találhatott volna valamit, ami eltereli a figyelmét, de az nem enyhítette volna Vincente távollétével kapcsolatos egyre növekvő aggodalmát.

Talán az egyik fa Vincente-ből Vincente-kebabot csinált? És miért vitte el a kocsit? Megegyeztünk, hogy összeszedjük a cuccainkat, és egy óra múlva találkozunk. Mi történt? Hol a fenében van Vincente Marino?

Órák teltek el.

Grace kezdett kételkedni Vincente iránta érzett szerelmében.

Elkezdett azon tűnődni, hogy talán meggondolta magát a kapcsolatukkal kapcsolatban.

Ez a gondolat először dühösé tette, de aztán egyre mélyebbre hatolt a tudatalattijába.

Valahol felfedezte magában azt a részt, amelyik arra számított, hogy el fogja hagyni, meggondolja magát. Azt a részt, amelyik úgy tűnt, hogy arra számít, hogy Vincente megbántja, belülről tép szét.

Úgy döntött, mivel elkerülhetetlen volt, hogy Vincente elhagyja őt, akkor ő is továbbállhat abból a helyből, ahol megegyeztek, hogy találkoznak. Oda megy, ahová a szíve vágyik, és ebben a pillanatban a szíve a Sydney-i Operaházba vágyik.

Egy pillanatig fontolgatta, hogy ott hagyja a táskákat az út szélén. De megtalálta a világ legszebb esküvői ruháját, és magával akarta vinni. Megtartotta volna.

Egy pillanatig fontolgatta, hogy visszaveszi a ruhát, de a vonat csak lassította volna.

Amikor elérte az Operaházat, annak tisztasága és fehérsége a holdfényben csillogva üdvözölte.

Felfedezett egy létrát, amelyet eddig nem vett észre az oldalán, és felmászott rajta, egyre magasabbra, míg végül a Sydney-i Operaház tetején ült.

Bár nem volt puha alatta, úgy érezte, mintha egy óriási habcsókon ülne.

***

Grace az ujján forgatta az eljegyzési gyűrűjét, és elgondolkodott, milyen lenne az élete Vincente nélkül. Grace határozottan nem akart nélküle élni.

Észrevett egy fényt a Sydney Harbour Bridge tetején. Úgy tűnt, mintha neki villogna.

Ez egy jel volt számára. Egy jel, amely azt mondta, hogy ha Vincente nem tér vissza érte, akkor ő már nem akar élni.

Nem akart egyedüli túlélő lenni.

Inkább felmászott a Sydney Harbour Bridge tetejére, és előre vetette magát a tengerbe. Ha ez megtörténik, akkor visszaveszi az esküvői ruhát...

Aztán egy másik helyen és időben megtalálja Vincente-t.

Épp amikor felkelt a nap, hallotta, hogy a szél a nevét énekli: „Grace! Grace!”

***

Amikor Vincente VÉGRE megtalálta Grace-t, az először nem akart lejönni az Operaház tetejéről. Felkapaszkodott a létrán, hogy kétségbeesetten magyarázatot adjon. Grace nem akart magyarázatot.

Nem akart hallgatni rá. Leereszkedett, és elutasította a segítségét a táskákkal.

Megbotlott a járdán. Elsétált tőle.

Vincente egész idő alatt magyarázkodni próbált. Megpróbálta elmondani, miért késett annyit.

Grace beszállt a kocsiba. Becsapta maga mögött az ajtót.

Vincente beült a vezetőülésbe.

Grace azt mondta neki, hogy beszéljen a kezéhez.

Vincente elindult a járdától. Annyira dühös volt, hogy köphetett volna.

Grace dühös, boldog, szomorú és megkönnyebbült volt.

Elég rossz állapotban volt.

***

„Van fogalmad róla, meddig leszel rám dühös?” – kérdezte Vincente.

„Nem vagyok rád dühös!" – sikította. Annyira szerette, hogy csak azt akarta, hogy a férfi karjaiba vegye és megölelje. Hogy elmondja neki, mennyire szereti. Hogy soha nem fogja elengedni.

De egy része mégis haragudni akart rá.

Bántani akarta. Megfizettetni vele.

A fájdalom, amit érzett, elárasztotta a szívét ebben a pillanatban, és csendesen sírt magában.

Vincente átkozta magát.

Csak meg akarta lepni!

FEJEZET 32

Amikor visszaértek a hotelbe, Vincente kiszállt az autóból és Grace mellé rohant. Grace-t az autóban kellett tartania. Beszélniük kellett.

„Meg fogsz hallgatni, és most azonnal meg fogsz hallgatni."

„Én nem..."

„Tartozol nekem. Meg fogsz hallgatni."

Grace olyan bizalmatlanul nézett rá, olyan fájdalommal és szenvedéssel a szemében, hogy Vincente már nem tudta elviselni.

„Nézd, ha tudsz, csak bízz bennem. Bízz bennem, és menj fel most rögtön a szobádba. Vegyél egy zuhanyt. Hűtsd le magad. Gondolkodj el néhány percig rólunk, arról, mennyire szeretlek. És amikor készen állsz, vedd fel az esküvői ruhát, amit vettél, és gyere vissza ide, de ne azonnal. Pontosan 6 órakor gyere vissza ide."

„Szóval megint egész nap egyedül hagysz" – duzzogott Grace.

„Szerintem a kettesben töltött idő mindkettőnknek jót fog tenni. Egy kis teret ad nekünk. Időt, hogy megbecsüljük egymást. Időt, hogy gondolkodjunk. Pontosan 6 órakor gyere le hozzám, és beszélünk." Gyengéden megcsókolta az arcát, és megfogta a kezét. Mélyen a szemébe nézett, és azt mondta: „Bízz bennem."

Grace kissé vonakodva beleegyezett, bement a liftbe, ahol felakasztotta az esküvői ruháját, majd az ágyra terítette a többi ruhát.

Megnézte magát a tükörben. Szörnyen nézett ki. Egész éjjel ébren volt, és nagyon aggódott Vincente miatt. Szörnyű éjszaka volt, tele sötét gondolatokkal. Szégyellte magát, és nagyon kimerült volt.

Hanyatt feküdt a puha ágyon, és az órára nézett. Csak dél volt, és nagyon szüksége volt egy kis szundításra. Beállította az ébresztőt 4 órára, majd sírni kezdett, hogy kiadja magából az előző nap fájdalmát és szenvedését. Amikor már nem maradt több könnye, Grace elaludt.

FEJEZET 33

A RIASZTÓ MEGSZÓLALT, ÉS a éles hang megijesztette Grace-t. Felugrott, és egy pillanatra elfelejtette, hol van. Körbefutott a szobában, mintha egy liba próbálna megtanulni repülni.

Amikor megnyugodott és kikapcsolta a riasztót, eszébe jutottak az elmúlt 24 óra eseményei, hogy mi történt, hogyan felejtették el, hogyan hagyták magára.

Hogy soha nem érezte még magát ennyire egyedül, és hogy Vincente visszatért hozzá, bocsánatot kérve.

Annyira biztos volt benne, hogy Grace meg fogja érteni. Annyira magabiztos volt, és annyira biztos magában.

Átnézett a szobán, és meglátta a gyönyörű esküvői ruháját, ami rá várt. Megérintette az anyagát, és még mindig ugyanolyan gyönyörűnek érezte, mint amilyennek kinézett.

Egy pillanat múlva már zuhanyozott, megszárította magát, és felkötötte a haját, majd rögzítette. Felkészült arra a pillanatra, amikor felveszi az esküvői ruhát. Csak azt remélte, hogy lesz elég hajtűje, hogy a haját a helyén tartsa, amíg fel nem teszi a tiarát – az utolsó simítást.

Miután elkészítette a sminkjét, és minden rajta a menyasszonyra utalt, megvizsgálta a megjelenését, és azt mondta magának, amit hallani akart: hogy ő a legszebb nő a világon. Ez a cím nem zavarta, mert amennyire tudta, ő volt az egyetlen nő a világon, így nem volt verseny, és nem tűnt hiúnak, hogy így gondoljon magára.

Arra gondolt, hogy Vincente így látja majd, és elgondolkodott azon, hogy igaz-e, amit mondott, hogy balszerencsét hoz, ha a vőlegény az esküvő előtt meglátja a menyasszonyi ruhát.

Még egyszer ránézett a teljes alakos tükörben, előrehúzta a ruhája uszályát, és elindult a szobából a hosszú folyosón. Imádta a ruhája suhogó hangját, ahogy követte őt a szőnyegen. Elképzelte, hogy egyik legjobb barátnője ott van mögötte, és fogja a ruháját. De aztán elterelte a gondolatait. Végül is ez nem egy igazi esküvő volt, csak egyfajta divatbemutató Vincente számára.

Amikor a lift csengője jelzett, hogy megérkezett a földszintre, Grace átcsúszott a bejáraton, elhaladt az üres íróasztalok és elhagyott számítógépek mellett, elhaladt az üres étterem és az elhagyatott bár mellett. Amikor átvezette a vonatát a forgóajtón – ami egyébként nem volt könnyű feladat –, kilépett a félkör alakú taxi sávba, és meglátta a Land Rovert a szokásos helyén. Körbenézett Vincente után, de sehol sem látta. Megint. Kezdett szokássá válni.

A nap éppen búcsút intett a napnak, és lement a horizonton. Az ég narancssárgás-vöröses árnyalatba öltözött. Grace úgy gondolta, ez azt ígérte, hogy másnap török csemege lesz. Vagy inkább halász csemege? Fogalma sem volt, hogy ez a kifejezés miért jutott eszébe. Átkelte az utat, és a kőfalhoz érve továbbra is Vincente-t kereste.

Aztán a homok vonzotta a tekintetét. Ott volt egy egyetlen, kiszáradt vörös rózsa. Felvette, és magával vitte, miközben a lépcső felé tartott. Aztán kiszáradt rózsasziromokat vett észre. Szétszórva, nyomokat hagyva. Megmutatva neki az utat. Egy másik kiszáradt rózsa, ezúttal sárga, a lábához került. Felvette, és folytatta az utat a lépcsőn lefelé, a homokra.

Az ösvény mentén rózsa- és levendulaillatú gyertyák álltak. Fülével halvány zenét hallott a távolban.

Megfordította a fejét, hogy megkeresse a hang forrását, és amit látott, elsöpört. Ott állt, mozdulatlanul, a szél hullámozta esküvői ruháját és uszályát. A kép olyan volt, mint egy harmonikás esküvői ruha, és ahonnan Vincente állt, még soha nem látott ilyen gyönyörű látványt.

FEJEZET 34

M iután összeszedte magát, Grace felé indult. Több lépcsőfok volt előtte, és mindegyiket lassan, óvatosan tette meg, új, antik fehér cipőjének sarkával belemélyedve a lépcsőbe. Ő figyelte őt. Ott várt rá.

Olyan gyönyörűnek érezte magát, mint még soha, amikor a férfi mosolyogva felé nézett. Az arca azt mondta: Nézd! És ahogy a nap teljesen eltűnt a horizonton, csak a holdban lévő férfi maradt – úgy tűnt, Albert Einstein – tanúja annak, ami hamarosan bekövetkezni fog.

Amikor elérte az alsó lépcsőt, és meglátta a körülötte lévő homokot, elgondolkodott, milyen nehéz lehet magas sarkú cipőben a homokon járni, de nem akarta megszakítani a pillanatot, ezért rövid habozás után belépett a homokba.

Egy pillanatra megállt, és távolról úgy tűnt, mintha a tiaráját igazítaná, de mindketten tudták, hogy csak magába szívja a pillanatot, élvezi azt. A szíve annyira tele volt, hogy azt hitte, túlcsordul a körülötte lévő szeretettől és szépségtől.

Nem csoda, hogy ilyen sokáig késett, gondolta.

Látta, hogy Vincente egy pillanatra megmozdul. Felhangosította a zenét. Újabb mosolyt küldött felé.

Lépett a homokba, hogy találkozzon vőlegényével.

FEJEZET 35

V INCENTE EGY FOLYOSÓT ALAKÍTOTT ki számára, amelyen végigmehetett, úgy, hogy fényfüzéreket és gyertyákat fűzött össze, amelyeket aztán szárított rózsabokrokra tekert. Lélegzetelállítóan gyönyörű volt. Mindent magába szívott, miközben felé sétált, és csökkentette a köztük lévő távolságot.

Vincente fehér szmokingdzsekit viselt, alatta ing nélkül, és egy fekete Levi's farmert. Idegesen tördelte a kezét, és végigfutott az ujjaival a haján, miközben mosolyogva nézett felé.

Olyan gyönyörű volt, hogy legszívesebben megette volna.

De elragadta a pillanat, és élvezni akarta a képet, ahogy a fényfüzérek, a gyertyák és a csillagok felettük szinkronban csillogtak: a természet is csatlakozott szerelmük ünnepléséhez.

Grace óvatosan lépdelt, igyekezve megőrizni azt a kecses, elegáns és méltóságteljes megjelenést, amelyet egy menyasszonytól elvárnak a nagy napján. De végül nem tudott tovább várni, hogy Vincente-hez jusson, ezért levetette mindkét cipőjét, megragadta a ruhája uszályát, és rohant hozzá. Távolról úgy nézett ki, mintha repülne, de valójában nem emelkedett el a földről.

Szemük egymásba fúródott, ahogy a köztük lévő távolság egyre csökkent, és hamarosan egymás mellett álltak, kéz a kézben, egymásba merülve. Elveszve a pillanatban. Elveszve szerelmükben.

Vincente szólalt meg elsőként: „Itt az ideje, hogy feleségül vegyem a világ legszebb nőjét.”

„Köszönöm,” mondta Grace, „ez több, mint amit valaha is elképzelhettem! Tökéletes!”

„Ó, de még egy dolog, mielőtt elkezdjük. Kérlek, húzd fel a ruhádat” – mondta Vincente zavartan.

„Elnézést?”

„Úgy értem, van valamim a számodra” – pontosította Vincente. Amikor Grace felhúzta a ruháját, Vincente azt mondta: „Magasabbra, magasabbra”, amíg a combja teljesen láthatóvá nem vált, és valószínűleg még Albert Einstein is elpirult.

Aztán Vincente elővette a farmerzsebéből egy kék harisnyakötőt, és felhúzta Grace lábán, egészen a combjáig. Érintése borzongást keltett a lány lábában, majd amikor megcsókolta a combja belső részét, az egész testét borzongás futotta át.

Visszalépett, és egy dal kezdett el szólni. Egy dal, amely Grace-nek nagyon ismerős volt.

Az a szerelmes dal volt, és Grace ékszerdobozából szólt.

Visszatért a házba, hogy elhozza. Ezért...

A menyasszony és a vőlegény elmerültek egymásban.

Kezet fogtak.

FEJEZET 36

EMLÉKSZEL RÁ!" – KIÁLTOTT fel Grace.

„Persze, hogy emlékszem."

A dal a refrénben ismételte a szerelem örökké tartó voltáról szóló szavakat.

Amikor minden elcsendesedett, és csak a hullámok természetes hangja hallatszott a parton, Vincente mélyen Grace szemébe nézett.

„Grace, te vagy a legszebb nő, akivel valaha találkoztam. Mind külsőleg, mind belsőleg gyönyörű vagy, de ma szebb vagy számomra, mint valaha. Napról napra egyre jobban szeretlek, és azt akarom, hogy együtt éljük le az életünket. Boldoggá akarlak tenni. Azt akarom, hogy szerelmünk örökké tartson."

Grace arcán könnyek csorogtak, amikor így szólt: „Vincente, az első pillanattól kezdve szerettelek, de akkor csak távolról. Elég közel voltál ahhoz, hogy beszéljünk, de túl messze ahhoz, hogy elérjelek. Túl nagy volt a távolság közöttünk. De valami elhozott hozzám, valami, ami több, mint amit valaha is álmodhattam, és ezért örökké hálás leszek. Megfogadom, hogy szeretni foglak, amíg az utolsó leheletem el nem hagyja a testemet, és akkor is az emlékeim még jobban fognak szeretni."

Vincente odalépett, és felhúzta a gyűrűt Grace ujjára. Gyengéden megcsókolta az ujját, miközben lecsúsztatta, ami Grace-t újra megborzongatta, de a tekintetük nem szakadt el egymástól.

Grace felhúzta a másik gyűrűt Vincente ujjára, és az ő példáját követve gyengéden megcsókolta az ujját. Vincente felajánlotta neki a többi ujját is, és Grace azokat is gyengéden megcsókolta, miközben figyelte, ahogy a férfi kezein és karjain a szőrszálak felállnak.

A pillanatba merülve olyan közel kerültek egymáshoz, amennyire csak lehetett, és a legmélyebb, legforróbb csókot adták egymásnak: egy házasok csókját, amely megpecsételte a megállapodást.

„Mosolyogjatok!" – mondta Vincente. Felállította a fényképezőgépet egy állványra, és ő és Grace mosolyogtak. Elmozdította a kamerát, hogy a háttérben a tengerpart is látszódjon. Aztán készített egy képet Grace-ről, aki a rózsáit tartotta, és Grace is készített egy képet róla.

Ezután Vincente odament a sztereóhoz, és elindított egy új dalt. Nagyon romantikus dal volt. Együtt kezdtek ringatózni. Ez volt az első táncuk házaspárként. Ez volt az első közös táncuk, és Grace első tánca egyáltalán. Összefonódva mozogtak, egymást olyan szorosan ölelve, amennyire csak két ember tud.

Vincente odanyújtotta a kezét, és levette Grace tiaráját, majd elkezdték egymást levetkőztetni, darabról darabra. Amikor már mindketten teljesen meztelenek voltak, és az egyetlen dolog, amit viseltek, az új jegygyűrűik voltak, csókolóztak, amíg le nem estek a homokra, és házassági lenyomatot hagytak rajta.

Miközben a hullámok tovább csapódtak a partra, először szeretkeztek házaspárként, majd kimerülten mély, mély álomba merültek.

Grace azt álmodta, hogy zuhan az égből, de nem esett. A levegőben lebegett, karjait széttárva.

FEJEZET 37

 – kiáltotta Vincente.

Amikor Grace felébredt, teste fele víz alatt volt. Az esküvőjükkel kapcsolatos minden eltűnt.

„GRACE!" – kiáltotta Vincente újra, miközben a hullámok úgy dobálták, mintha könnyű lenne, mint egy bója.

Grace is elkezdett a vízbe menni, amikor rájött, hogy Vincente megpróbálja megmenteni a holmijukat. Látta, ahogy elmerül, és kiáltotta a nevét, várva, hogy újra felbukkanjon.

„Felejtsd el a holmit!" – kiáltotta Grace. „Csak gyere vissza, minden pótolható!"

Vincente nem hallotta, vagy nem figyelt rá, ezért Grace elindult felé. Miközben a hullámokkal küzdött, a hullámzó áramlat lehúzta, és hamarosan a sós víz égő érzése ömlött a tüdejébe.

Grace eszébe jutott az esküvője napja, élete legcsodálatosabb napja. Visszagondolt a fogadalmakra, amelyeket Vincente-tel tettek, miközben minden erejével küzdött a túlélésért.

„Grace, te vagy a legszebb nő, akivel valaha találkoztam. Gyönyörű vagy kívül-belül, de ma szebb vagy, mint valaha. Napról napra egyre jobban szeretlek, és azt akarom, hogy együtt éljük le az életünket. Boldoggá akarlak tenni. Azt akarom, hogy szerelmünk örökké tartson" – mondta.

Grace arcán könnyek csorogtak, amikor így válaszolt: „Vincente, az első pillanattól kezdve szerettelek, amikor megláttalak, de akkor csak távolról. Elég közel voltál ahhoz, hogy beszéljünk, de túl messze ahhoz, hogy elérjelek. Túl nagy volt a távolság közöttünk. De valami elhozott hozzám, valami, ami több, mint amit valaha is álmodhattam, és ezért örökké hálás leszek. Megfogadom, hogy szeretni foglak, amíg az utolsó leheletem el nem hagyja a testemet, és akkor is az emlékeim még jobban fogják szeretni téged."

Vincente odalépett, és felhúzta a gyűrűt Grace ujjára. Gyengéden megcsókolta az ujját, miközben lecsúsztatta a gyűrűt, ami Grace-t ismét megborzongatta, de a tekintetük nem szakadt el egymástól.

FEJEZET 38

G RACE A VÍZ FELÉ sétált. Nem nézett vissza. Amikor a vízpartra ért, levette a jegygyűrűjét és az eljegyzési gyűrűjét, és belegázolt a vízbe. Amikor derékig elmerült, búcsúcsókot adott a gyűrűknek, és felkészült, hogy a feledésbe vessze őket.

Vincente bizonytalanul figyelte és várt mögötte. Amikor rájött, mit akar tenni, felugrott, mint egy rakéta, és kiáltotta: „Grace, ne!"

Grace megdermedt, és átkozta magát a habozásért, miközben a gyűrűket még mindig szorosan a kezében tartotta.

„Gyere vissza!" – mondta Vincente. „Ne csináld!"

Grace meztelen akart lenni, mindenétől megfosztva, pont úgy, mint Vincente. Ha neki nem volt gyűrűje, akkor neki sem kellett.

„Visszamegyünk az antik boltba, és veszek egy másik gyűrűt!" – kiáltotta Vincente.

„Most kérlek, gyere vissza!"

Még mindig fontolgatta, hogy megváljon a gyűrűktől, de akkor a ragyogó napsugarak elértek hozzájuk. Olyan volt, mint egy jel a Természet Anyától, és ő védelmezően bezárta a kezét a gyűrűk körül.

Grace kimászott a vízből, és kissé dühös volt Vincente-re, amiért egyáltalán levette a gyűrűit. Még soha nem látta, hogy levette volna a családi örökséget, akkor miért tette most?

Amikor Vincente-hez ért, ő visszatette a gyűrűket az ujjára, majd megcsókolta. „Hát, ez egy igazán egyedi kezdete a nászútunknak!"

„Igen, egy igazi emlék – úgy értem, valami, amit elmesélhetünk a gyerekeinknek és az unokáinknak!"

Mosolyogtak egymásra, karjukat a másik derekára tették, és visszamentek a hotelbe.

Útközben úgy döntöttek, hogy ideje továbbállniuk.

FEJEZET 39

Először megállunk a városban, és veszünk neked egy új gyűrűt. Aztán…"

„Tudod, drágám, ha neked is megfelel, inkább várnék még egy kicsit, és nézelődnék tovább. Nem akarom a második gyűrűmet ugyanabban a boltban venni – furcsa lenne, és még szerencsétlenséget is hozhatna. Keressünk valami teljesen mást. Ami pedig a családi gyűrűmet illeti, az már eldöntött dolog."

Együtt összepakolták a kevés holmijukat a hotelszobában.

„Jöjjön, Mrs. Marino" – mondta Vincente, mosolyogva Grace-re. „Ideje elkezdeni a nászutunkat!"

„Mondja még egyszer" – kérte Grace.

„Mrs. Marino, Mrs. Vincente Marino, Mr. és Mrs. Vincente Marino, Grace és Vincente Marino" – skandálta. Grace elalélt, mintha a címek zene lennének, majd összeszedték a csomagjaikat és kiléptek. Szorosan becsukták maguk mögött az ajtót, lementek a lifttel a lobbyba, majd kimentek a forgóajtón és beültek a várakozó autóba.

Grace hirtelen megkérdezte: „Mit jelent a családneved?"

„Ha nem tetszik, akkor vissza akarod kérni a Greenway-t?" –
kérdezte, miközben pajkos mosolyt villantott.

„Dehogy! A Greenway unalmas. Azt jelenti, hogy „zöld út" –
nagy meglepetés. De a Marino idegenül, egzotikusan hangzik –
érdekes."

„Köszönöm, Mrs. Marino" – mondta Vincente. „Azt jelenti,
hogy „tengerpart". Azt hiszem, ezért szerettem mindig idejönni.
Az óceán zene a fülemnek. A véremben van."

„Azok után, ami most történt, nem bánom, ha egy ideig távol
leszek a víztől" – vallotta be Grace.

„Ne viccelj!" – mondta Vincente. „De visszajövünk."

FEJEZET 40

AHOGY A PART MENTÉN haladtak, új és használt autókereskedések mellett elhaladva, Vincente elgondolkodott: „Tudod mit, mindig is egy kétüléses, cukorka-almás piros Ferrariról álmodtam."

Amikor Grace meglátta Vincente által leírt autót az egyik kereskedésben, azt mondta: „Esküvői ajándék? Szerintem remek lenne, kivéve, hogy ebben az autóban több hely van a szükséges dolgok, például fegyverek, kések és egyéb holmik tárolására."

„Igen, igazad van" – mondta Vincente, de nem tudta teljesen kihagyni a lehetőséget, ezért behajtott a Ferrari kereskedésbe. „Mintha meghaltam volna, és a Ferrari mennyországba kerültem volna!"

„Nyugodjon meg, Marino úr" – figyelmeztette Grace, mintha vissza akarná tartani.

„Ez az" – mondta, simogatva az autót –, „ez az a kicsike, amit akarok!"

Grace nézte, ahogy az ujjaival végigsimította a kanyargós lökhárítókat, megérintette és szeretettel nézte a puha, fehér bőr belső teret, gyengéden simogatta a kormányt, majd kinyitotta a motorháztetőt, és majdnem beült, hogy szeretkezzen vele.

„Irigynek kellene lennem?" kérdezte mosolyogva.

Ő nevetett, de tovább simogatta a fényszórókat.

„Komolyan mondom" – mondta Grace –, „nem lenne jobb, ha keresnénk egy megfelelő járművet, amibe beférnek a földi javaink?"

„Dehogy" – gúnyolódott. „Az élet túl rövid. Gyere, szállj be!"

Miután párszor fel-alá száguldottak a Princess Highway-en, Grace visszatért a Land Roverhez. Mosolyogva nézte, ahogy Vincente elbúcsúzik a piros Ferraritól.

Pár pillanat múlva visszatért Grace-hez, és követelte, hogy „nyissa ki az ablakot".

„Miért?" – kérdezte a lány.

„Csak csináld!"

„Nem, szállj be."

„Nyisd ki, Grace."

„Mondd meg, miért!"

„Gyerünk!"

Grace lehúzta az ablakot, Vincente bedugta a fejét a nyílásba, mindkét kezével megragadta az arcát, és hevesen megcsókolta, nyelvét az ajkain forgatta, és a szájában kavargatta, amíg Grace teljesen elfelejtett lélegezni.

„Ezt kapod, amiért azt hitted, hogy a Ferrarit fogom megcsókolni!" – mondta Vincente, miközben beugrott a Land Roverbe, és a gumik csikorgásba kezdtek.

Grace csendben ült, még mindig próbálta visszanyerni a lélegzetét, miközben a piros Ferrari egyre kisebb lett a visszapillantó tükrében, és közben Vincente szájának érintését érezte az ajkán.

*** * ***

Emlékszel, amikor meséltem, hogy az anyám művész volt?" Grace bólintott, és Vincente folytatta. „Az anyám festő volt, és elég jó is. Apám egy kommunikációs cégnél dolgozott, és az egész országban bevetették. Ezért költöztünk sokat, amikor gyerek voltam. Anyám imádta a költözést, mert neki jó volt – művészi szempontból, persze. Mindig új tájakat, új látványokat, új fákat láthatott..."

Hirtelen fékezett, majd nagy ívben megfordult.

„Mi a baj? Szeretem hallgatni a családodról szóló történeteket. Mesélj még!"

„Nem csak elmesélem neked" – mondta Vincente kissé lihegve. „Meg is mutatom! Úgy értem, teljesen elfelejtettem, egészen mostanáig. Azt hiszem, talán még ki is zártam az emlékezetemből."

„Mesélj!" – szakította félbe Grace, de Vincente csak folytatta.

„Azután, ami a nagyszüleimnél, majd a szüleidnél történt, nos, ez túl nagy véletlen."

„Mi? Mi a véletlen?"

„Túl furcsa ahhoz, hogy elmagyarázzam, de megmutatom neked, és hamarosan." Megborzongott, és szorosabban markolta a kormányt. „Tarts ki, oké? Ha meglátod, meg fogod érteni, miért."

„Rendben" – mondta Grace, és hátradőlt az ülésen. Több kérdést is akart feltenni, de tudta, hogy Vincente most nem fog válaszolni rájuk. Témát váltott. „Voltak problémáid, amikor gyerekként annyit költöztetek?"

„Nem voltak problémáim" – mondta Vincente. „Valószínűleg azért, mert elég jó voltam sportban. Kipróbáltam különböző dolgokat, bekerültem egy csapatba, és voilá – azonnal barátok lettek."

„Lefogadom, hogy mindig a lányok rajongtak érted!"

„Ó, nézd csak, ki itt egy kicsit féltékeny? Féltékeny vagy, Mrs. Marino?"

Grace csak egy csendes mosollyal válaszolt.

FEJEZET 41

MÁR CSAK PÁR PERCNYIRE vagyunk" – mondta Vincente.

„Úgy tűnik, ma esni fog" – jegyezte meg Grace, miközben láthatóan megborzongott az egész teste.

„Örülnék egy igazi vihar hangjának" – mondta Vincente. „Hiányzik a madarak éneke, különösen a kookaburráké."

Grace kinézett az oldalablakon, majd visszanézett a szélvédőn keresztül.

Vincente bekapcsolta az ablaktörlőket, amikor néhány csepp esett az égből. Ezúttal normális cseppek voltak, nem feketék, mint korábban.

„Emlékszem, hogy az iskolában mindig azt mondták, hogy egy atomháború után néhány dolog, mint a keselyűk, a csótányok és a cápák, túlélné" – mondta Vincente.

„Egyik sem szükséges a mi világunkban."

„Nem, de ha ez a dolog... őket is elvitte, mit jelent ez számunkra? A keselyűk és a cápák emberi vagy más állati tetemekkel táplálkoznak. Tehát, mivel nincsenek tetemek, ők is éhen haltak volna. A csótányok mindent megesznek – állatokat, növényeket, papírt – amit csak akarsz. A három közül, és mivel itt repülnek a jó öreg OZ-ban, mostanra már legalább egyet látnunk kellett volna."

Grace újra megborzongott: „Miért esznek a csótányok papírt?"

„Nem pontosan a papírra vadásznak. Hanem a ragasztóra, amely állati melléktermékekből készül."

„Egy dolgot biztosan mondhatok, hogy nem hiányoznak a bogarak" – mondta Grace, és egész teste újra megborzongott. Ezúttal még Vincente is észrevette.

„Akarsz egy kapucnis pulcsit venni a következő bevásárlóközpontban, vagy bekapcsoljam a fűtést? Úgy tűnik, mostanában sokat borzongsz. Remélem, nem vagy beteg."

„Nem igazán fázom. Csak kicsit furcsán érzem magam. Nem tudom megmagyarázni" – mondta Grace.

„Mondd el, hogy érzed magad" – kérdezte Vincente. „Olyan, mintha valaki figyelne téged? Vagy mintha valami rossz fog történni?"

„Talán mindkettő, talán csak az egyik. Tényleg nem tudom. Ezért nehéz megmagyarázni" – mondta Grace, miközben libabőrös lett az alkarja.

„Már majdnem ott vagyunk" – mondta. „Tarts ki, talán egy forró zuhany segít."

„Igen, vagy egy kellemes, hosszú fürdő" – mondta Grace. „Masszírozhatnál."

„Megmasszírozlak, ha te is megmasszírozol" – mondta Vincente fiúi mosollyal.

Grace önkéntelenül is megborzongott, amikor az autó befordult a kanyarban. Vincente egy kétszintes ház előtt állt meg, majd behajtott a feljáróra és leparkolt.

„Üdvözöllek szerény otthonunkban" – mondta Vincente, és úriemberhez méltóan meghajolt.

Grace kuncogott, majd megvizsgálta a kertet. Minden elszáradt benne, de néhány virág még megőrizte színét. Vincente kinyitotta neki az ajtót, és Grace felé sétált.

„Ez a kert anyám büszkesége és öröme volt" – mondta –, „nézd meg, mi lett belőle."

„Lefogadom, hogy akkor lélegzetelállító volt" – mondta Grace. „Még most is, így, ahogy van, látszik, hogy nem is olyan régen még szerették és gondozta."

„Amikor először mentem iskolába" – mondta Vincente –, „anyám elkezdett ültetni. Aggódott, hogy hogyan fogja kitölteni a napjait nélkülem. A festészet a szenvedélye, de néha szüksége volt egy kis kikapcsolódásra, inspirációra. Aztán felfedezte, hogy tehetsége van a növénytermesztéshez, és ez nagyon terápiás hatással volt rá. Anyám sok szempontból művész volt" – mondta, megfogta Grace kezét, és kivezetette a tornácra. Grace követte, amíg egy felborult festőállvány lábához nem értek.

„Amikor az utolsó napon elmentem az iskolába, anya itt festett. Most pedig..." – elhallgatott, és a kezét a szájára tette.

„Mi az?"

„A festménye!" – kiáltotta. „Még mindig itt van! És nézd, nyitva hagyta a festékek fedelét, és az ecsetje teljesen kiszáradt." Nem tudta visszafogni magát, és puffanva a székre esett.

„Anya nem hagyta volna itt ezeket a dolgokat. Most már biztosan tudom, és szembe kell néznem a ténnyel, hogy anyám meghalt."

Grace megfogta a kezét, és odament mellé, hogy ő is láthassa a festményt. „Anya tényleg különleges volt."

„Volt. Tényleg különleges volt."

Grace Vincente vállán át hajolva megvizsgálta a festményt, és azt mondta: „Lenyűgöző."

„De soha nem volt ideje befejezni!" Vincente lehajolt. Óvatosan visszatette a kupakokat a nyitott festékes üvegekre. Aztán öntött egy kis terpentin a palackból, és beledobta az ecsetet, hogy megtisztítsa. Felvette a befejezetlen festményt a földről, átadta a palackokat Grace-nek, aki követte őt a házba.

Az első dolog, amit Grace észrevett odakint, a kert maradványai voltak. Odabent az első dolog, amit észrevett, a virágok voltak – mindenféle virágok, vázákba rendezve. Kékek. Pirosak. Lilaak, amit csak akarsz. Virágok ültek kávéscsészékben és üres üvegekben. Virágok, mindenhol. Most már mind megszáradtak, akárcsak a kinti virágok, de sokuk megőrizte színét és illatát.

Vincente anyja természetességgel és szeretettel töltötte meg a házát. Grace biztos volt benne, hogy minden helyet, amit csak talált, kitöltött. Most, hogy belegondolt, még jobban kívánta, bárcsak találkozhatott volna vele. Sajnálta, hogy most már nem találkozhat vele. Egy könnycsepp gördült le az arcán, amikor felvette az aquakék kertészkesztyűt az asztalról. Grace a kezében tartotta, mintha Vincente édesanyjának kezét fogná, és magával vitte, miközben Vincente nyomdokaiba lépett.

„Várj itt, Grace" – mondta. „Hozom. Azt a dolgot, amit szeretném, ha megnéznél."

Leült a székre, és közben gyönyörködött a kandalló felett lógó nagy festményben. Volt benne valami, ami rettenetesen ismerős, szinte megnyugtató volt. Felállt, és közelebb lépett hozzá.

***

NEM HISZEM EL! ELTŰNT!” – kiáltott fel Vincente, amikor odament Grace-hez, aki nem vette észre a jelenlétét. Valójában egyáltalán nem mozdult – mintha nem is hallotta volna.

Grace nem vette észre a jelenlétét, és nem mozdult. Mintha ott sem lett volna. Ránézett a feleségére, aki ott állt, remegő kezében anyja kesztyűjét tartva, majd követte a tekintetét.

Amikor rájött, mit néz, a kezét a szájára tette. A kandalló felett ott volt a festmény, amit keresett. Pontosan az a festmény, amit Grace-nek meg akart mutatni.

„Ez az!” – kiáltotta, és megérintette a karját.

Grace megijedt a hirtelen érintéstől, de nem tudta levenni a szemét a festményről. Mintha megbabonázta volna.

Grace fejében a festmény realisztikus tulajdonságait csodálta. Érezte a fű illatát, hallotta a tehén bőgését. Úgy érezte, része lett a képnek. Valahogy.

Vincente megpróbálta Grace-t felé fordítani, de ő ellenállt. A férfi előtte állt, és Grace eltolta magától.

„Nézz rám!” – kiáltotta.

„Nem tudok. Túl gyönyörű! Úgy érzem, mintha ott lettem volna.”

„Nézz rám!” – parancsolta.

Grace ránézett a férjére, aki ott állt mellette, kezeit tördelte, és izzadság csurgott le az arcán.

„Mi az, Vincente?” – kérdezte Grace, miközben megpróbálta nem a festményre nézni.

„Az a festmény” – mondta, miközben megfordította, és eltakarta előle a festményt – „az az, amit meg akartam mutatni neked.”

„Oké” – mondta Grace – „és teljesen megértem, miért. Ez a legcsodálatosabb festmény, amit valaha láttam.”

„Nem, Grace” – mondta Vincente –, „nézd a fát. Nézd a fát, Grace!” Aztán megborzongott, miközben remegő öklét a zsebébe dugta, majd újra elővette. Ujjaival végigsimította a haját, és nem tudott nyugton maradni.

Grace újra ránézett a képre, és megmagyarázhatatlan belső békesség töltötte el. Elmosolyodott.

„Nem látod, Grace? Nem látod?”

„Persze, hogy látom. Szépség, béke és nyugalom van benne. Látom anyukád szívét ebben a festményben. Mintha... már találkoztam volna vele. Mintha ismerném.”

„Oké, talán nem látod. Talán meg kell mutatnom. Nézd ott” – odament a festményhez, és Grace is közelebb lépett. „Látod ott, a fán? Pont ott.”

„Mondd el, mit látsz, Vincente” – kérdezte Grace.

„Ez egy arc.”

Grace közelebb lépett, de nem látta, amit ő látott.

„Én csak egy napraforgóval teli mezőt látok, és egy normális fát, amely alatt egy tehén legel" – mondta Grace.

„Nem!" – kiáltotta Vincente, egyre idegesebbé válva. „Nézd meg jobban! Nézd meg a fát!" Grace felé fordult, és a szemével könyörgött neki, hogy lássa azt, amit ő lát, de Grace nem tudta.

Grace felé fordult. „Nincs ott arc, Vincente. Drágám, olyasmit látsz, ami nincs ott."

Vincente dühösen felemelte a kezét, megfordult és elrohant.

Grace először követni akarta, de ismét a festmény vonzotta. Közelebb lépett, elmosolyodott, és elmerült benne.

Várjunk csak, gondolta Grace, Vincente megdermedt, pedig ő nem ijed meg könnyen.

Becsukta a szemét, majd újra kinyitotta. Még mindig nem látott arcot. Sőt, ezúttal a nap sugarai mintha felé nyúltak volna. Magukhoz vonzották. Szinte lehetetlenné téve, hogy elfordítsa a tekintetét.

A szoba valahogy melegebb lett, amikor a képet nézte. Úgy érezte, mintha a művész egy darabot a napból megörökített volna, és most azt ajánlja fel neki. Be akart lépni a képbe, és részévé válni – átölelni a fényt. És amikor előrelépett, úgy érezte, mintha belélegezhetné a friss szénát a mezőkön, és hallhatná a tehenek bőgését. A szívverése felgyorsult, a légzése felületessé vált.

Egy pillanatra hagyta, hogy ez eluralkodjon rajta, elfelejtett lélegezni. Hamarosan levegő után kapkodott, és kissé megijedt.

Grace gyorsan hátralépett. Vincente nevét kiabálva futott.

FEJEZET 42

G RACE VINCENTE-T A SZOBÁJÁBAN, az ágyán találta. Bár már eltelt néhány perc, még mindig remegett, karjait az arcához szorítva. Elképzelte, milyen lehetett, amikor még kisfiú volt.

„Mesélj róla. A festményről" – kérdezte, miközben fel-alá járkált, és megpróbálta eloszlatni az érzéseket és az energiát, amelyek átmenetileg elhatalmasodtak rajta. Nem akarta megemlíteni, mit érzett, legalábbis addig nem, amíg Vincente el nem mondta, mi ijesztette meg.

„Végül megláttad? Úgy értem, az arcot?" – kérdezte, és abban a pillanatban, nagy várakozással, remegése megszűnt.

Grace nem akart hazudni, amikor nemet intett a fejével. Csak megpróbálta felmérni a helyzetet.

Vincente teste azonnal megremegett.

„Mondd el, Vincente. Nem számít, mit látok, de látom, hogy félsz, drágám. Kérlek, mondj el mindent. Tudod, hogy nekem mindent elmondhatsz, ugye?"

A fogai vacogtak, miközben egy pillanatig habozott, majd mély levegőt vett, és el kezdte mesélni a történetet.

„Amikor gyerek voltam, anya festette azt a tájképet, és nagyon büszkén mutatta meg nekem. Elhúzta a függönyt, arra számítva, hogy imádni fogom, de ehelyett teljesen megrémültem, és gyerekként nem tudtam szavakba önteni az érzésemet. Anya nem értette, apám sem. Megpróbáltuk újra, de nekem mindig ugyanaz volt a helyzet. Egy pillantás rá, és éjszaka sikoltozva ébredtem. A rémálmok beszéltek helyettem. Szüleim elrakták, és soha többé nem láttam. Valójában teljesen elfelejtettem – egészen ma reggelig. Ahogy mondtam, azt hiszem, kiszűrtem az emlékezetemből.”

„Akkor miért hoztál ide, miért hoztál vissza minket ide? Bizonyítani akartál nekem valamit, vagy magadnak? Szembenézni akartál a félelmeiddel?” – kérdezte Grace.

„Azt hittem, talán tartalmaz egy nyomot számomra – számunkra. De láttad, hogyan változtam meg, amikor te nem láttad. Újra gyerek lettem, és ki kellett rohannom a szobából! Mit gondolsz most az erős férjedről?” – elszégyellte magát amiatt, amit férfiasnak nem tartott gyávaságnak tartott.

„Ugyanúgy szeretem, nem, még jobban!” – mondta Grace, miközben hozzásimult.

Néhány pillanatnyi csend után Grace elárulta: „Nem láttam az arcot, de éreztem valamit a festményben, Vincente. Valami másvilági és megmagyarázhatatlan dolgot.”

Vincente felült, elvette a kezét az arcáról, és így szólt: „Amikor gyerek voltam, és mélyen belenéztem, úgy éreztem, be akarok lépni a képbe. Mintha el akartam volna menekülni ebből az életből. Éreztem a szénaszagot, hallottam a tehenet. Mintha egy fény vonzott volna, elringatott volna. Tudtam, hogy ha hagyom magam, és belépek a festménybe, akkor az arc a fán, az, az, az bántani fog – el kellett mennem, el kellett menekülnöm előle!"

„Én is éreztem valami furcsát, ami behúzott, Vincente, de nem láttam az arcot. Nem olyan volt, mint amit mi láttunk, tudod. Az, ami megette a hollót."

Összebújtak az ágyon, vigasztalták egymást, és a képre gondoltak, miközben kétségbeesetten próbáltak nem gondolni rá.

Egy idő után szeretkeztek.

Amikor Grace később felébredt, elgondolkodott, mit is érez a képpel kapcsolatban. Csodálatos táj volt – ez nem volt kétséges. Azonban a fény és a vonzereje valami egyedülálló volt, és talán még, meri mondani, gonosz is. Igen, ez volt az. A nyugalom és a derű kontrasztja volt valami sötét, ismeretlen, talán még veszélyes ízzel.

Ránézett Vincente-re, aki még mindig békésen aludt. Időnként megmozdult és motyogott. Grace azon tűnődött, vajon a fáról álmodik-e, az arcú fáról, amelyet ő is ugyanennek a tájnak a részének képzelt el. Grace csendben kikelett az ágyból, Vincente pedig odahúzódott, kitöltve a még meleg helyet.

Még mindig mélyen aludt, békésen.

Grace körülnézett a szobában, és megcsodálta Vincente elképesztő eredményeit, amelyekről trófeák tanúskodtak: Legjobb sportoló, Legjobb ütő, Év játékosa – ezt a kategóriát több évig egymás után nyerte meg.

Aztán a szeme megakadt a fafaragásokkal teli polcokon. Érdeklődve odalépett hozzájuk, és lenyűgözve nézte a bonyolult részleteket. Mindegyiknek megvolt a maga egyéni személyisége. Volt egy balerina, aki kecsesen és technikásan forgott, volt egy krikettjátékos, aki ütővel állt, egy cowboy, aki pisztolyövet viselt a derekán, és éppen elővette a fegyverét, egy hegymászó, aki arckifejezéséből ítélve éppen elérte végső célját, és még sokan mások.

Grace végignézett az egész gyűjteményen, és egy őslakos férfi faragványánál megállt. A férfi elveszett tekintettel bámult maga elé. Felvette és a kezében tartotta. Amikor bőre érintette a fából készült figurát, az nagyon finoman megremegett. Vagy csak képzelődött?

Lépett hátra, és balra fordította a tekintetét. Egy fa keretes tükörrel találta magát szembe, és a tükörképe megijesztette, úgyhogy a kezében tartott fából készült figura a földre esett, és a szőnyegen pattogott. Lehajolt, felvette, és közelebbről megvizsgálta, éppen akkor, amikor egy könnycsepp hullott ki a fából készült figura szeméből. Ujjhegyével letörölte, és megkóstolta. Sós volt, akárcsak az emberi könny. Ott állt, és a figurának a szemébe nézett. Félelem és kissé több, mint kíváncsiság fogta el. Elgondolkodott, vajon a festményről szóló beszélgetés nem befolyásolta-e túlságosan.

„Mit gondolsz róluk?" – kérdezte Vincente, miközben ásított, nyújtózott, majd átment a szobán, hogy csatlakozzon hozzá.

Grace megijedt, és először kissé megugrott. Az őslakos férfit a mellkasához szorította. – Közelebbről is meg kellett néznem őket, mert az arckifejezéseik olyan élethűek! Hol találtad őket?

– Én készítettem őket – ismerte be szégyenlősen. – Mindegyiket a saját kezemmel faragtam, tetőtől talpig.

– Te igazi művész vagy, Vincente! Miért nem mondtad?

„Senki másnak nem beszéltem róluk, csak anyának, apának és a nagyszüleimnek. Tényleg tetszenek?"

„Szerintem hihetetlenek!"

„Szeretnék faragni egyet rólad is, Grace."

„Az csodálatos lenne, Vincente" – forgott meg, mintha balerina lenne. „Észrevettem, hogy mindegyik más, nemcsak a karakterek, hanem a faanyag is. Hogyan választod ki?"

„Minden faragványhoz egy adott fafajta szükséges, hogy minden összeálljon. Sétálok a fák között, eldöntöm, mit fogok készíteni, és várok, hogy melyik fa szólít meg lelkileg. Aztán megfaragom a szobrot azzal a szándékkal, hogy a lehető legélethűbb és legfontosabb, hogy a leghitelesebb legyen."

„Mennyi időbe telik egy-egy szobor elkészítése?"

„Miután megtaláltam a fát – ami a leghosszabb időt veszi igénybe –, két-három nap alatt faragom ki a témát. Az arc mindig a leghosszabb időt veszi igénybe, ezért azt hagyom utoljára. Ha az arc nem megfelelő, akkor az egészet kidobom, és újrakezdem. Néha azért, mert a fa nem tűnik megfelelőnek, akkor visszamegyek a fák közé, és újra keresem a megfelelő fát. A legtöbbször a fa megfelelő, csak még nem sikerült megragadnom a téma lényegét."

„Van ehhez speciális szerszámkészleted? Mert ha van, akkor hozd magaddal. És szerintem anyukád festményét is hozd magaddal. Még akkor is, ha el kell takarnunk."

„Á, megint a festmény. Vissza akarok menni, hogy még egyszer megnézzem. Szembenézni akarok a félelmeimmel. Velem jössz?"

„Természetesen, Vincente." Követette őt, és kinyújtotta a kezét, hogy visszategye az aboriginal férfit a polcra, de az újra megrezzent.

A zsebébe tette, majd így szólt: „De emlékeztetnem kell téged, hogy éreztem, ahogy a festmény magához vonz, és ez a vonzás rendkívül erős volt. Ijesztően erős."

„Fogjuk egymás kezét, és együtt szembesülünk vele."

„Oké, menjünk."

„Ihatunk előbb egy csésze kávét, Vincente?"

„Rendben."

FEJEZET 43

M iután megitták a teájukat és visszatértek a nappaliba, Grace és Vincente kézen fogva sétáltak a festmény felé.

Vincente meggyőzte magát arról, hogy valójában nem lát arcot a fa törzsén, Grace pedig arról, hogy nem érzi a festmény vonzerejét, amely előre húzza.

Lábuk szilárdan a helyén maradt, miközben szorosabban fogták egymás kezét.

Grace másik kezét a zsebébe dugta, ahol Vincente által faragott aboriginal férfi szobrocskáját tartotta. Amikor az újra megrezzent, elővette és felemelte, hogy a szemei is a festmény felé nézzenek.

Az aboriginal férfi Grace tenyerében elkezdett rángatózni. Aztán egyik oldaláról a másikra fordult. Grace lenézett, és látta, hogy a férfi szája sikolyra torzult, majd a kezéből a festménybe emelkedett.

Ugyanazon a helyen állva, még mindig fogva egymás kezét, Grace most már láthatta az aboriginal férfi faragványát, amint a fán ül. Fölötte egy holló ült egy ágon.

Vincente továbbra is a festményt bámulta, de már nem remegett, mint korábban. Biztosítékul megszorította Grace kezét.

„Észrevettél valami különbséget?" – kérdezte Grace.

„Különbséget? Hogyan?"

„Valami újat vagy helyénvalótlant?"

„Nem, minden ugyanúgy néz ki, de a száj ma már nem ijeszt meg annyira. Talán azért, mert fogjuk egymás kezét."

Együtt eltávolodtak a festménytől, és bezárták maguk mögött az ajtót.

Az aboriginal férfi azonnal megmozdult. Visszatért Grace zsebébe. Grace száját nyitotta, hogy elmondja Vincente-nek, mi történt, de ő már kevésbé tűnt félősségnek, és Grace nem talált szavakat, hogy elmagyarázza.

„„Összepakolok néhány dolgot" – mondta Vincente. „

Azt hiszem, itt maradok, ha neked is jó" – kérdezte Grace. Nézte, ahogy Vincente eltűnik a sarkon, majd felnyúlt, és levette a festményt a falról. Beölelte egy takaróba, és a kocsi csomagtartójába tette. Ezután visszatért a házba, elővett néhány takarót és párnát, és azokat biztonságosan a festmény tetejére helyezte. Amíg pakolt, a faragvány továbbra is jelenlétét éreztette, pulzálva a zsebében. Most Vincente szobájába ment. Az őslakos férfi mozdulatlanul állt.

Vincente egy nagy táskába pakolta a faragványait. A szerszámait is beletette. Miután bepakoltak, együtt lementek a földszintre. Vincente becsomagolta anyja művészeti felszerelését, beleértve a festőállványt és a vásznakat, és bepakolták az autóba.

„Oké, induljunk" – mondta.

„Biztos, hogy mindent elvittél?" – kérdezte Grace.

„Nem akarom magammal vinni azt a dolgot. Most már békében vagyok vele, és csak el akarok menni innen. Jelenleg nem hiszem, hogy valaha is vissza akarok majd jönni."

Az előszobába mentek, Vincente kinyitotta a bejárati ajtót, és intett Grace-nek, hogy ő menjen ki elsőnek. Aztán szorosan becsukta maga mögött az ajtót, és bezárta.

Miután visszaszálltak a Land Roverbe, és újra útra keltek, Grace megtörte a csendet. „Tényleg beszélnünk kellene róla."

„Mondtam" – kiáltotta, majd lehalkította a hangját – „mondtam, hogy nem akarok erről beszélni. Se most, se soha. Ha erről beszélek, kénytelen leszek elgondolkodni azon, hogy az anyám, a saját anyám hogyan alkothatott ilyen festményt. Anyám volt a legkedvesebb, legszívélyesebb nő, aki valaha élt ezen a földön, és soha nem alkothatott volna ilyen borzalmas dolgot."

Grace csendben nézte, ahogy a világ elhalad mellette. Vihar közeledett. Érezte. Minden körülötte remegett, lüktetett és dobogott, beleértve a zsebében lévő őslakos férfit is. Karjait maga köré fonta, és úgy döntött, hogy egyelőre nem folytatja a beszélgetést Vincente-tel. Majd beszélni fog vele, amikor készen áll rá. Addig is a festmény biztonságban volt, és nem árthatott nekik.

Csendben folytatták útjukat.

FEJEZET 44

Vincente előre nézett, és minden figyelmét az útra összpontosította. Megpróbálta elfelejteni a festményt és az anyját, de bármit is tett, nem tudta elkülöníteni a két dolgot a fejében.

Átnézett a kocsin a kedves feleségére. Csendben ült, elmerülve a gondolataiban, karjaival átölelve magát. Úgy tűnt, nem veszi észre, hogy Vincente rá néz. Vincente újra az útra összpontosított.

Grace is a másik Mrs. Marinóra és a festményre gondolt. Furcsának tűnt, hogy Vincente ennyire megrázta az anyja alkotása. Egy ötlet jutott eszébe: elégethetnék a festményt. Gyógyító rituálét rendezhetnének belőle.

Gondolatait szabadjára engedte, miközben saját elméjében kereste az eredeti emlékek nyomait, de semmi sem jutott eszébe. Vincente-hez hasonlóan ő is hitte, hogy minden valahol az agyában van tárolva, és egy napon minden felszínre kerül, és ő nevetni fog ezen az időrésen. A kép elégetése rést hagyna Vincente emlékeiben. Jobb-e egyáltalán nem emlékezni, mint rossz emlékekkel élni?

Vincente eközben azon gondolkodott, milyen szerencsések ők Grace-szel, hogy elmenekülhettek a múltból, és csak a jelenben élhetnek. Hogy mindent maguk mögött hagyhattak, és újrakezdhették. Hogy új emlékeket szerezhetnek – együtt. Hogy minden, amit láttak, új benyomást hagyott bennük. Minden új hely, amit meglátogattak, részévé vált nekik. Az élet mindig tele lesz ilyen újdonságokkal.

Miután egy ideig fontolgatta, hogy elégesse a festményt, Grace úgy döntött, hogy Vincente emlékeinek megsemmisítése a legrosszabb dolog, amit tehetne vele. Azt akarta, hogy ő megkapja azt, ami neki már nem volt.

Ezek a gondolatok és emlékek túl értékesek voltak ahhoz, hogy elveszítsék őket – nem mintha Vincente elveszítené őket azzal, hogy megsemmisíti a tárgyat, amitől fél, hanem azért, mert idővel elfelejtené őket. Azt akarta, hogy a legjobb esélye legyen arra, hogy örökre megőrizze a múltját. A jót, a rosszat és a csúnyát.

Grace végül megtörte a csendet, és azt mondta: „Azt hiszem, vissza kellene mennünk Manlybe." Tudta, hogy Vincente-nek sok régi és új emléke fűződik ahhoz a helyhez. Manlyben új életet kezdhettek, frissen, de a múlthoz kötődve.

„Legyen úgy" – mondta Vincente, miközben megfordította az autót. „Kiválaszthatunk bármelyik házat, amit csak akarunk, és akkor az a miénk lesz."

„Mi nem házat akarunk" – mondta Grace –, „hanem otthont."

Az ifjú házasok mosolyogtak, boldogok voltak a döntésük és a közös jövőjük miatt.

2. KÖNYV
FINÁLÉ FÚZIÓ

PRÓLOGUS

A puzzle Grace fejében hiányos volt. Mintha egy hatalmas szélroham átsöpört volna rajta, mindent felforgatva és kifordítva.

Nem tudott egyetlen dologra sem koncentrálni: semmi sem volt fókuszálható.

A színek kavarogtak: a vörös, a fekete és a kék összefolytak, megfordultak, felkavarodtak, napraforgó sárgával támadtak, megpördültek, majd mély fűzöldbe ömlöttek.

Aztán az összes szín felpörgette a gyomrát a levegőbe, majd visszatért oda, ahol volt, miközben Grace a félelemtől, ami mozgásképtelenné tette, szárazon hányt. Minden a fejében történt, de néha a teste is megrándult a folyamat során.

Megragadta a középpontját, és megpróbált összeszedni magát, hogy megállítsa a kavargást és a forgást. De a villámok villódzása pulzált a fejében, és lilákra, ibolyákra és harangvirágokra szakította szét.

Narancssárga fröccsent a tudatának vásznára.

Grace mindent elvesztett.

***

„**Azonnal meg kell műteni!**" – kiáltotta egy magas, fehér köpenyt viselő férfi. A kórház folyosóján más fehér köpenyes emberek között állt.

Mindenki úgy rohant, mintha tűz ütött volna ki. Néhányan utat engedtek. Néhányan lökdösték. Néhányan az infúziót tartották. Néhányan a többi gépet tartották. Néhányan tátott szájjal, üres kézzel és összeszorított ököllel álltak. Mások imádkoztak, miközben Grace Greenway hordágyon száguldott el mellettük.

Eszméletlen volt.

A világ számára halott.

De nem teljesen halott.

Legalábbis még nem.

***

GRACE KÓRHÁZI SZOBÁJÁBAN EGY nő ült, sírt és tördelte a kezét. Helen Greenway volt az, Grace édesanyja. Nem tudta elhinni, mi történt.

A lánya olyan jól volt. Már néhány hete lábadozott. Aztán Grace remegni kezdett, rázkódott, görcsölt, majd elvesztette az eszméletét.

Az orvosi csapat visszahozta a halál széléről. Amikor visszatért, már nem Grace Greenway volt. Ehelyett nyáladzott és érthetetlenül beszélt. Kívülről belülről tépte szét magát.

Úgy tűnt, senki sem tudta, mit kell tenni, hogyan lehet megállítani. Még a karjába szúrt tűk sem nyugtatták meg. Semmi sem segített. Lekötözték.

Helen zokogni kezdett, amikor eszébe jutott minden. Különösen az, hogy akkor milyen tehetetlennek érezte magát, és most még inkább. A lánya üres ágyára vetette magát.

Helen fájdalmas zokogása visszhangzott a folyosókon.

***

Amikor Burns nővér visszatért Grace szobájába, Helen-t magzatpozícióban összekuporodva találta az ágyon.

Békésen aludt ott. A nővér úgy gondolta, legjobb, ha nem zavarja meg. Amúgy sem volt semmi új hír, és ha valakinek pihenésre volt szüksége, az Grace Greenway anyja volt.

Burns nővér rendet rakott Grace éjjeliszekrényén, és visszarakta a tankönyveit. Ahogy átnézte őket, hihetetlenül szomorú lett. Grace Greenway még nem is találta meg a helyét az életben. Csak tizenhat éves volt.

Burns nővér ránézett Grace alvó anyjára.

Rátette a takarót Helenre, majd lekapcsolta a villanyt.

***

Néhány órával később Burns nővér készülődött, hogy befejezze a napi műszakját. Az ajtó kerek ablakán át meglátta, hogy Helen már nem fekszik az ágyban. Megnyomta az ajtót, de semmi sem történt. Erősebben nyomta meg, mire Helen Greenway előre bukott.

Helen megbotlott, és kezét tördelni kezdte. Halkan zokogott.

Burns nővér odament hozzá, és hihetetlenül lágy, szelíd hangon megkérdezte, szeretne-e egy csésze teát.

„A lányom!" – kiáltott fel Helen. „Van valami hír? Tudnom kell, hogy van! Senki sem mondott nekem semmit!"

„Aludt" – mondta Burns nővér, miközben megsimogatta Helen kezét. „Ha megígéri, hogy leül, megyek és megnézem, mit tudok kideríteni önnek."

Helen leült és várta a híreket.

FEJEZET 1

A FOLYOSÓN BURNS NŐVÉR összefutott Christiansson orvossal, aki épp a műtő ajtaján rohant ki, miközben levette a műtéti maszkját.

„Szükségem van egy kis friss levegőre" – mondta. A folyosó végéig sétált, majd kinyitotta a tetőre vezető ajtót.

Burns nővér követte.

Az orvos rágyújtott egy cigarettára. Megkérdezte a nővért, hogy ő is kér-e egyet. A nővér nemet mondott.

Miután egy slukkot vett, így szólt: „Grace, a Greenway-lány, olyan jól volt. De most, hogy a vérrögök felszakadtak, kritikus az állapota."

„Biztos vagyok benne, hogy a legjobb ellátásban részesül."

„Most már igen!" – mondta Christiansson. „Most, hogy megérkezett a szakértői csapat, és átvette az irányítást! Azóta ott vagyok, mióta ez történt.

Kemény este volt. Azt hittük, hogy ott hátul majdnem elveszítjük."

Burns nővér felhördült. „Kérek egyet” – mondta. Végül úgy döntött, hogy elfogadja a cigarettát. Meggyújtotta, hosszú slukkot vett, majd köhögni kezdett.

„De még nem adtuk fel. Újra elvesztette az eszméletét. Valószínűleg ez a legjobb. Meg kell állítanunk a vérzést. Reméljük, hogy meg tudjuk őrizni az elméjét.”

Burns nővér és Christiansson doktor elkezdtek fel-alá járkálni a tetőn. Alattuk szirénák üvöltöttek, és villogtak a fények.

„Az anyja, Helen, nem viseli jól a helyzetet.”

„Csak annyit mondhatok,” rálépett a cigarettacsikkre, majd kinyitotta az ajtót. „A lánya a legjobb kezekben van.”

„Ennyi?”

„Jelenleg nem, Burns nővér. Nem szeretném, ha túlzásba esne.”

„De ez nem sok, amit mondhatok neki. Egyáltalán nem sok.”

„Mondja meg neki, hogy imádkozzon ahhoz, akiben hisz, ha ilyen hitrendszerben él. Ha nem, akkor mondja meg neki, hogy küldje ki a szívéből minden pozitív energiát. Küldje ki az univerzumba. Gondolkodjon pozitívan és kétség nélkül. Higgyen abban, hogy a lánya túl fogja élni ezt” – mondta Christiansson.

Visszamentek a lépcsőn.

„Köszönöm, doktor úr.”

„Most vissza kell mennem.” A műtő ajtaja bezárult mögötte.

FEJEZET 2

B urns nővér visszatért Grace szobájába, és Helen pontosan ott ült, ahol hagyta. Újra megtöltötte a pohár vizet, majd letérdelt Helen mellé.

„Most találkoztam Christiansson doktorral, és azt mondta, Grace jól van. Kitart ott bent."

„A lányom tartja magát?"

„Igen."

„Elmondta, mi történt?"

„Igen, pontosan úgy, ahogy előre jelezték. A vérrögök felszakadtak."

Helen a kezét a szájára tette. Zokogott.

„Dr. Christiansson azt mondta, hogy a legjobb, amit tehet a lányáért, az az, hogy imádkozzon, ha hisz az imádságban. És hogy vigyázzon magára. Pihenjen egy kicsit. Szörnyen hosszú éjszaka volt. Mi lenne, ha visszamászna Grace ágyába, és szundítana egy kicsit? Megígérem, hogy felkelti, ha bármi változás történik."

„Kimerült vagyok" – ismerte el Helen.

Helen bebújt a lánya ágyába. Úgy érezte, még mindig érezni tudja a lánya meleg nyomát, amit nemrég hagyott ott. Karjait maga köré fonta, és zokogott. Eleinte lassan folytak a könnyek, de aztán egyre több lett belőlük. Zokogás és könnyek, egyre gyorsabban és gyorsabban – szinte mint a fájások.

Alig tizenhat évvel ezelőtt Helen lánya itt, ebben a kórházban született. Grace volt a második gyermeke, az egyetlen lánya. Grace volt a büszkesége és öröme.

Az első gyermeke, Daryl, negyvenhat órán át tartotta a vajúdásban. Néha azt hitte, hogy soha nem fog megszületni. Grace nem. Ő kipattant, és úgy lépett be a világba, mintha nem akarna kihagyni egy pillanatot sem.

Helen emlékezett rá, hogy Grace még kisgyerekként sem aludt sokat. A lánya attól tartott, hogy lemarad az életről. Az első pillanattól kezdve mindent csodált, a fényt és a színeket. Grace azonban csak akkor találta meg igazi hivatását, amikor elkezdett számolni tanulni. Amikor felfedezte a szimmetriát a körülötte lévő természetben, Grace szenvedélye igazán szárnyra kapott.

Helen az egykor volt családjára gondolt. A szerető férjére, Benjaminre. A bátor és merész fiára, Darylre. A nagyon drága lányára, Grace-re. Emlékezett a Taronga Állatkertben töltött szép időkre. A Powerhouse Múzeumba való kirándulásokra. A popcornnal való filmnézésre. A közös vacsorákra. Egyszerű, de boldog napokra. Helen mennyire hiányolta őket.

Magában dúdolt, és megpróbált újra elaludni, de az emlékek túl frissek, túl élénkek és túl nyersek voltak.

Felült, és eszébe jutott, hogy aznap korábban még nevetgéltek és beszélgettek a lányával.

Mintha valami kikapcsolt volna Grace agyában. Mintha kiégett volna egy biztosíték. Az egyik pillanatban még élénk volt, tele élettel, aztán katatóniás lett, és mintha már nem is Grace lett volna. Minden olyan gyorsan történt.

Az élet azonban ilyen volt: az egyik pillanatban még volt családod. Aztán megérkezett két kék egyenruhás férfi. Azt mondták, hogy egy ittas sofőr megölte a férjemet és a fiamat.

Helen emlékezett, hogy azon a szörnyű éjszakán megkérdezte a két férfit, mi a poén. Biztos volt benne, hogy kell lennie egynek. Biztosan csak vicc volt. De nem vicc volt. Ezt megerősítette, amikor a két koporsót felvitték a templom folyosójára. Aztán eltemették a földbe. Valóban nem vicc volt.

Az akkor volt, ez pedig most van. Most a lánya ott feküdt, és az életéért küzdött, ő pedig hol volt? Az ágyban, és próbált aludni!

Helen visszahúzta a takarót, és fel-alá járkálni kezdett a szobában. Arra gondolt, ki a hibás: Vincente Marino.

Helen átgondolta az önzőségét, az arroganciáját. Az ő hibája volt, és csakis az övé, és ha a lánya emiatt meghal, akkor egy nap meg fogja fizettetni vele.

R EGGEL LETT, ÉS BURNS nővér ismét szolgálatban volt. Először azoknak a betegeknek segített, akik azonnali segítségre szorultak. Aztán bement Grace Greenway szobájába, hogy megnézze Grace édesanyját, Helent.

A szoba nagyon csendes volt, bár a redőnyöket felhúzták. Óvatosan belépett, és észrevette, hogy Helen egy székre térdelve bámul ki az ablakon.

Amikor a nővér felé fordult, fekete szempillafestéke csíkokban folyt le az arcán. Úgy nézett ki, mint Marilyn Manson.

Helen azonnal visszafordította figyelmét arra, ami az ablakon kívül történt. Egy távoli fát bámult. Pontosabban egy fekete hollót, amely egy ágon ült, és nyitogatta a csőrét, mintha egy képzeletbeli baráttal beszélgetne.

Helen irigyelte a madarat. Egy madarat, amely szabadon elrepülhetett. Amely tetszése szerint felszállhatott, de saját döntéséből maradt. Irigyelte azt is, hogy nem volt érzelmileg kötődve. A kötődés végül fájdalmat jelentett. Mindig elvesztette azokat, akiket a legjobban szeretett.

Megfordult, hogy újra Burns nővérrel szembe nézzen. Lágy, távoli hangon kérdezte: „Van valami hír?"

✳✳✳

Ackerman doktor nem járt ma reggel önnél?” – kérdezte Burns nővér. Ackerman doktor, Grace esetének új szakorvosa, megígérte, hogy első dolgaként meglátogatja Helen Greenwayt, hogy tájékoztassa a fejleményekről.

Helen üres tekintete mindent elárult.

„Biztos vagyok benne, hogy Ackerman szakorvos hamarosan meglátogatja önt. Mi lenne, ha megnézném, hol van?”

„Az nagyon kedves lenne”

mondta Helen, miközben karjait maga köré fonta. Figyelmét ismét a hollóra fordította. Az néhány ágnyit feljebb ugrott a fán.

Burns nővér elindult, hogy elmenjen. Megállt, és megkérdezte Helentől, hogy van-e valaki, akit szeretne, hogy felhívjon – valaki, aki vele ülne. Talán egy barát, egy lelkész vagy egy pap. Helen megrázta a fejét, majd továbbra is az ablakon keresztül a holló mozgását figyelte.

Amikor az ajtó bezárult mögötte, Burns nővér hallotta, hogy Helen Greenway halkan sír.

Helen az elvesztett férjére és fiára gondolt. És arra a lányára is, akitől attól tartott, hogy elveszíti. Zokogott, és kezeit az arcára tette, mint egy gyerek, aki „most látsz, most nem látsz" játékot játszik.

Csak a holló vette észre, hogy játszik.

***

„Ackerman doktor nem járt ma reggel önnél?" – kérdezte Burns nővér. Ackerman doktor, Grace esetének új szakorvosa, megígérte, hogy első dolgaként meglátogatja Helen Greenwayt, hogy tájékoztassa a fejleményekről.

Helen üres tekintete mindent elárult.

„Biztos vagyok benne, hogy Ackerman szakorvos hamarosan meglátogatja önt. Mi lenne, ha megnézném, hol van?"

„Az nagyon kedves lenne"

mondta Helen, miközben karjait maga köré fonta. Figyelmét ismét a hollóra fordította. Az néhány ágnyit feljebb ugrott a fán.

Burns nővér elindult, hogy elmenjen. Megállt, és megkérdezte Helentől, hogy van-e valaki, akit szeretne, hogy felhívjon – valaki, aki vele ülne. Talán egy barát, egy lelkész vagy egy pap. Helen megrázta a fejét, majd továbbra is az ablakon keresztül a holló mozgását figyelte.

Amikor az ajtó bezárult mögötte, Burns nővér hallotta, hogy Helen Greenway halkan sír.

Helen az elvesztett férjére és fiára gondolt. És arra a lányára is, akitől attól tartott, hogy elveszíti. Zokogott, és kezeit az arcára tette, mint egy gyerek, aki „most látsz, most nem látsz" játékot játszik.

Csak a holló vette észre, hogy játszik.

***

„Mi baja van?" – kérdezte Smith doktor. Burns nővér tájékoztatta a helyzetről.

„Le kell nyugodnia" – mondta –, „mert zavarja a többi beteget. Most kezdtem a műszakot, és már több panasz is érkezett. Ennek véget kell vetni. Vagy megkérünk egy orvost, hogy írjon fel nyugtatót, vagy arra bátorítjuk, hogy egy időre költözzön el a kórteremből."

„Mindent megteszek" – mondta Burns nővér kissé túlzottan védekezően.

Dr. Smith megfogta a kezét, és a szemébe nézett. Ezt a mozdulatot az E.R. című sorozat ismételt epizódjaiból tanulta. A sorozatban a személyzet tagjai és a betegek szíve egyaránt megolvadt, ami George Clooney népszerűségét biztosította.

„Tudom, hogy így van" – feddte meg –, „és nagyra értékelem mindazt, amit tett. Mindazt, amit tenni fog, hogy segítsen nekem és a kórterem többi betegének."

A nő visszamosolygott rá, de belül úgy gondolta, hogy a férfi olyan hamis, mint egy kétdolláros bankjegy.

Megfordult, és visszament Helen Greenway szobájába.

Sajnos Helen már nem volt ott.

FEJEZET 3

„Ki kell jutnom ebből a szobából, friss levegőre" – suttogta Helen magában, miközben elosont az orvosok és ápolók mellett. Bement a liftbe, biztosan tudva, hogy senki sem fogja hiányolni.

Amikor az ajtók becsukódtak, Helen nézte, ahogy a hordágyakat tolják, húzzák vagy kísérik a folyosókon. Fülét befogta, amikor meghallotta a nyikorgó vagy kaparó kerekek hangját. Megijedt, amikor az egyik rosszul irányított és megkarcolta a falat. A kórházi személyzet nem tűnt észrevenni a zűrzavart.

Megnyugodott, amikor az ajtók szorosan bezárultak mögötte. Csak a lift zenéje vonta el a figyelmét. Egy musicalből ismert dallam emlékeztette arra, amikor ő és Grace anyaként és lányaként kötődtek egymáshoz. A korai időkben, mielőtt a matematikai szakadék és a tinédzser évek elválasztották őket.

Miután megérkezett a földszintre, Helen határozott céltudatossággal és sorsérzettel lépett ki. Érezni akarta a szellőt az arcán. Kint akart lenni a nyugodt, friss, eukaliptuszillatú levegőben.

Senki sem állította meg, senki sem kérdezte ki, sőt, úgy tűnt, senki sem vette észre. Belépett a forgóajtón, és kifelé áramlott a tömeggel.

Pontosan ugyanabban a pillanatban egy sikoltozó mentőautó állt meg mellette, szirénákkal és villogó fényekkel.

A zaj fülsiketítő volt, egyáltalán nem olyan, mint a béke és a magány, amit Helen elképzelt. El akart menni, el akart menekülni onnan. De a hang mintha megragadta volna, elvette az erejét. Lábai mintha a betonba ragadtak volna.

Képtelen volt mozogni vagy futni, hátralépett a falhoz, és befogta a fülét. Körülötte káosz uralkodott, lökdösődés, húzás és kaparás, ahelyett, hogy a béke és a nyugalom lett volna, amire annyira vágyott.

Helen elájult, és a földre zuhant.

FEJEZET 4

Vincente?" zokogott Grace. „Vincente, ott vagy?"

„ Grace tágra nyílt szemmel kereste őt a hideg, fémes szobában, de sehol sem találta.

A maszkos férfiak és nők gúnyosan nézték.

A feje felett lévő erős fény hővel és energiával pulzált, és Grace kénytelen volt újra lehunyni a szemét.

„Vincente?" suttogta újra és újra.

Egy magányos csillag ragyogott. A szeme előtt táncolt. Eleinte lágy és enyhén meleg volt, de hamarosan belégett a bőrébe.

Aztán minden újra elsötétült.

FEJEZET 5

EGY BETEGGEL ÉRKEZTÜNK A kórházba, és találtunk még egyet a járdán!" – kiáltotta a mentősofőr, miközben a csapat felmérte a helyzetet.

„Kettő egy áráért" – mondta mosolyogva a kollégája.

„Elsőként a mentőben lévő emberünk jön" – mondta az első férfi. Ő és kollégája a járdán húzták a hordágyat. „Jövünk" – mondták, miközben átnyomultak az ajtón.

„Van még egy odakint" – mondta a második férfi a recepciósnak.

Ekkorra Helen már magához tért, és megpróbált felállni. Kicsi fehér csillagok villództak és csillogtak a fejében. Mintha egy Wile E. Coyote rajzfilmben lenne. Miután a Roadrunner egy kalapáccsal lecsapott a szőrös fenevad fejére. Megpróbált megkapaszkodni, de a lába elgyengült, és ismét a földre esett.

„Tudja valaki, ki ő?" – kérdezte egy nő. A látogatók és a kórházi személyzet, akik nemrég kezdtek szolgálatot, Helen körül gyülekeztek. Az egyik alkalmazott rádión keresztül hordágyat és traumás sebészt kért, hogy azonnal jelentkezzenek a sürgősségin.

Helen kinyitotta a szemét és felnézett. Egy csoport idegen bámulta őt. Megpróbált újra felállni, de az idegenek arra biztatták, hogy maradjon a földön.

„Meg tudná mondani, ki maga? Emlékszik a nevére?" – kérdezte a nő, aki a rádión keresztül beszélt.

„Igen, a nevem Helen, Helen Greenway."

A nő újra beszélt a rádión. „Itt a bejáratnál fekszik egy kaukázusi nő. Körülbelül hatvan éves, neve: Helen, Helen Greenway. Ismeri valaki? Beteg? Megszökött a pszichiátriáról? Utcai ruhában van, ismétlem, utcai ruhában van."

Egy fiatal orvos érkezett a táskájával. Letérdelt Helen mellé, és megkérdezte, megsérült-e. Amikor a nő nemet intett a fejével, az orvos megvizsgálta az életjeleit.

„Jól vagyok" – mondta Helen. „A lányom beteg!" Ismét megpróbált felállni.

„Helen" – mondta az orvos –, „maradjon le, amíg meg nem győződtem arról, hogy az életjelei normálisak."

Helen engedelmesen bólintott, mint egy megdorgált gyerek.

Miután Helen életjelei elfogadhatónak bizonyultak, bátorították, hogy álljon fel. Kerekesszéket hoztak.

„Most" – mondta az orvos – „üljön le, és menjünk, keressük meg a lányát."

„Tudok járni" – tiltakozott Helen.

„Majd én tolom" – ragaszkodott az orvos.

***

Amikor megérkeztek Grace emeletére, Burns nővér feléjük rohant. „Hála istennek, hogy jól vagy, Helen!”

„Ismered őt?” – kérdezte az orvos.

„Igen, régi barátok vagyunk” – mosolygott Burns nővér.

„Nos, az épület előtt ájult el, ezért van tolószékben. Megmértem az életjeleit. Úgy tűnik, jól van, bár valószínűleg kicsit alváshiányos. Emellett éhes és kiszáradt.”

„Igen, annyira a lánya egészségére koncentrált, hogy nehéz volt bármit is beadni neki.”

„Akkor beszéljen az orvosával. Ha szükséges, tegyék infúzióra, de nem hagyhatjuk, hogy ilyen állapotban kóboroljon. Ételt és vizet kell kapnia, és azonnal. Ki a lánya orvosa?”

„A lányának egy egész orvoscsapata van: Christiansson, Ash és Ackerman.”

Az orvos habozott. Hallott a műtétről, arról, hogy sürgősségi alapon hívták be a sebészeket. Az egyikük éjszaka repült ide. Valóban súlyos helyzet volt. Most még jobban megértette a kerekesszékes nőt.

„Ebben az esetben tegyen meg mindent, amit tud" – mondta Burns nővérnek. Aztán Helenhez fordult: „Ennie és innia kell, aztán pihennie, mert a lánya fel fog ébredni. Rendkívül erősnek kell lennie érte."

Szavai nem jutottak el Helenhez, mert ő már mélyen aludt a kerekesszékben.

FEJEZET 6

H ELEN TIZENÖT PERCCEL KÉSŐBB ébredt fel, Grace ágyában. Nem emlékezett, hogyan került oda. Megnyomta az ágyon lévő gombot. Pillanatok múlva Burns nővér megérkezett egy tálcával, tele meleg étellel és friss kávéval.

„Attól tartok, nem tudok enni semmit" – mondta Helen.

„Vagy így, vagy intravénásan. Döntsd el te, Helen. Hamarosan vége a műszakomnak, és megígértem a traumatológusnak, hogy gondoskodom róla, hogy egyél, mielőtt hazamegyek. Ha nem teszed meg, akkor ő megbeszéli a kezelőorvosoddal, hogy infúziót kapj, és így tápláljanak és itassanak."

„Mindkét lehetőséget elutasítom. Valójában fóbiám van a kórházi ételektől. Ki akarok jutni innen, és valami mást enni. Messze innen."

„Igen, megértem. Azt hiszem, meg tudjuk oldani" – mondta Burns nővér, miközben megfordult és kiment.

Egy pillanat múlva visszatért a kabátjában, és együtt elhagyták a kórházat. Egy kis kávézóba mentek, az utca végén.

Mindkettőjüknek jól jött a kis szünet.

FEJEZET 7

A VÉRNYOMÁSA CSÖKKEN. Az értékek a skála alatt vannak!
„ Ha most nem teszünk valamit, ha nem tudjuk elállítani a vérzést, akkor elveszítjük" – mondta Ash doktor.

A műtőben jelen lévők mindannyian odarohantak és közelebb léptek.

„Törölje le, a fenébe!" – parancsolta Ackerman doktor.

Annyi vér folyt ki belőle. Még akkor sem tudtak elég gyorsan cselekedni, hogy mindenki segített. A szívmonitor sík vonalat mutatott.

Sikoltott.

„Vissza kell hoznunk! Muszáj!" – kiáltotta Dr. Christiansson.

FEJEZET 8

A KÁVÉZÓBAN HELEN GREENWAY villájával a burgonyapürét keverte. Levágott egy darab steaket, és a fogai közé tolta. Rágott és rágott, és megpróbálta lenyelni, de nem ment le.

„Így van," mondta Burns nővér, „hamarosan jobban fogja érezni magát."

Helen hidegséget érzett átfutni a testén, mintha valaki kinyitotta volna az ajtót egy hideg téli napon. Az ajtó zárva maradt, de a karján libabőr keletkezett. Összehúzódott, hogy melegen tartsa magát. Valahonnan, nem tudta honnan, hallotta, hogy Grace a nevét kiáltja. Másodpercekkel később a nővér telefonja csörgött.

„Itt Christiansson doktor. Azért hívom, mert tudom, hogy ott van Grace Greenway édesanyjával, Helennel. Igaz ez?"

Burns nővér bólintott, de nem mondott semmit, csak pókerarcot vágott.

„Grace szívének ritmusa ismét leállt. Nem vagyok biztos benne..." Elhallgatott, és nem fejezte be a szörnyű mondatot. Kimerült volt.

„Értem" – mondta. „Azonnal visszamegyünk."

Helen Greenway elejtette a villáját, és könnyek csorogtak a szeméből. Helen a kórház felé rohant, miközben a lánya hangja visszhangzott a fülében.

FEJEZET 9

Grace, kitartás!" – hallatszott egy hang.

Grace felismerte, hogy Vincente hangja volt. Elment. Elhagyta őt, de most visszatért. Visszajött.

„Hol voltál?" – kérdezte, miközben a szobában kereste őt. Kereste kobaltkék szemeit.

„Itt vagyok" – mondta, miközben megfogta a kezét. „Mindig is itt voltam."

„De miért nem látlak? Annyira megijedtem." Megállt, érezte, ahogy a keze köré fonódik a férfi keze. „Aztán kialudt a villany." Megállt. „Nem hiszem, hogy kibírom, Vincente. Nem hiszem, hogy sikerülni fog."

„Dehogyisnem fogod" – mondta, miközben könnyek hullottak le arcán, és rá a kezeikre. „Most találtalak meg! Friss házasok vagyunk, és megígérted, hogy örökké szeretni fogsz."

„Mindig szeretni foglak, Vincente. Örökre."

„Akkor találnod kell egy módot, hogy maradhass – mondta. – Nélküled semmit sem érek, semmit! – Térdre esett, mintha villámcsapás érte volna a szívét.

– Próbálkozom, szerelmem – mondta. – De olyan sötét van itt, olyan sötét. Látnom kell téged!

– Itt vagyok – mondta Vincente, és szorosan megszorította a kezét.

„Hallak. Érzem, hogy itt vagy. De hol vagy?"

Lépett a fénybe.

„Nem látlak! Miért nem látlak?"

„Éjszaka van, szerelmem" – mondta. „És a fény árthat a szemednek. De bízz bennem, itt vagyok. Mindvégig itt voltam. Megígértem, hogy soha nem hagylak el, és én mindig betartom az ígéreteimet."

„Énekelj nekem valamit."

Elénekelte a dalt a lány ékszerdobozából, azt a dalt, amely a közös dalukká vált.

A műtőben mindenféle orvosi berendezés és orvosi személyzet nyüzsgött, akik rohangáltak és egymásba botlottak. Amikor a sík vonal hangja véget ért, és a normális szívverés hangja visszatért, kis ujjongás hallatszott a műtőben.

„Megcsináltuk!" – kiáltotta Ash doktor.

„Még sok munkánk van" – emlékeztette Ackerman doktor. „Grace sok vért vesztett. Lehet, hogy több vérátömlesztésre lesz szüksége, és még mindig az idővel versenyzünk a véralvadás miatt."

„Beszélek az anyjával" – mondta Christiansson doktor. „Lehet, hogy ő is tud még vért adni. Mindig jobb, ha egy családtag ad vért."

Gyengéden megveregette mindkét vezető sebész hátát, majd Grace-re nézett. Néhány másodpercig figyelte a szívmonitorot, és mindent magába szívott. Minden normálisnak tűnt, vagyis annyira normálisnak, amennyire csak lehet egy fiatal lány esetében, aki kevesebb mint 24 óra alatt kétszer is leállt a szíve.

****

Remekül csinálod" – mondta Vincente, miközben simogatta a homlokát.

„Maradni akarok, de olyan fáradt vagyok."

„Emlékszel az esküvőnk napjára? Emlékszel a manly-i házunkra? Hogyan díszítettük be együtt? Emlékszel, hogy örökre megígérted nekem, Mrs. Marino?"

„Emlékszem" – mondta. Aztán felnézett, és a fény, amely korábban messze felette volt, most közelebb került hozzá. Olyan volt, mint egy csillag, amely vonzotta, miközben a saját életéért küzdött. Grace nagyon fáradt volt, és pihenni akart, békét akart. Vágyott arra, hogy belépjen a csillag fényébe.

Egy csillagfényből álló gömb volt. Forogva és kanyarogva, befelé és kifelé tolódva, egész idő alatt Grace-t hívta, hogy csatlakozzon hozzá. Egy Fibonacci-csillag volt; a Tejút része, és az egyetlen dolog, ami visszatartotta attól, hogy csatlakozzon hozzá, mint a saját arany középútja, Vincente.

„Grace" – mondta Vincente.

A hangja olyan távolinak tűnt, és Grace nagyon hidegnek és nagyon magányosnak érezte magát. A csillag magjában lévő égető hő ráfújt, és távolról melegítette. Csak egy lélegzetnyire volt attól, hogy csatlakozzon hozzá. Olyan könnyű lett volna.

„Ó, ne!" – kiáltotta Dr. Ash. „Ne már megint! Ne ilyen hamar! Elveszítjük!"

„Túl sok vért vesztett!"

kiáltotta Ackerman doktor. „Hol van Christiansson doktor a vérátömlesztésről szóló hírekkel? Azonnal több vért kell adnunk neki! Nem várhatunk az anyjára. Kezdjük el a vérátömlesztést!"

Másodpercekkel később idegen vér pumpálták Grace ernyedt testébe.

Először úgy tűnt, hogy a teste elfogadja. Mohón issza. Azonban nem telt el sok idő, és az új vér elutasította a régit.

Ekkor kezdődött el az igazi küzdelem.

„Vincente?"

„Igen, szerelmem."

„Félek a haláltól."

„Még nem jött el az időd" – mondta. „Nem jöhet el az időd."

„Honnan tudod?" – kérdezte, miközben a testében tombolt a láz. Egyszerre égett, majd jéghideg lett. Eközben a csillagok fénye csábította.

„Mert csak érted élek."

„De ez rossz érzés, nagyon rossz, Vincente."

„Milyen érzés, szerelmem? Mondd el."

„Olyan érzés, mintha a föld felett lebegnék, és lenéznék magamra a műtőasztalon. Látom, ahogy szúrnak, piszkálnak és rohangálnak körülöttem."

„Segítenek neked, szerelmem."

„Igen, de annyira fáj."

„Maradnál? Maradnod kell. Kérlek. Tedd meg értem. A férjedért."

„Nem bírom elviselni a fájdalmat. Akarok... akarok..."

„Tudom, mit akarsz, Grace" – mondta. „Lefogadom, hogy szeretnél látni az anyádat."

„De Vincente, az anyukám meghalt."

„Nem, él, és már úton van ide. Tarts ki!"

„De hogy lehet ez? Az előbb még Manlyben voltunk, és senki más nem létezett a világon, csak te és én – és most... ez. Sok ember mindenhol. És szélsőséges fájdalom, könyörtelen fájdalom."

„Emlékszel a vérrögökre, Grace?"

„A vérrögökre, igen."

„Több is volt. Felrobbantak. Mindannyian harcolunk érted. Ne add fel, Grace. Neked is harcolnod kell. Szeretlek. Nem engedhetlek el. Kérlek, ne add fel!"

„Vincente, olyan fáradt vagyok! Talán itt az ideje, hogy elengedj."

„Soha!" – kiáltotta. Nézte, ahogy a lány szemhéjai remegnek, majd bezárulnak. Végül a fülébe suttogta: „Akkor pihenj, szerelmem. Igen, csukd be a szemed, és pihenj. Énekelek neked egy altatódalt, de kérlek, ne hagyj el!"

A lány továbbra is lélegzett. Vincente könnyekkel az arcán énekelte tovább a különleges dalukat.

FEJEZET 10

H ELEN ÉS BURNS NŐVÉR visszatértek a kórházba, ahol Christiansson doktor várt rájuk. „Hogy érzi magát, Helen?" – kérdezte, miközben a műtő felé vezette.

„Jól vagyok, a lányom miatt aggódom!"

„Úgy tudom, korábban rosszul érezte magát, és elájult? Igaz ez?" Burns nővérre nézett, aki bólintott.

„Elájultam, de mi köze van ennek bármihez is? Mi történik a lányommal?"

„Attól tartok, vérre lesz szükségünk, transzfúzióhoz. Mindig a legjobb, ha a beteg közvetlen rokonától veszünk vért."

Helen bólintott, majd a kezét az arcára tette. Hihetetlenül kimerültnek érezte magát, de segíteni akart. Segítenie kellett.

„Menjünk fel a vérvételi szobába megfigyelésre." Aztán Burns nővérhez fordult: „Helen evett valamit az utóbbi időben?"

Burns nővér bólintott, és megmutatta, mennyit. Az még egy madárnak sem lett volna elég.

„Jól van, jól van" – mondta Burns nővér Helennek, miközben a folyosón haladtak.

Christiansson doktor csipogója megszólalt. „Egy pillanat" – mondta. Elhúzódott tőlük. „Változott a terv. El kell vinnem önöket a lányukhoz – most. Jöjjenek, és mossanak kezet."

Burns nővér vissza akart térni a helyére, de Christiansson doktor megkérte, hogy maradjon.

„Mielőtt bemegyünk" – figyelmeztette –, „el kell mondanom, Mrs. Greenway – Helen –, hogy már kétszer is elvesztettük a lányát odabent."

„Elvesztették?"

„Igen. Vagyis leállt a szíve. A szíve megállt, de csak néhány pillanatra."

Helen visszatartotta a sírását.

Bementek a műtőbe.

Grace eszméletlenül feküdt a műtőasztalon.

„Anya!" – kiáltotta Grace.

Helen odament hozzá, és megfogta a kezét. A lánya szemébe nézett.

„Ő Grace anyja, Helen" – mutatta be a többi orvosnak Ackerman doktor.

„Köszönjük, hogy eljött, és ilyen gyorsan" – mondta Ash doktor.

„Örülök, hogy megismerhetem. Grace valóban nagyon bátor lány."

„Hogy van, úgy értem, tényleg?" – kérdezte Helen.

„Veszélyes helyzet volt, de az életjelei stabilizálódtak. Figyeljük őt, és tartja magát."

„Köszönöm" – mondta Helen. „Köszönöm mindenkinek!" – és nagy gombócot érzett a torkában.

„Elnézést, Dr. Ash" – szólalt meg az egyik nővér, aki Grace életjeleit figyelte. „Idejönne egy pillanatra, kérem?"

Odament hozzá, és azonnal a képernyőre szegezte a tekintetét.

„Anya! Én vagyok az, Grace, anya!"

„Nem hall téged" – mondta Vincente.

„Mi? Hogy érted, hogy nem hall engem? Ott áll előtted! Persze, hogy hall engem! Anya, én vagyok az, Grace... Vincente és én. Most már házasok vagyunk, és szeretjük egymást, anya. Anya!"

„Szerelmem, nem hall téged" – ismételte Vincente, miközben simogatta a kezét. Odahajolt, és megcsókolta a homlokát.

„Nem hall engem, de lát. Nézd, fogja a kezem. Várj egy percet, téged nem lát, ugye? Miért nem lát és nem hall téged, Vincente?"

„Nem tudom."

„Vincente, meghaltál?"

Vincente nevetett, végigfutott az ujjaival a haján, „Természetesen nem haltam meg. Itt vagyok melletted, fogom a kezed."

„De a többiek nem látnak téged, sem az orvosok, sem az anyám. Körülötted mozognak, átmennek rajtad. Miért nem látnak és nem hallanak téged? Miért csak én tudom, hogy itt vagy? Meghaltam? Mindketten meghaltunk?"

„Mindig együtt vagyunk, mert szeretjük egymást. A szerelmünk erősebb, mint bárki és bármi más."

Grace lelke korábban a szobában lebegett, de most visszatért a testébe.

Miután visszatért, először megpróbálta leküzdeni a fájdalmat. Aztán megpróbálta átélni a fájdalmat, elfogadni, de ez túl sok volt neki. Nem tudta elviselni. Szétesett.

„A létfontosságú szervei leállnak! Újra elveszítjük!" – kiáltotta Dr. Ash.

Mindenki Grace mellé lépett, Helen-t félretolva.

„A vérzés teljesen elállt" – erősítette meg Ackerman doktor. „Olyan jól ment. Nem találok más okot erre a hirtelen visszaesésre, csak..." Habozott, és Helen Greenway-re nézett, aki az asztaltól távol állt, és Lady Macbeth-hez hasonlóan a kezét tördelte.

„Vigyétek ki innen!" – kiáltotta Ash doktor.

„Mit mondanak most, Vincente?" – kérdezte Grace.

„Anyádat hibáztatják a visszaesésedért. Amikor visszatértél a testedbe, és újra kijöttél, valami történt. Azt hiszik, hogy haldokolsz."

„De nem haldoklom! Élni akarok!"

„Elveszítjük!" – kiáltotta Ackerman doktor. „Térjetek félre!" – kiáltotta, miközben odalépett, és megkezdte a szívmasszázst.

„Nem, nem hagyom itt!" – kiáltotta Helen, miközben a lengőajtón keresztül a folyosóra tolták.

„Anya!" – kiáltotta Grace. „Anya!"

„Újra vérzik" – erősítette meg Ash doktor. „Több vérrög van itt. Nem tudom megszámolni, hány. Nem tudom, meddig bírja még!"

„Mindent megteszünk, amit tudunk."

Grace lelke visszacsúszott a testébe. Megpróbált felállni. A fejében színek kaleidoszkópja kezdett kavarogni és forogni, amíg már nem látta és nem hallotta Vincente-t.

„Vincente, ne hagyj itt!" – kiáltotta.

***

"VINCENTE? – KÉRDEZTE ASH doktor. – Ki az a Vincente?

"Az a fiú, aki kórházba juttatta – válaszolta Christiansson doktor.

"Talán fel kellene hívnunk, és megkérni, hogy jöjjön be a kórházba?

"Éjszaka van. Lehet, hogy nem tud idejönni.

"Csak csináld! – kiáltotta Ash doktor. – Minden segítségre szükségünk van!

„Grace, figyelj rám" – mondta Ash doktor, miközben közelebb hajolt hozzá. „Mindent megteszünk érted. Remélem, hallasz engem. Hallottunk téged. Felhívjuk Vincente-t. Hamarosan itt lesz, melletted. Kérlek, tarts ki. Légy erős."

Grace nem hallotta őt. Egyedül volt valahol a sötétben.

FEJEZET 11

K INT A LOBBYBAN HELEN Greenway halkan beszélt a telefonba: „Helló, Vincente, elnézést, hogy ilyen későn zavarom."

„Ki beszél?"

„Elnézést," habozott egy pillanatig, majd bemutatkozott. „Grace az. Grace miatt hívom ilyen későn. Az anyja vagyok, Helen Greenway."

„Jól van? Nem...?" Megállt, és elhallgatott. Félt attól, amit hallani fog. Megölte? Ha így van, nem tudná elviselni, bár tudta, hogy nem az ő hibája. Nem tudhatta. Gondolatai visszatértek a jelenbe. Biztos volt benne, hogy Helen Greenway már válaszolt. A telefon másik végén teljes csend volt.

„Ott vagy, Vincente?" – kérdezte, miközben várt a válaszára. Mindent elmagyarázott, elmondta az ügyét. A férfi hallgatott. Nem akart kórházba jönni? Biztosan nem. Nem, valószínűleg csak még nem ébredt fel teljesen. Amikor továbbra sem válaszolt, rákérdezett: „Grace-nek, az én Grace-emnek szüksége van rád, Vincente."

A férfi megkönnyebbülten hátrahajtotta a fejét, tudva, hogy a nő még él és lélegzik. „Reggel első dolgom lesz odamenni."

„Ne, kérlek, gyere azonnal. Grace-nek most van rád szüksége. Téged hív. Az orvosok azt mondják, hogy most kell a kórházba jönnöd, mielőtt túl késő lesz."

Vincente feje zsongott attól, hogy éjszaka felébresztették, és attól, hogy hogyan fog eljutni a kórházba. Fel kell ébresztenie az anyját, és megkérnie, hogy vigye el oda, és akkor az anyja mindenféle kérdéssel fog bombázni. Nem is beszélve arról, hogy hogyan fog hazajutni?

„Kérem, mondjon igent, és küldök önnek egy taxit. Egy pillanat," Helen letette a telefont. Egy nővér megerősítette, hogy küldenek egy autót Vincente házához, hogy felvegye és hazavigye. „Küldünk egy autót, hogy felvegyen, Vincente. Kérem, erősítse meg, hogy eljön a kórházba, hogy meglátogassa a lányomat. Ő kéri önt. Kérem."

„Rendben, de adjon pár percet, hogy felöltözzek és hagyjak egy üzenetet az anyámnak."

„Meg kell erősítenem a címét" – kérdezte Helen telefonján a recepciós, miután ellenőrizte a kórház nyilvántartását.

„Igen, helyes" – mondta Vincente.

„Az autó úton van, kérem, várjon."

„Várok" – mondta Vincente, majd letette a telefont, és elkezdte felvenni a fekete farmerjét és a fehér pólóját.

Megfésülte a haját, majd egy piros kapucnis pulóvert húzott a fejére, ami újra összekócolta a haját.

Ezután két lépcsőfokot egyszerre vett le a lépcsőn. Írt egy rövid üzenetet az anyjának, és a hűtőre ragasztotta. Másodpercek múlva megérkezett a jármű.

Beszállt a kocsiba, bekapcsolta az övet, és elindult a kórház felé. A fejét a karjára hajtotta, és nézte, ahogy elsuhan a sötétség.

Időnként a hold arcának tűnt, mintha integetne neki. A holdon látható férfi furcsa módon ismerősnek tűnt, mintha Mark Twain és Albert Einstein keveréke lenne.

A holdra és a csillagokra koncentrált, hogy ne aludjon el.

Ébren akart maradni. Akart...

***

HELEN BÜSZKE VOLT MAGÁRA, mert meggyőzte Vincente-t, hogy jöjjön el a kórházba.

Bár Helen kissé zavarban volt, hogy miért kiabálta a lánya a fiú nevét. Milyen hatással volt a lánya szívére, hogy így kiabálta a nevét? Talán alábecsülte őt. Vagy talán a lánya számára többet jelentett, mint Helen gondolta? Csak egy középiskolás fiú volt, osztálytársa, akibe beleszeretett. De hát ő maga is a középiskolai szerelméhez ment feleségül, nem?

Helen fel-alá járkált a folyosón. Amikor Burns nővér kijött, azt mondta: „Nem bírom elviselni! Nem tudom, mi történik odabent a lányommal! Ez túl sok!”

Burns nővér megértette, milyen nagy nyomás alatt áll Helen Greenway, de túlreagálása és általános pánikja hatással volt a többi betegre és a családtagokra is, akik szeretteikről vártak híreket.

Burns nővér határozott mozdulattal Helen hátát fogva egy csendes sarokba vezette, ahol suttogva így szólt hozzá: „A lánya a legjobb kezekben van. Tudom, hogy nehéz, de meg kell próbálnia nyugodt maradni.”

„Bárcsak ott maradhattam volna vele, hogy támogassam" – mondta Helen.

„Grace jól bírja ott bent, és az orvosok csak rá koncentrálnak – arra, hogy mit akar és mire van szüksége. A lánya túlélése a kórház elsődleges prioritása."

„Igen, de én vagyok az anyja! Nem jár nekem magyarázat? Nincs itt semmilyen jogom?"

„Természetesen vannak jogai, de fontos feladatot kapott, hogy idehozza Vincente-t. Úgy tudom, úton van?"

„Igen, úton van. De talán segíthettem volna a lányomnak, ha nem lökött volna ki a szobából."

„Helen," mondta Burns nővér kissé bosszúsan, „a lánya állapota megváltozott, amikor ön vele volt. Úgy tűnt, hogy ön csak szorongást okozott neki abban a pillanatban." Habozott. „Az orvosok észrevették ezt a változást a lánya stabil állapotában. Ezért távolítottak el a műtőből. Grace érdekében tették."

„De nincs ok arra, hogy Grace romoljon – miattam. Szeretem őt. Ő az életem."

„Nos, a bizonyítékok magukért beszéltek."

„Ha nincs rám szükség itt" – mondta duzzogva –, „akkor lemehetek a földszintre, és megvárhatom a Marino fiút. Csinálnom kell valamit."

„Ez nagyon jó ötletnek tűnik" – mondta Burns nővér. Megsimogatta Helen kezét, de ezúttal Helen elhúzta a kezét. Mindkét kezét zsebre dugta, és elsétált a folyosón. A csizmája sarkának hangja visszhangzott, ahogy elhaladt.

„Kérje meg a recepciót, hogy szóljon nekünk, amikor megérkezik" – kiáltotta Burns nővér, amikor az ajtó bezárult.

„Rendben" – válaszolta Helen.

***

A MIKOR A LIFT AJTAJAI kinyíltak a földszinten, Helen kilépett a recepcióra. Azonnal meglátta Vincente-t. A forgóajtók között mozogva, kezeit a farmerzsebébe dugva, vállait meggörnyedve állt.

Helen egy pillanatig mozdulatlanul állt, és megvizsgálta a fiút, aki a lányát kórházba juttatta. A fiú kócosnak tűnt, és láthatóan nem érezte magát jól. Mégis nagyon jóképű volt a piros kapucnis pulóverében, amely még kékebbé tette kék szemeit. Úgy nézett ki, mint James Dean és Robert Redford keveréke.

Helen felé sétált. A fiú még nem vette észre.

Amikor a fiú felé pillantott, Helen meglepődött. Egy pillanatra elakadt a lélegzete. A fiú nem volt átlagos. Volt benne valami, valami egészen más.

„Szia, Vincente" – mondta Helen, és kezet nyújtott neki. Kicsit meg volt zavarodva, ezért úgy mutatkozott be, mintha még nem találkoztak volna.

Vincente furcsának találta a bemutatkozást, mivel nemrég találkoztak. De elnézte neki, mert nagy karikák voltak a szeme alatt, és úgy nézett ki, mintha ruhában aludt volna.

Elfogadta a kezet, és határozottan megrázta. Megengedte, hogy a lány karját az övé alá csúsztassa, és elvezesse a recepcióhoz. Helen megkérte a recepcióst, hogy erősítse meg az érkezését, és továbbítsa a nyolcadik emeletre.

Helen ezután a lift felé vezette. Egymás mellett álltak az ajtó előtt, egymásba fonódva, de még mindig szinte idegenekként, miközben felmentek a lépcsőn.

Néhány emelet után Vincente úgy érezte, meg kell kérdeznie Grace-ről, hogy van, és így is tett. Helen elmagyarázta, hogy nem tájékoztatták a lánya állapotáról. Azonban megerősítette, hogy Grace Vincente-t kérdezte.

„Örömmel segítek neki, amennyire csak tudok" – mondta Vincente. Ez igaz volt – örömmel segített neki –, de még mindig nem tudta kitalálni, miért hívta vissza a kórházba az éjszaka közepén. Egy kicsit sajnálta, ha olyan szomorú és magányos élete volt, hogy senki máshoz nem tudott segítségért fordulni.

Vincente egyenesen előre nézett, a lift ajtajában tükröződő arcára. Ujjaival átfésülte kusza haját, remélve, hogy így rendbe tudja hozni, de kísérlete sikertelen volt.

„Van ötlete, Vincente, hogy miért keresi önt így a lányom?"

„Őszintén szólva, ez rejtély számomra. Talán téveszmék vezérlik..."

„Milyen téveszmék?"

„Nem tudom. Alig ismerjük egymást. Ráadásul ő nem az én típusom."

„Ezzel azt akarod mondani, hogy a lányom nem elég népszerű vagy elég csinos neked?" – kérdezte Helen gonosz hangon, amit Vincente nem hagyott figyelmen kívül.

Egy liftben ragadt egy nővel, aki karját az övé köré fonta. A nő körmei most már karomként kapaszkodtak az ingujjába.

„Aú. Öö, nem, nem ezt akartam mondani"

mondta Vincente, amikor megszólalt a csengő, jelezve, hogy megérkeztek a nyolcadik emeletre. Az ajtók kinyíltak. Vincente elhúzódott Helentől, kilépett, és a recepció felé indult. Ott mások is voltak, és ami a legfontosabb, tanúk – arra az esetre, ha Helen Greenway teljesen kiborulna.

Helen mozdulatlanul állt a lift előtt, de továbbra is szemeivel Vincente-t szegezte a helyére.

Vincente ránézett Helenre, és rájött, hogy nem éppen jó benyomást tett rá. De hát éjszaka volt, még félig aludt, és fogalma sem volt, miért van ott. Persze, tudta, hogy Grace Greenway beleszeretett, de az iskola fele lányának ez volt a helyzet. Ha valaki minden sportágban sztárnak számít, ez teljesen természetes.

Pillanatokkal később Vincente-t az egyik orvos vezette végig a folyosón. Helen követte őket, szemeit szorosan Vincente tarkójára szegezve.

Ackerman bemutatkozott. Elmondta Vincente-nek a részleteket, majd megmosakodtak és felvették a szükséges orvosi ruházatot.

– Úgy tudom, hogy Grace nagyon jó barátja vagy?

– Ööö, olyasmi.

Ackerman doktor figyelmen kívül hagyta a kitérő választ. „Grace már jó ideje kérdezgeti, hogy mikor érkezik. Nagyon boldog lesz, ha megtudja, hogy itt van vele.”

„Öö, örülök, hogy segíthetek.”

„Fiam,” folytatta Ackerman doktor, „Grace állapota most stabil. Nehéz időket élt át, nagyon nehéz időket. És, nos…”

„Mennyire nehéz?”

„Ez, öö, bizalmas, de mondjuk úgy, hogy kritikus volt a helyzet.”

„Azt akarja mondani, hogy majdnem meghalt?”

„Úgy értem, hogy a dolgok nem álltak jól. És kérem, ne mondjon vagy tegyen semmit, ami felidegesítené vagy megrázkódtatná. Ma csak vidám gondolatok, rendben?”

„Vidám gondolatok?”

„Igen,” mondta Ackerman doktor. „Most kövessen.”

E GYMÁS MELLETT LÉPTEK BE a műtőbe a lengőajtón keresztül. Az orvosi csapat úgy tett félre Vincente előtt, mintha egy rocksztár lenne.

A férfi azonnal Grace-re figyelt fel. A nő egy asztal közepén feküdt, több géphez csatlakoztatva, mintha csápok lennének.

Mély levegőt vett, és közelebb lépett az asztalhoz. Félt, bár nem tudta pontosan, miért. Talán azért, mert több pár átható tekintet figyelte. Mit vártak tőle – egy csodát?

Megnézte Grace mozdulatlan testét. Látta, hogy a mellkasa fel-le mozog.

Grace lélegzett. Életben volt. Látta, hogy gesztenyebarna haja a vállára hullik. Látta, hogy a szemhéja idegesen pislog. Életben volt, valahol a szemhéja mögött.

Közelebb lépett, és teste hozzáért a lány kezéhez. Ott volt az oldalán, és nyitva volt.

Vincente megfogta Grace kezét.

Kimondta a nevét.

A keze hideg volt, és nem reagált az érintésére. Összefogta a kezét, és azt mondta: „Grace." Várt, de semmi sem történt. A lány eszméletlen volt. Nem érezte és nem hallotta őt, akkor mit keresett itt? Mit kellene tennie most? Körbenézett a szobában, az üres arcokra. Nem tudtak segíteni. Egyáltalán nem.

Mégis, minden szem rá szegeződött. Mit kellene mondania? Mit kellene tennie? El akart menekülni a szobából.

Vincente csak azt akarta, hogy visszatérhessen a saját ágyának melegébe.

FEJEZET 12

G RACE VISSZATÉRT A TESTÉBE, de érzékei el voltak tompítva. Nem érezte, hogy Vincente fogja a kezét, bár látta, hogy így van.

„Grace, én vagyok az, Vincente" – mondta, remélve, hogy Grace valamilyen módon jelzi, hogy érzékeli a jelenlétét.

Grace hallotta, de a hangja másnak tűnt. Távolinak.

„Beszéljen hozzá" – sürgette Dr. Ash. „Beszéljen hozzá bármiről!"

Az orvosi csapat közelebb jött. Csak a gépek zaja hallatszott.

Vincente homlokán izzadságcseppek gyöngyöztek. Azt mondta: „Hiányzol, Grace. Hiányzol az iskolában. Túl régóta vagy távol." Vincente rájött, hogy ez a párbeszéd gyenge, de csak ment a sodrával. Megpróbált normális beszélgetést kezdeményezni, de sajnos ez egyoldalú volt.

Grace megkérdőjelezte a férfi személyazonosságát. Ki volt ez a furcsa fiú, rövid szőke hajjal, sötét szemekkel és piros pulóverrel? Ha ő lenne az ő Vincente-je, nem az iskoláról beszélne vele. Iskola!? Ott találkoztak a hollót evő fával!

„Nyertük a krikettmeccset a minap!” – mondta Vincente túlságosan lelkesen.

Újra végigfutott az ujjaival a haján. Megpróbálta a zsebeibe dugni a kezét, de a sebészi felszerelés miatt ez nem volt lehetséges. Azonban már a szokásos viselkedési mintájának puszta megkísérlése is megnyugtatta.

Grace azon tűnődött, hogy valaki tréfát űz-e vele. Az ismeretlen arcokra, a bámuló szemekre nézett. A legtöbbjüket nem ismerte, de ők látták ezt a Vincente-t. Figyelték őt.

Grace kilépett a testéből, és lebegni kezdett a szobában.

Fentről figyelte ezt a Vincente-t. Egyáltalán nem tűnt önmagának. Hideg volt. Nem érezte az érintését, de annyira szerette volna. Amikor észrevette, hogy a férfi fogja a kezét, a szíve hevesen dobogni kezdett. Túl gyorsan ugrott vissza a testébe.

A szívmonitor újabb sík vonallal reagált.

***

Grace a fény felé nézett, miközben könnyek ömlöttek le az arcán. Alatta a kórházi dolgozók úgy rohangáltak a műtő körül, mintha a világ véget érne. Tudta, hogy az egyetlen dolog, ami véget ér, az ő saját élete.

Harcolt a csillagfény ellen, amely vonzotta őt. Hívta őt.

Most villogott és bólintott, és Grace rájött, hogy eljött az ideje. Ideje felé haladni. Végre eljött az idő, hogy a Fibonacci csillaggal együtt égjen el.

„Mondd meg neki, hogy szereted!” – kiáltotta valaki.

„De én nem szeretem!” – válaszolta Vincente szelíden.

Hamarosan a csillagfény egyre forróbb és forróbb lett. Már nem várta, hogy Grace odamenjen hozzá. Hanem ő ment Grace-ért.

„Szeretlek, Grace!" – kiáltotta.

Túl késő.

***

Amikor Vincente-t kivitték a szobából, még mindig kiabálta a szavakat. Igaz, számára ezek értelmetlen, hamis érzelmek voltak. Szavak, amelyeket csak kedvességből mondott, hogy megmentse őt a szakadéktól.

Újra kiabálta. Ezúttal hangja visszhangzott a folyosókon és kinyúlt az univerzumba: „Szeretlek, Grace Greenway!"

„Én is szeretlek, Vincente!" kiabálta vissza neki. A zűrzavar és a felfordulás közepette, miközben megpróbálták megmenteni az életét, ő nem hallotta.

Hirtelen a forró csillag forogni és pörögni kezdett. Hamarosan már nem közeledett felé, és nem égette meg a hőjével. Ehelyett pulzáló hullámokat bocsátott ki, és neutroncsillaggá vált.

Miután elvesztette a fogását, Grace Greenway kijelentette magának: „Élni akarok. Élni akarok."

FEJEZET 13

K ét nappal később Grace Greenway vérrögök nélkül ébredt fel, és már nem volt veszélyben. Egy ideig még szoros megfigyelés alatt kellett maradnia, de hamarosan hazamehetett.

„Vincente, anya" – mondta kábultan, miközben könnyek csorogtak le arcán. Ezek a könnyek a boldogságtól csordultak, amiért életben maradt. Hálából fakadtak, hogy ezt a pillanatot a világon legjobban szeretett két emberrel oszthatta meg.

Kinyújtotta karjait, hogy mindkettőjüket egyszerre ölelhesse meg. Ők pedig hozzásimultak, hozzá bújtak. Érezte testük melegét és erejét, mintha az ő energiájukkal együtt ő is erőt nyerne.

Vincente és Helen egymásra néztek, várva, hogy Grace elengedje őket.

„Fáj valamid?" – kérdezte Helen.

„Csak fáradt vagyok, anya."

„Örülök, hogy jobban érzed magad" – mondta Vincente. „Megyek, hívom az orvosokat, hogy tudassam velük, hogy felébredtél."

Megfordult, és kilépett a szobából. Egy pillanatig ott állt, hálát érezve, hogy Grace teljesen felépült. Arra gondolt, hogy talán most már teljesítette a kötelességét, és hazamehet. Remélte, hogy a nő elfelejtette vagy nem hallotta, amit kénytelen volt mondani neki a műtőben. Örült, hogy Helen Greenway nem volt ott, hogy hallja kényszerű és hamis kijelentését.

Elfogadta, hogy helyesen cselekedett, hogy segítsen neki. Most már csak abban reménykedett, hogy ezzel vége lesz. Vissza akarta kapni a régi életét. És abban az életben nem volt helye Grace Greenwaynek.

***

„Szóval, anya, tetszik neked?" – kérdezte Grace.

„Kedves fiú" – válaszolta Helen. „Megértem, miért vonzódsz hozzá."

„Vonzódok hozzá?" – kiáltott fel Grace. „Több mint vonzódok hozzá, anya. Férjhez mentem! Nézd!" – mondta, és anyja felé nyújtotta gyűrűsujját. Nem volt rajta gyűrű.

„Semmi baj, Grace" – vigasztalta Helen, észrevette lánya zavarát. „Semmi baj, ha kicsit zavart vagy. Sokat átéltél az elmúlt napokban."

„Anya, ez igaz! Nem hiszel nekem, ugye?"

„Ne izgulj, drágám" – mondta Helen, és megsimogatta lánya kezét.

„Megházasodtunk, anya. Megházasodtunk!" – ismételte Grace. Az ajtók kinyíltak, és Helen kiment a folyosóra, magára hagyva a zaklatott állapotban lévő lányát.

Furcsa, gondolta Grace. Nagyon furcsa. Hol vannak a gyűrűim?

***

A folyosón Helen Greenway belerohant Ackerman doktorba. Az orvos épp úton volt, miután Vincente jó hírt közölt vele, hogy a beteg felébredt és tiszta az elméje.

„Ó, Ackerman doktor!" – kiáltott fel Helen.

„Jaj, mi történt? Bemehetek? Visszaesett? Vincente azt mondta, hogy jól van. Ébren van és beszél. Teljesen éber."

„Így van, Ackerman doktor. Ébren van és beszél, de úgy tűnik, azt hiszi, hogy Vincente Marino felesége!"

„Jaj, hogy lehet ez?"

„Azt mondta nekem, hogy házasok. Ő és Vincente. Ráadásul megpróbálta megmutatni a gyűrűit. Nagyon zaklatott volt, amikor rájött, hogy eltűntek."

Vincente kilépett a nyitott liftből, kezében egy tálca cappuccinóval. Odament hozzájuk.

Ackerman doktor Vincente-re nézett, és kézmozdulattal megállította. Aztán Vincente-t az ülősarok felé vezette, és megkérte, hogy maradjon ott. Ackerman visszatért Helenhez.

Vincente leült, és elkezdett kortyolgatni az egyik csészéből.

„Szeretnék beszélni Grace-szel – kettesben – egy pillanatra" – mondta Ackerman doktor. „Kérem, várjon itt Vincente-tel, Helen, utána mindkettőjükkel beszélni fogok."

Helen leült Vincente mellé. Vincente felajánlott neki egy csésze teát. Helen udvariasan elutasította, majd karba fonta a kezét.

Vincente tudta, hogy valami történt, de fogalma sem volt, mi. Iszott még egy korty kávét, és remélte, hogy hamarosan hazaengedik. Kimerült volt, és szinte biztos volt benne, hogy Helen egyedül akar lenni a lányával.

Végül is, szerinte ez családi ügy volt.

***

Amikor Ackerman doktor kijött Grace szobájából, az aggódó kifejezés az arcán mindent elárult.

Helen azonnal felállt, és odament hozzá.

Vincente is azonnal észrevette az orvos komor arcát. Bármi is történt Grace szobájában, az biztosan nem jó hír volt. Elgondolkodott, hogy vajon valaha hazatérhet-e.

"Helen – mondta Ackerman doktor –, beszélnünk kell, négyszemközt. Kérem, jöjjön az irodámba.

„Miről?" Helen elfordította a tekintetét Vincente-től.

„Addig is jól lesz ott, ahol van, amíg visszatérünk" – mondta Ackerman doktor. Aztán Vincente-hez fordult: „Kérem, várjon meg, hamarosan tájékoztatjuk."

Vincente bólintott, majd elkezdte kortyolgatni a második cappuccinót – Helen italát. Végül is Helen nem akarta, és ő fizette. Miért hagyja kihűlni? Ráadásul szüksége volt a koffeinre, hogy ébren maradjon. Elővette a telefonját, játszott egy Bejeweled Blitz játékot, majd átnézte a Facebookot. Egy üzenete volt Missy Malone-tól. Később találkozni akartak. Remélte, hogy nem lesz túl fáradt ettől a Grace Greenway-ügytől.

Kíváncsiságból odament Grace ajtajához, és benézett az üvegablakon. Grace mélyen aludt. Furcsa, gondolta, hiszen épp csak felébredt. Vincente visszatért a helyére. Miközben Grace-re gondolt, újabb kortyot ivott Helen kávéjából. Grace kávéját is megitta, mielőtt visszajöttek érte.

FEJEZET 14

„Helen, reméltük, hogy Grace memóriavesztése helyreáll. Úgy tűnik azonban, hogy most újabb gondjaink vannak.”

„Szóval neked is elmondta? Hogy Vincente felesége?”

„Igen, és nem csak azt mondta, hogy házasok, hanem mindent részletesen le is írt. Mintha újra átélné az egészet. Olyan valóságos volt, olyan teljes a kép. Majdnem hallottam a háttérben azt a romantikus dalt.”

„Milyen romantikus dalt?” – kérdezte Helen.

„Azt mondta, egy régi ékszerdobozból származó dal volt.”

„Igen, emlékszem rá. Grace apja és én adtuk neki karácsonyra, amikor még kislány volt.”

„Á, egy gyermekkori ajándék, amelyet most esküvői dalának képzel el. A lányának nagyon élénk a fantáziája” mondta Ackerman doktor.

„Akkor mit tegyünk, doktor úr? Mondjuk el neki az igazat? El kell mondanunk neki az igazat.”

„Az elme nagyon törékeny dolog. Talán amikor Grace az életéért küzdött, ezt a helyzetet túlélési mechanizmusként hozta létre. Hogy legyen miért élnie, miért küzdenie. Ez egy ősi technika. Amikor a halál kapujában állunk, néha létrehozunk vagy kitalálunk egy alternatív valóságot."

„De a lányomnak már annyi oka volt élni!" – mondta Helen.

„Igen, ön így gondolja, és én is így gondolom, de Grace egyetértene ezzel?"

„Szóval, mit mond, doktor úr? Mit tegyünk?"

Kopogtak az ajtón. Dr. Christiansson benyújtotta a fejét. „Elnézést a zavarásért. Dr. Ackerman, beszélni akart velem?"

„Igen, ha megengedi, Helen, egy pillanatra" – mondta Ackerman. Intett neki, hogy üljön le, majd ő és Christiansson doktor elmentek.

Helen gondolatlanul lapozgatott egy-két magazint. Az orvosok négyszemközt megbeszélték Grace bizonytalan helyzetét.

„Attól tartok, nincs más választásunk" – mondta Christiansson doktor. „Követnünk kell Grace fantáziáját.

Jelenleg nincs elég erős ahhoz, hogy szembenézzen az igazsággal. Ha túl keményen nyomjuk, az következményei nagyon károsak lehetnek."

„Egyetértek" – helyeselt Ackerman doktor. „A legjobb, amit Grace-ért tehetünk, amíg készen nem áll az igazságra, az, hogy támogatjuk a saját téveszméit. A helyzet az, hogy biztosnak kell lennünk abban, hogy Vincente is egyetért ezzel. El kell mondanunk neki mindent, amit Grace elmondott nekünk. Meg kell győznünk, hogy fogadja el a tervet, amíg Grace készen áll, vagyis amíg elég erős lesz mind mentálisan, mind fizikailag ahhoz, hogy képes legyen megbirkózni az igazsággal."

„Igen, a Marino fiú korábban is segített Grace-nek, és remélem, hogy most is képes lesz rá" – mondta Christiansson.

„És amikor elég jól lesz, elég erős, akkor elmondjuk neki az igazat" – erősítette meg Ackerman doktor.

„Nem tetszik ez nekem" – mondta Helen, miután az orvosok tájékoztatták a tervükről. „Tápláljuk a képzeletét, és hazugságokat és még több hazugságot terjesztünk."

„De ezek nem hazugságok Grace számára. Ő minden szót elhiszi, és ő az, akit itt előtérbe kell helyezünk" – mondta Ackerman doktor.

„És mi van, ha a fiú nem hajlandó belemenni?" – kérdezte Helen.

„Be kell mennie" – mondta Ackerman. „Nincs más választásunk. Grace már ilyen messzire jutott, és úton van a fizikai egészségének visszaszerzése felé. A teste nem biztos, hogy kibírna még egy visszaesést. Grace mentális stabilitása jelenleg kritikus fontosságú."

„Grace teremtette ezt az álmot, és Vincente nagy szerepet játszik benne. Bele kell egyeznie, hogy segít neki. Meg kell győznünk őt arról, hogy milyen fontos Grace számára" – mondta Dr. Christiansson.

„Meddig kell ezt a játékot játszani?" – kérdezte Helen.

„Addig fogjuk játszani, amíg Grace készen áll rá" – válaszolta Dr. Christiansson – „és egy percig sem tovább."

„Akkor mit mondjak a fiúnak?" – kérdezte Helen. „Hogyan tudnám megértetni vele, amikor én magam sem értem teljesen? Nem tetszik az ötlet, hogy megtévesztem a saját lányomat."

„Meg kell bíznia bennünk, meg kell bíznia Grace-ben. Amikor készen áll arra, hogy szembenézzen a valósággal – hogy meghallja az igazságot –, akkor és csak akkor térnek vissza a dolgok a régi kerékvágásba" – mondta Ackerman.

„Mindent megteszek, hogy meggyőzzem."

„Sok sikert!" – mondta Ackerman doktor.

„Ha segítségre van szüksége..." – vetette közbe Dr. Christiansson – „...ha azt szeretné, hogy beszéljek vele, hogy tisztázzak valamit, akkor küldje el hozzám a fiút."

„Köszönöm" – mondta Helen.

FEJEZET 15

ELEN BEMENT A NŐI mosdóba és megmosta a kezét. A kórházban való 24 órás tartózkodás miatt úgy tűnt, hogy paranoiásan kell félnie a baktériumoktól.

Kinyújtotta a jobb kezét, és észrevette, hogy remeg. Fogalma sem volt, hogyan fogja meggyőzni a fiút, hogy fogadja el ezt a furcsa hazugságcsomagot. Bárki, akinek volt élettapasztalata, biztosan rájött, hogy az igazság mindig a legjobb. Mégis itt volt, és kénytelen volt meggyőzni Vincente-t, hogy legyen Grace téveszméjének bűntársa.

Belenyúlt a táskájába, és két rúzsot vett elő. Az egyiket felvitte, és valahogy ettől kicsit jobban érezte magát. Újabb kutatás a táskájában parfümöt eredményezett, és egy kis mennyiséget fújt a füle mögé. Most már készen állt arra, hogy kimenjen és beszéljen Vincente-tel.

Helen becsukta maga mögött az ajtót, és kilépett a forgalmas folyosóra. Néhány másodpercre a falhoz szorították, miközben a kórházi személyzet egy hordágyat tolt át. Mély levegőt vett, összeszedte magát, majd elindult a váróterem felé.

Meglátta Vincente-t, aki szintén észrevette őt. Intett neki, majd elgondolkodott, hogy nem viselkedett-e túl bizalmasan. Visszafogta magát, és a kezét a táskája bőr pántjára tette. Most úgy nézett ki, mint aki attól fél, hogy kirabolják.

Vincente látta, hogy Helen Greenway gyorsan felé tart. Egy pillanatig ránézett, majd a lábára nézett. Azonnal észrevette, hogy a nő kicsinosította magát, és elgondolkodott, miért. Talán szemet vetett az egyik orvosra? Nem volt még egy kicsit korai, miután a férje meghalt? Nem volt biztos benne, de nem volt olyan, aki ítélkezett volna az emberek szavai vagy tettei felett.

Helen leült Vincente-tel szemben, és megszólította. Felnézett, és várta, hogy mondjon még valamit, de nem tette. Újra a lábára nézett. Annyira fáradt volt, halálosan fáradt, de a három nagy kávé felpezsdítette az elméjét.

A nő újra kimondta a nevét, és előrehajolt, könyökét térdére támasztva.

Vincente hátradőlt a székében, és úgy tett, mintha nyújtózkodnia és ásítania kellene. A csend egyre kényelmetlenebbé vált.

Helen megvárta, amíg befejezi a mozgolódást, majd egyenesen a lényegre tért. „Vincente, szükségem van a segítségére valamiben, valami meglehetősen személyes dologban."

Vincente habozott, majd kíváncsiságtól hajolt előre.

„Beszélhetek veled nyíltan és őszintén?" – suttogta a nő.

Vincente most már valóban kíváncsi volt. Korábban is megkörnyékeztek már idősebb nők – de általában nem ilyen idős nők –, és nem olyan nők, akik az iskolatársainak anyái voltak.

Hirtelen kényelmetlenül érezte magát. Első reakciója az volt, hogy ott helyben leállítja, és teljesen őszinte lesz vele. De bár egyáltalán nem érdekelte a dolog, mégis kíváncsi volt, mit fog mondani. Hogyan fogja megközelíteni a témát. És azon tűnődött, hogy talán Grace-t is megviselte az, ami vele történt. Így hát ahelyett, hogy bármit is mondott volna, mozdulatlanul ült és várt.

Helen közelebb hajolt: „Amit kérni szeretnék, az elég kínos" – habozott, és idegesen kuncogott. „Úgy értem, nevetséges! De remélem, hogy igent mondasz, és mégis segítesz nekem."

Helen szempilláit rebegtette, és habozott. Felegyenesedett, majd újra hátradőlt. Ezúttal még közelebb Vincente-hez, annyira, hogy térdeik szinte érintkeztek. Aztán mintha integetett volna a kezével, hogy távolságot teremtsen közöttük, és a keze nagyon finoman megérintette a férfi térdét.

Olyan közel volt, hogy a férfi érezte a lány leheletét az arcán.

Vincente kínosan hátradőlt a székében. Behúzta a lábait a szék alá. Karba fonta a kezét a mellkasán. A padlóra összpontosította a figyelmét. Küzdött a késztetés ellen, hogy elővegye a telefonját, hogy elterelje a figyelmét erről az őrült helyzetről.

„Grace-ről van szó, Vincente. Úgy tűnik, hogy... Nos, ezt nehéz kimondanom. Különösen valakinek, aki olyan fiatal, mint te, akinek, gondolom, már van barátnője. Vagy talán több is?" Helen habozott, mielőtt ledobta a bombát, és egyenesen a szemébe nézett. Megpróbált kapcsolatot teremteni vele, az ő feltételei szerint. Ha áthidalhatná a köztük lévő korkülönbséget, akkor talán megértené. Talán egyetértene.

Vincente úgy gondolta, hogy ez kezd kínossá válni. Meg akart szabadítani a nő szenvedésétől: „Van barátnőm, uh Mrs. Greenway. Nem vagyunk kizárólagosak, bár van egy megegyezésünk, ha érti, mire gondolok?"

Csak nem kacsintott? Helen biztos volt benne, hogy kacsintott! És ez egyáltalán nem tetszett neki.

Vincente azt kívánta, bárcsak elmenne. Nagyon fáradt volt, és csak haza akart menni. Türelmetlenül és undorodva felállt.

„Igen, értem, mire gondolsz, Vincente" – mondta Helen kínosan. „Kérlek, ülj le!"

Vincente leült. Újra keresztbe fonta a karját, fizikai akadályt teremtve közöttük.

„Vincente, a lányom beléd van zúgva. Tudod, ugye?"

„Igen, tudom, hogy kedvel. Grace remek! Megmentette az életemet azzal, hogy segített a matekban. Nélküle már rég kirúgtak volna a csapatból."

„Tényleg? Ezt nem tudtam. Szóval, akkor valahogy ismerted őt, négyszemközt?"

„Nem úgy, mint barát és barátnő, nem. De jó barátok voltunk. Barátok."

„De te egy sztár krikettjátékos vagy, és jóképű. Megértem, miért volt beléd szerelmes. De amit meg kell kérdeznem tőled..." Megállt, és dadogni kezdett, mert nehezen tudta a lényegre térni.

„Sajnálom, Mrs. Greenway, de a lényegre kell térnem. Nagyon hosszú éjszaka volt, és fáradt vagyok. El kell mondanom, hogy hízelgőnek találom a... ööö... a figyelmességét, de ahogy már mondtam, a barátnőm, Missy és én megegyeztünk valamiben."

„Biztos vagyok benne, hogy ő nem bánná, tekintve a körülményeket, mert te valakinek segítesz – valakinek, akinek szüksége van rá. Végül is ez élet-halál kérdése" – mondta Helen.

„Most egy kicsit melodramatikus vagy, nem, Mrs. Greenway?" Vincente kinyújtotta a karját, és közelebb lépett hozzá. „Örülök a figyelmességednek, de nem találnál valakit, aki... tudod, közelebb áll a korodhoz? Például az egyik orvost?"

„Mi?" – kiáltott fel Helen, és amennyire csak tudta, eltávolodott Vincente Marinótól, miközben továbbra is vele szemben ült. Aztán felállt, és még távolabb ment, háttal neki. Mély levegőt vett, és visszanyerte önuralmát, éppen akkor, amikor Vincente gyengéden megpaskolta a fenekét. Felugrott, és küzdött az ellen, hogy pofon vágja.

„Csak hogy tudd" – javította ki dühösen –, „egy cseppet sem találom vonzónak, te buta, buta fiú!"

„Persze, persze, elutasítalak, aztán te meg csúnyán viselkedsz – már látom, mi a szándékod. De ne játszd túl sokat velem, mert még meg is kedvelhetem" – még közelebb húzódott hozzá.

„Most hagyd abba!" – mondta Helen remegő hangon, miközben Vincente Marino egyre közelebb jött hozzá. Most már szorosan a szék elejéhez szorult, és kénytelen volt leülni. Arcát elöntötte a vér, és egész teste remegett.

„Elegem van ebből a hülyeségből" – mondta Vincente. „Az éjszaka közepén jöttem ide, hogy segítsek a lányának... rendben. De ő most visszakerült a kórterembe, én meg itt lógok, miért? Nem tudom. Nem azért, hogy az anyja rám hajtson!"

Helen arca céklaszínű volt. „Vincente, szükségem van egy szívességre, ezért figyelmen kívül hagyom ezt a félreértést, és egyenesen a lényegre térek. Nem volt okos ötlet a kerülgetés!"

Vincente türelmetlenül bólintott, de tovább hallgatott.

„Grace azt hiszi, hogy te és ő házasok vagytok."

„Mi?"

„Így van. Felébredt, és ragaszkodik ehhez az elképzeléshez rólatok. Kitalált egy fantáziát a fejében."

„Házasok? Grace Greenway és én, házasok?"

„Igen, ezt hiszi."

„Akkor mondd el neki az igazat. Miért mondod el nekem ezt?"

„Mert az orvosok úgy vélik, hogy egyelőre együtt kell játszanunk a játékot."

„A „mi" alatt engem értesz, igaz? Azt várod tőlem, hogy játsszam a férjet és a feleséget Grace-szel?"

„Tudom, hogy sokat kérek tőled, Vincente. De ha valahol a szíved mélyén meg tudod találni az erőt, hogy segíts neki, az élet-halál kérdése lehet számára."

FEJEZET 16

G RACE FELNÉZETT, ÉS LÁTTA, hogy anyja belép a szobájába, mögötte pedig Vincente! Felült, fülig mosolygott, és kinyújtotta karjait felé. Vincente olyan lassan közeledett felé, hogy Grace ösztönösen érezte, hogy valami nem stimmel.

„Drágám" – mondta Helen vidám hangon, ami meglepte Vincente-t. „Beszéltem Vincente-tel, és ő mindent elmesélt. Mindent az esküvőtökről. Igaz, Vincente?"

Vincente először Grace-re nézett, majd Helenre. Helen a farkasok elé vetette, hazudozásra kényszerítette. Nem volt más választása. „Igen, mindent elmondtam anyukádnak rólunk" – mondta. Kicsit közelebb lépett Grace-hez, aki szívből jövő öleléssel fogadta.

Miközben ölelte, Grace érezte, hogy köztük van egy távolság, amit még soha nem érzett. Úgy érezte, mintha egy deszkát ölelne.

Elengedték egymást, és Grace mélyen Vincente szemébe nézett. Valamit rejtegetett. Vagy csak zavarban volt? Talán csak ez volt az oka, hogy túlzottan érzelmes volt mások előtt. Korábban kettesben voltak, ezért most még meg kellett szokniuk, hogy mások is tanúi legyenek szerelmüknek.

Grace kinyújtotta a kezét, megfogta a fiú kezét, és azt mondta: „Teljesen megértem, hogy érzed magad, tekintve a körülményeket. Nem vagyunk hozzászokva, hogy mások előtt ilyen érzelmesek legyünk."

Vincente szörnyen érezte magát. Kényszerítették erre, és sajnálta Grace-t, aki nem tudta, hogy ő csak színészkedik. De a hangja alapján a teljesítménye hagyott kívánnivalót maga után. „Igen, pontosan így van" – mondta Vincente. „Te mindig nagyon érzékeny voltál az én, ööö, érzéseimre."

Grace továbbra is figyelte a kényelmetlenségét. Vincente, érezve, hogy Grace nagyon figyel rá, és attól tartva, hogy a lány szomorú lesz, felemelte a kezét az ajkára, és megcsókolta. Amikor felnézett, mélyen a feltételezett felesége szemébe nézett. Feltételezett a lány részéről, de ő csak Grace Greenway-t látta – egy átlagos lányt, aki átlag feletti, szinte zseniális matematikai képességekkel rendelkezett. Teljesen ellentétek voltak. Soha nem vette volna feleségül, még akkor sem, ha ő és Grace lettek volna az utolsó két ember a Földön.

Grace figyelmét anyjára fordította, aki a háttérben állt, és figyelte őket. Igen, ez volt az. Anyja most már mindent megerősített, de nem értett egyet a döntésükkel. Végül is csak tizenhat évesek voltak, és szülői engedély nélkül talán az ő szemében a házasságuk nem volt törvényes. Nem is beszélve arról, hogy sem lelkész, sem pap, sem békebíró nem tette hivatalossá. Esküt és gyűrűt cseréltek. Nem volt igazi esküvő, és anyjának csak annyit kellett tennie, hogy érvényteleníti. Talán ezért volt Vincente olyan kiborulva?

Grace Helenre nézett, aki könnyes szemmel állt ott.

„Nem örülsz nekünk, anya?" – kérdezte Grace.

„Természetesen, nagyon örülök nektek, drágáim" – mondta Helen, miközben mindkettőjüket magához ölelte.

Most, hogy már olyan közel voltak, Grace Vincente szemébe nézett, aki elfordította a tekintetét. „Tudom, hogy valószínűleg szörnyen nézek ki" – mondta, miközben egy könnycsepp gördült le az arcán. „Olyan hosszú és nehéz időszak volt ez, a műtét és minden más." Mély levegőt vett, és összeszedte magát. Vincente mosollyal próbált bátorítani, majd Grace folytatta: „Alig várom, hogy visszatérhessünk a normális életbe. Hogy visszamehessünk a házunkba, és úszhassunk a tengerparton, mint régen."

Vincente ismét elfordította a tekintetét. Mint egy ketrecbe zárt patkány, idegesen nézett jobbra-balra.

„Biztos vagyok benne, hogy Vincente alig várja azt a pillanatot, drágám" – biztatta Helen.

Vincente kiadott egy „huff" hangot, amit csak a saját fejében akart visszhangként hallani. Sajnos a hangot mindenki hallotta és észrevette. Helen úgy nézett Vincente-re, mintha gyilkosságot követett volna el. Grace olyan fájdalmasan nézett, hogy újabb könnyek csordultak ki a szeméből.

„Nem akarsz visszamenni oda? Manlybe? Hogy újra boldog legyél?" Grace biztos volt benne, hogy Vincente megváltozott. Valami benne megváltoztatta iránta érzett szerelmét, és ez a felismerés kettészakította a szívét.

Helen könyökével Vincente oldalába döfte. Ő felnevetett, levegőt vett, majd így szólt: „Addig nem, amíg újra jól nem leszel, Gracie."

„Tudod, hogy utálom ezt!"

„Mit? Mit utálsz?" – kérdezte Vincente. Teljesen össze volt zavarodva, és egyáltalán nem sikerült jól a színészkedés. Figyelmeztette Helenet, hogy nem tud jól hazudni, és most teljesen elrontotta a dolgot. Elrontotta Grace-t. Szegény lány.

„Tudod, hogy értem!" – kiáltotta Grace. „Tudod, hogy mit utálok. Hogy a hideg futkos a hátamon tőle."

„Ó" – mondta Vincente, végre eszébe jutott. Igen, egyszer már „Gracie"-nek szólította, és a lány teljesen megőrült. Most megismételte. Micsoda idióta volt! „Annyira sajnálom, Grace, teljesen kiment a fejemből. Annyira fáradt vagyok, nem aludtam. Az én hibám, csak egy agyi szél volt."

A hármas nevetett, és a nevetés addig folytatódott, amíg Grace meg nem szakította: „Ha fáradt vagy, drágám, menj haza. Holnap folytathatjuk."

Vincente fontolóra vette. A menekülés már olyan közel volt, hogy szinte érezte az ízét. Kétségbeesetten akart elmenni onnan, véget vetni ennek a szánalmas színjátéknak. „Délután meccsem van, úgyhogy csak este tudok visszajönni látogatóba."

„Semmi baj. Pihenned kell a nagy meccs előtt" – mondta Grace.

„Vincente" – mondta Helen –, „Grace és én nagyon hálásak vagyunk azért, amit értünk tettél. Megértjük, ha most haza kell menned. Hívok neked egy taxit."

„Nem kell" – mondta Vincente –, „anyu nemrég telefonált, és azt mondta, hogy kint vár rám.

Látta a levelet, amit hagytam, és aggódott."

„Szeretném egyszer találkozni vele" – mondta Helen.

„Igen, én is!" – értett egyet Grace. „Úgy érzem, mintha már ismerném, mióta megmutattad a festményeit. Különösen az a tájkép a fával és a tehenekkel lett mindkettőnk számára beszélgetési téma."

„Az, amelyiken... mi van?" – dadogta Vincente. Teljesen összezavarodott attól, amit Grace mondott. Nem mutatta meg azt a festményt Grace-nek – sem senki másnak a szülein és nagyszülein kívül. Valójában gyerekkora óta a raktárban volt. „Mikor mutattam meg neked anya festményét?" – kérdezte.

„A kandalló felett volt, a szüleid házában."

Vincente hátralépett. Helen elkapta. Fogalma sem volt, miről szól ez a beszélgetés, de Vincente láthatóan jobban meg volt zavarodva, mint Grace.

„Jól vagy?" – kérdezte Helen, őszinte aggodalommal.

„Jól vagyok" – válaszolta, de egyáltalán nem volt jól. El akart menekülni, de ugyanakkor meg kellett győződnie arról, hogy ugyanarról a festményről beszélnek.

Talán Grace csak össze volt zavarodva. „És volt valami különleges a festményben? Mondtam neked valami különlegeset róla?"

„Igen" – válaszolta Grace tárgyilagosan. „Azt mondtad, hogy gyerekként féltél a festménytől, mert úgy gondoltad, hogy a fának arca van. Ezért rakták el a szüleid. De amikor meglátogattuk a szüleid házát, ott lógott a kandalló felett."

Vincente több mint megdöbbent. A festményről igaz volt, de arról nem, hogy a kandalló felett lógott. Az soha nem történhetett meg. Kíváncsi volt, hogy Grace hogyan tudhatott a festményről.

Grace folytatta: „De most a festmény a mi házunkban van, a manly-i házunkban. Még mindig a raktárban van. Mindketten úgy gondoltuk, hogy a legjobb, ha elrakjuk. Meg kell kérdezned anyukádat, hogy szeretné-e visszakapni."

Vincente átbotorkált a szobán Grace-hez, és valamit motyogott arról, hogy igen, meg fogja tenni. Zavartan magában suttogott valamit, majd Helennek. Fogalma sem volt, hogy Grace honnan tudhatja azokat a dolgokat, amiket úgy tűnik, tud.

„Anya," mondta Grace, „szerintem nagyon jól kijönnél Vincente anyjával, mert mindketten ugyanazokat a dolgokat szeretitek, például a napraforgót. Vincente anyjának a legtöbb festményén napraforgók vannak, és neked is napraforgók vannak az egész házban."

„Ez kedves tőled, drágám," mondta Helen.

„És látnod kellene a csodálatos figurákat, amiket Vincente farag!"

Vincente keményen leült a székre. Arcát most kísérteties fehérség borította.

Grace folytatta: „Sokkal tehetségesebb, mint amilyennek látszik, a sporton kívül más dolgokban is. Ő maga is csodálatos művész. Biztosan a vérében van."

„Hogy, hogy tudsz ezekről?" – kérdezte Vincente. „A hálószobámban vannak."

„A hálószobádban!" – sikoltotta Helen.

„És senki sem látta őket, senki, kivéve anyámat, apámat és a nagyszüleimet."

„Nekem megmutattad őket, butuska, és elhoztuk őket a manly-i házunkba. Hű! Nagyon-nagyon fáradt lehetsz, ha ennyit elfelejtettél. Tényleg haza kellene menned aludni, Vincente."

Vincente úgy érezte, mintha a vére kiszívódott volna a testéből, és úgy is nézett ki.

„Akarsz, hogy elkísérjelek anyukád kocsijához?" – kérdezte Helen. Őszintén aggódott, mert úgy nézett ki, mintha el fog ájulni. „Orvoshoz kell menned?"

Vincente-nek kedve volt megfordulni és elrohanni, de egy része azt akarta, hogy odamenjen és megcsókolja Grace Greenway-t.

Megcsókolni Grace Greenwayt?

Ez egy szükséglet, egy vágy volt, amellyel az elmúlt néhány percben küzdött. Érzelmileg visszafogta magát. Úgy gondolta, talán vonzódást érez iránta, egy szükségletet. Talán azért, mert Grace azt akarta, hogy megcsókolja?

Vincente felállt, és az ágy felé sétált. Grace rá nézett, de a szeme nyugodt volt, tele szeretettel. Szeretettel iránta.

Odahajolt, és nyugodtan megcsókolta a homlokát.

De Grace-nek más tervei voltak.

Érezve a fiú zavarát az anyja előtt, elfordította a fejét, hogy a fiú teljes szájjal csókolhassa meg. Aztán magához húzta, hozzásimult, és a fiú ellazult az ölelésében. Olyan szorosan ölelte, hogy a fiú nem tudta elengedni, és hamarosan már nem is akarta.

Valahogy mélyen belé hatolt. Elveszett, elveszett benne. Amikor visszanyerte a lélegzetét és hátralépett, csak állt és bámult, mintha egy ablak nyílt volna meg a szívében.

Nem tudta, honnan tudta azokat a dolgokat, amiket tudott. Nem mondott el neki semmit, mégis valahogy tudta. Egyszerre izgatta és borzolta a dolog. El akart és kellett mennie onnan.

És mégis egy része újra és újra meg akarta csókolni. Egy másik része pedig futni akart, és futni, futni, futni.

„Drágám" – mondta Helen –, „szerintem Vincente-nek most már tényleg mennie kell." Észrevette a robotszerű viselkedését. Mintha varázslat alatt állna.

„Jó éjszakát, Mr. Marino" – csengett Grace.

„Öö, jó éjszakát, Mrs. Marino" – mondta Vincente ösztönösen.

A nő a legszélesebb mosollyal mosolygott rá, mintha megnyílt volna az ég, és aranyos napsugarak ömlöttek volna rá. Vincente végigfutotta ujjaival a haját, majd hátralépett.

Amint átlépte az ajtót, futni kezdett.

Lefutott nyolc emeletet.

Kijutott az utcára.

Folytatta volna a futást egészen hazáig, ha anyja nem állította volna meg előbb.

FEJEZET 17

„M INDEN RENDBEN, V INCENTE?" – kérdezte Ellen Marino a fiától. Vincente arcán pír volt, és halkan motyogott, miközben anyja felé sétált. Karjait kinyújtotta felé, és a fiú hallható sóhajjal vetette magát azokba. Megsimogatta a fejét, ahogyan régen, amikor még kisfiú volt. Ez az érzelmi kapcsolat miatt Vincente ellenőrizhetetlenül sírni kezdett.

„Jól van, jól van" – mondta az anyja.

Bár Vincente melegséget és biztonságot érzett, nem tudta kiverni a fejéből Grace-t. Megpróbált a pillanatnak élni, de még anyja megnyugtató szavai sem tudták megnyugtatni.

Miközben anyja karjaiba bújt, agya egy gyermekkori dalt ismételgetett: „Vincente és Gracie, ülnek a fán, csókolóznak."

Nem tudta elmagyarázni anyjának, hogy mit érez. Még ő maga sem értette.

Mégis, nem tudta kiverni a fejéből azt a csókot. És ez egy gyönyörű csók volt. Mélyebb, emlékezetesebb csók, mint bármelyik, amit valaha is tapasztalt, és mégis – miért sírt, mint egy csecsemő?

Vincente elhúzódott anyjától. Megpróbált összeszedni magát.

Ellen a fia szemébe nézett, és ujjai között tartotta az állát. Megcsókolta a homlokát. Vincente elvesztette az önuralmát, és újra sírni kezdett!

„Mondd, Vincente, mi a baj? A lány, a barátod... Meghalt?"

„Vincente hangosabban kiáltotta, hogy „Nem!", mint ahogy várt. Elhátrált, és hátát a falnak támasztotta. Ököllel szorította a kezét, és dühös, szomorú és boldog volt egyszerre, mintha minden lehetséges érzelem egyszerre törne rá, mint egy szökőár.

„Beszélj hozzám!" – biztatta Ellen.

„Haza akarok menni, anya. Csak haza akarok menni" – mondta Vincente, miközben visszatartotta a könnyeit. Olyan bolondnak érezte magát.

Ellen a fiú kezét a sajátjába fogta, ahogy mindig is tette, amikor még kisfiú volt. Egészen addig a napig, amikor kilencéves lett, és már nem engedte, hogy fogja a kezét. De ma este nem vitatkozott, amikor az anyja ujjai az övéit megfogták, majd szorosabban megszorították. Bármi is zavarta a fiát, az nagyon rossz volt. Olyan rossz, hogy nem tudta kontrollálni az érzelmeit.

Vincente Marino nem volt olyan fiú, aki sírt, még akkor sem, ha kisfiúként megsérült. Mindig megpróbált bátor arcot vágni. Különösen, ha mások is nézték. Általában, amikor kettesben voltak, más volt a helyzet. Vagy legalábbis eddig így volt.

Miután bekapcsolták az öveket, Vincente gondolatai ismét Grace-hez kalandoztak. Ezúttal nem a csókra. Hanem arra, hogy honnan tudta azokat a dolgokat, amiket tudott. Például a festményt – honnan tudhatott arról a bizonyos festményről?

Lehetetlen volt, hogy kitalálta vagy kitalálta azokat a dolgokat, amelyekről úgy tűnt, hogy tud.

"Találd ki, mi történt tegnap!" kérdezte Ellen.

"Nem tudom, anya."

„Nos, eladtam egy újabb festményt!"

„Remek hír, anya! Ezúttal melyiket?"

„Nem vagyok biztos benne, hogy emlékeznél rá. Nagyon régen festettem."

„Biztosan emlékeznék rá, anya. Lefogadom, hogy kitalálom, melyik volt. Biztosan az a festmény volt, amelyiken a mező tele van vadvirágokkal, olyan valósághű, hogy szinte érezni lehet az illatukat!"

„Ó, te kedves fiam, köszönöm. De nem, az egy olyan volt, amit néhány évvel ezelőtt festettem, amikor még kisfiú voltál. Elraktam, mert valami benne megijesztett téged."

Vincente egyenesen ült. Most már figyelmesen hallgatott. Nem lehetett igaz.

A nő, Vincente fokozódó feszültségét észre sem véve, folytatta: „Egy mezőn van, egy nagy fával és egy tehénnel."

Ugyanaz a festmény volt. Pontosan ugyanaz, amiről korábban Grace Greenway-jel beszélt. Talán nyilvánosságra hozták az eladást? Ez megmagyarázza, hogy Grace tudott róla. Megütötte a homlokát. Igen, ez mindent megmagyaráz!

„Csak tegnap este történt. Egy magánkereskedő hallott róla, eljött megnézni, majd a helyszínen megvette az ügyfele számára. Most Európába utazik, és visszatérése után veszi át."

„Tehát az eladásról semmilyen formában nem adtak hírt?"

„Nem, még az apádnak sem mondtam el!"

Grace nem hallhatott róla, hacsak nem ismerte a férfit. Nem, az ő állapotában ez lehetetlen volt.

Ahogy a város utcáin haladtak, Vincente elhatározta, hogy nem gondol semmire. Se a festményre, se Grace-re, se a csókra. Különösen a csókra nem.

FEJEZET 18

Amikor hazatértek, Ellen megkérdezte Vincente-től, hogy jobban érzi-e magát. A fiú csak egy homályos morgással válaszolt, ami azt jelentette, hogy már újra inkább a régi önmaga. Ellen ételt kínált neki, de a fiú azt mondta, hogy nem éhes.

„Kimerült vagyok, anya" – vallotta be. „Aludni szeretnék."

„Mielőtt elmész, meg kell kérdeznem: a lány, akit meglátogattál..."

„Grace?"

„Igen, Grace, jobban van már?"

„Igen, javul az állapota" – mondta Vincente, miközben befordult a saroknál, és felállt a lépcsőre. Megfordult, és Ellenre nézett: „De nagyon szükségem lenne egy szívességre."

„Szeretnéd, hogy beugorjak Grace-hez?"

„Nem, de köszönöm. Inkább azt szeretném, ha felhívnád az edzőt. Mondd meg neki, hogy nem érzem jól magam, így még pár órát pihenhetek a meccs előtt."

„Vincente, tudod, hogy mi – apád és én – mit gondolunk a sportról. El kell menned az iskolába, normál napot kell töltened az iskolában, különben nem játszhatod."

„De ez nem volt egy normális nap, anya!" tiltakozott. „Egész éjjel a kórházban voltam, és kimerült vagyok."

„Jól van, drágám," mondta az anyja, „ez egyszer elnézem. Most pedig menj aludni!"

A szobájában Vincente hiába kereste a pizsamáját. Túl fáradt volt, ezért csak a fekete alsóneműjében bújt ágyba.

Vincente forgolódott, és hamar rájött, hogy szinte túl fáradt ahhoz, hogy aludni tudjon. A kávé és a korábbi, nem éppen Oscar-díjas alakítás is elég izgatottá tette.

A probléma az volt, hogy Grace nem színészkedett. Minden szavát komolyan gondolta, és ezt Vincente is érezte a csókjában. Grace teljes szívéből és lelkéből szerette őt.

Vincente félrehúzta a függönyt, és nézte, ahogy a fa az ablaka előtt a szél szeszélye szerint ide-oda leng. A cseppek az ablakra hullottak, és gyöngyházfényű könnyekként folytak le az üvegen.

Ahogy a cseppek egyenként hullottak, a fa lengett, és a hangok és a mozgások Vincente számára altatódalnak tűntek. Pár pillanat múlva már mélyen aludt.

FEJEZET 19

Grace? Grace, hol vagy?" – kiáltotta Vincente, miközben felrohant a Sydney-i Operaházhoz vezető lépcsőn. Már majdnem odaért, és továbbra is kiabált neki, mintha arra számított volna, hogy a hatalmas, fehér habcsókra emlékeztető vitorlák tetején ülve találja majd.

Miután átkutatta a Rocks környéket, elindult futva a George Streeten, a Parramatta Road felé. Újra és újra kiabálta Grace nevét, amíg a forró sydney-i nap annyira kimerítette, hogy a sirályok, kakaduk és hollók is mintha sikoltoznának.

Meg kellett találnia Grace-t. Egyszerűen muszáj volt.

A Parramatta Roadon, egy új autókereskedésben egy piros Ferrari vonzotta a figyelmét. Kabrió volt, lehajtott tetővel, és ő beült. A gumik csikorgtak, amikor kihajtott a parkolóból. Hol a fenében volt Grace? Megnyomta a dudát. Hol vagy, Grace?

Vincente bekapcsolta a rádiót, és egy ismeretlen, érzelmes szerelmes dal szólt. Először át akart váltani, de valami miatt mégis meghagyta.

Amikor a dal véget ért, a rádió kijelzőjén látszott, hogy két popénekes duettje volt. A dal újra elindult. Vincente azonnal átkapcsolt, de ugyanaz a dal játszott újra, csak ezúttal két rhythm and blues énekes énekelte. Újra megnyomta a gombot, de ugyanaz a dal játszott újra, ezúttal két country énekes énekelte. Miféle CD volt ez? Minden szám ugyanazt a dalt játszotta! Megpróbálta kivenni a lemezt, de az ikon azt mutatta, hogy a rekesz üres. Mi a fene...?

Vincente hirtelen fékezett, ami miatt a jármű 180 fokos fordulatot tett, majd teljesen megállt. „Grace!" – kiáltotta. „Grace Marino, hol a fenében vagy?" Fejét a kormányra hajtotta, miközben a két popénekes hangja ismét betöltötte az éjszakai levegőt. Grace azonban továbbra sem volt sehol.

Vincente egyedül ült a sportkocsiban, az álmai autójában, de Grace nélkül ez semmit sem jelentett neki. „Ő nem is az én típusom!" – kiáltotta, miközben elindult. Ezúttal kikapcsolta a rádiót, de az a rohadt dal még mindig újra és újra lejátszódott a fejében.

Amikor a kerekek belerepültek a körforgalomba, Vincente elvesztette az autó irányítását, és bumm – egyenesen egy fának ütközött. Az autó motorháztetője behorpadt, de ő életben maradt. Nehéz lélegzetet vett. Füst gomolygott a motorháztető alól, miközben a levegőbe suttogta: „Grace".

Suttogására válasz érkezett: „Vincente?"

„Grace!" – ismételte. Vincente felült, most már éberen, és a levegőbe mondott: „Grace, hol a fenében vagy?"

A kezében valamit szorongatott. Az egy összegyűrt darabja volt az ingének. Most már vörös volt, vörös a sűrű, meleg vértől. Amikor kinyitotta a kezét, az egy alakot öltött: egy szív alakját.

Amikor bezárta a kezét, és hangosan elénekelte a romantikus dal refrénjét, majd újra kinyitotta, az ismét szív alakot öltött.

Ekkor kezdte el szúrni a fájdalom, és észrevette a foltokat. Nagy cseppek hullottak a padlóra, és lassan elborították az ülést és a padlót. Cseppek lógtak a visszapillantó tükörön és a szélvédő belső oldalán.

Vér volt mindenhol, a padlón, a falakon, a mennyezeten. „Grace!" – kiáltott utoljára, mielőtt lehunyta a szemét, és eltűnt a sötétben.

FEJEZET 20

Amikor Vincente felébredt, a nap a függöny résén át besütött a szobájába. Először nem emlékezett, hol van. Igaz, a saját ágyán feküdt, de a takaró nélkül. Biztonságban volt. Az egész csak egy őrült álom volt! Nevetett a gondolaton, hogy bármi más is lehetett volna.

Egy pillanatra ránézett sportdíjaira, majd a faragott figurákra. Észrevette, hogy az egyik hiányzik. Az első, amit valaha készített: az őslakos. Mindenhol kereste, de nem találta.

Egy kookaburra felkiáltott, és nevetése betöltötte a levegőt, miközben Vincente a hiányzó figurán töprengett. Egy légy zümmögött körülötte, amit elhessegetett.

Vincente ránézett az órára, és rájött, hogy késésben van. Az egész iskolai napot átaludta, és most a meccsre is elkésik, ha nem siet. Nem hagyhatja cserben a csapatot.

Vincente berohant a fürdőszobába, vizet fröccsent az arcára, megmosta a fogait, és kinyújtotta a nyelvét. Úgy nézett ki, mintha hetek óta nem aludt volna.

Megérintette az állán a borostát, és újra megnézte az óráját. Nem volt ideje borotválkozni, ezért felkent egy kis aftershave-t és befújt egy kis dezodort. Ezután felkapott egy fekete farmert és egy pólót, és egy ugrással leugrott a lépcsőn.

Vincente-nek nem segített, hogy tudta, mennyire szüksége van rá a csapatnak. Nem volt büszke arra, hogy ez az abszolút igazság. De a többi játékos – a csapattársai – soha nem nehezteltek rá ezért. Tudták, hogy tehetséges, de néha azt kívánta, bárcsak a nyomás más vállán lenne, és ne csak az övén.

Amikor leért a lépcsőn, kivett egy üveg vizet a hűtőből, és odaszólt az anyjának. Amikor nem válaszolt, nem aggódott. Tudta, hol találja meg valószínűleg – kint a tornácon, festés közben.

Persze, ott volt, dolgozott, elmerülve a kreativitásának világában. Ott állt, egy pillanatig nézte, magába szívta kreatív szellemét, mielőtt anyja észrevette, hogy ott van. Amikor meglátta, mintha egy kreatív gondolatokból álló lánc szakadt volna meg, de hihetetlenül boldog lett, hogy látja.

„Á, felébredtél, hogy érzed magad, szerelmem?" – kérdezte, miközben Vincente lehajolt, hogy megcsókolja a homlokát. Aztán Vincente átugrott a korláton, és macskaként landolt a kertben. „Vigyázz a virágokra!" – kiáltotta. Aztán felnézett a borongós égre, és azt mondta: „Várj, hozok neked egy esernyőt."

„Nem szükséges" – válaszolta Vincente. „Futni fogok, és az esőcseppek nem érnek utol!" Vincente gyorsan elindult, és csak egyszer fordult vissza néhány másodpercre, hogy elbúcsúzzon.

FEJEZET 21

A KÓRHÁZBAN GRACE HIÁNYOLTA Vincente-t. Egyedül akart lenni – a férjével. Azt akarta, hogy minden olyan legyen, mint régen, amikor csak ők ketten voltak a világon.

Becsukta a szemét, és eszébe jutott a legemlékezetesebb csókjuk. Ő visszafogta magát – nem – habozott.

Helen álmában nyögdécselt, majd megmozdult, és egy észrevehetően nagy ásítást tett. Kinyújtózott, felült, és egyenesen a szoba másik végébe nézett, csak hogy rájöjjön, hogy a lánya figyelte.

„Bocs, hogy elaludtam" – mondta. „Hogy vagy ma?"

„Jól vagyok. Órák óta ébren vagyok. Gondolkodom."

„Min gondolkodtál? Vincente-ről, gondolom" – mondta Helen.

„Igen, azóta jár a fejemben, mióta felébredtem."

Helen újra nyújtózott, ásított.

„Horkoltál, anya."

„Nem horkolok!" – mondta.

„Dehogynem, és legközelebb fel kell vennem, hogy hallhasd, milyen hangos!"

„Apádról álmodtam; hiányzik."

„Nekem is hiányzik, anya" – mondta Grace, rájönve, hogy ez a tökéletes alkalom, hogy segítségét kérje.

Grace mély levegőt vett, és keresztbe tette az ujjait.

FEJEZET 22

Anya, hiányzik, hogy időt tölthessek a férjemmel."

" "Tudom, hogy szereted, de Vincente-nek még vannak kötelezettségei a családja iránt, és vannak iskolai feladatait és sportolnia is kell. Ti ketten még fiatalok vagytok. Rengeteg időtök van."

"De mi friss házasok vagyunk, és több időt kellene együtt töltenünk."

"Először meg kell gyógyulnod" mondta Helen, miután felállt, odament a lánya ágyához, és megfogta a kezét. "Az energiádat a gyógyulásra kell összpontosítanod, hogy hazamehessünk."

"Haza akarok menni, anya, de a mi otthonunkba akarok menni."

"Igen, pontosan ezt értem, drágám."

"Nem, nem a te otthonodba, hanem a mi otthonunkba – úgy értem, az enyémbe és Vincente-éba."

Helen mély levegőt vett. Tudta, hogy Grace fantáziál, és neki is ezt kellett tennie, de ez a hazugság egyre nehezebbé vált. Helen azt mondta: "Kevesebb mint 72 óra telt el a műtéted óta. Talán nem is tudod, milyen közel voltál a katasztrófához, de én tudom, milyen közel voltál, és nem akarok kockáztatni. Itt még mindig szigorú megfigyelés alatt állsz. Az orvos utasítása."

„Akkor valaha is hazaengednek?" – kérdezte Grace.

„Igen, amikor teljesen felépülsz."

„De mennyi idő múlva? Mennyi időbe telik?"

„Dr. Ackerman azt mondta, hogy ma új vérmintákat kell venniük. Lehet, hogy változtatniuk kell a gyógyszeres kezeléseden. Itt a legjobb ellátásban részesülsz."

„Tudom, de a férjemmel akarok lenni."

Helen megpróbálta témát váltani. „Mesélj egy kicsit a házatokról. Hol volt?"

„A házunk Manlyben van, közvetlenül a tengerparton."

„A tengerparton, mondod?" Helen tudta, hogy az ingatlanok abban a környéken milliókat érnek. Megkérdezte, nyertek-e a lottón.

„Természetesen nem, anya. A pénz nem számított. Azelőtt, hogy megvettük azt a házat, sokat költöztünk és szállodákban laktunk."

„És hogyan kerestétek a kenyereteket? Dolgoztatok? Hogyan kerestétek meg a megélhetéseteket? Hogyan vettetek élelmiszert és ruhát magatoknak?"

„Mivel a pénz nem jelentett semmit, egyszerűen kimentünk a világba, és elvettünk mindent, amire szükségünk volt. Akkor csak ketten voltunk, nem volt szükségünk pénzre. Mindenből bőségesen volt, beleértve a szeretetünket is egymás iránt."

Ez nem vezetett sehova. Helen azt mondta: „Hazamegyek átöltözni, és szeretnéd, hogy hozzak neked még valamit, például a laptopodat? Vagy más könyveket?"

„Semmi bajom, anya. Nem akarok mást, csak a férjemet. Ráadásul itt van ez a halom könyv, amit olvasok. Még mindig nehezen tudok hosszabb ideig koncentrálni. Nem tudok összpontosítani. Ami igazán kell, anya, az a segítséged, hogy meggyőzd az orvosokat, hogy Vincente itt aludhasson velem. Ez az, amire a leginkább szükségem van.”

„Őszintén szólva, Grace, azt hinné az ember, hogy Vincente Marino előtt nem is létezett az életed!”

„Úgy érzem, mintha egy életen át együtt lettünk volna, és most külön vagyunk, anélkül, hogy mi tehetnénk róla” – mondta Grace. „Annyira hiányzik. Más, amikor te itt vagy, vagy az orvosok vannak a közelben. Ő nem önmaga. Egyedül kell lennünk – ahogy az új házasoknak lenniük kell.”

„Grace, hamarosan itt lesz, miután a meccs véget ért. De nem jó, ha ennyire zaklatott és ideges vagy. Próbálj az egészségedre koncentrálni. Bízd rám, és megnézem, mit tehetek érted, ha most jó kislány leszel, és behunyod a szemed.”

Grace hátradőlt a párnára, és Helen megcsókolta mindkét szemét, ahogyan tette, amikor Grace még kislány volt. A szemhéjai a érintése alatt rebegtek, mint két pillangó. Azt mondta: „Vincente hamarosan visszajön.”

„Kérdezd meg az orvosokat, hogy itt maradhat-e velem ebben a szobában, anya. Kérlek! Egy éjszakára. Csak egy éjszakára kérem.”

„Megkérdezem” – mondta Helen, miközben hátralépett a szobából. A szíve mélyén tudta, hogy ez soha nem fog megtörténni.

Kizárt volt, hogy Vincente Marino az egész éjszakát egyedül töltse a lányával egy szobában. Főleg akkor nem, amikor Grace azt hitte, hogy ők férj és feleség.

„Csak a holttestemen keresztül!" – mondta Helen magában, miközben becsukta Grace szobájának ajtaját.

FEJEZET 23

A KÉT SZERELMES KÉZ a kézben sétált a tengerparton, teljesen elmerülve egymásban. Időnként megálltak, hogy megcsókolják egymást. Aztán tovább sétáltak egy kicsit, megállva, hogy hallgassák a hullámok partra csapódásának hangját.

„Elvesztettem a gyűrűimet!" – kiáltotta Grace.

Vincente azt mondta neki, hogy ne aggódjon. Azt mondta, hogy megtalálják őket, és ha nem találják meg, akkor vesz neki új gyűrűket. Azt mondta, hogy bár a gyűrűknek érzelmi értékük van, pótolhatók. A gyűrűk üres körök voltak, míg szerelmük teli és kerek volt, és mélyen a szívükben lakozott.

„Korábban megvoltak, de most eltűntek! Talán az egyik nővér ellopta őket? Talán levették őket, amikor műtétem volt?"

„Grace, miért aggódsz ennyire? Ne aggódj! Meg fogjuk találni őket" – nyugtatta Vincente.

„A gyűrűk eltűntek, és engem fogva tartanak ebben a kórházban, mint egy foglyot. Úgy érzem, mintha már örökre itt lennék."

„Jöhetsz és mehetsz, ahogy tetszik, szerelmem – mondta Vincente.

Előre sétált, háttal Grace-nek, arcát pedig felé fordította. Kinyújtotta felé nyitott tenyerét, és Grace megfogta a kezét. Újra összekapcsolódva tovább sétáltak a parton. Így tartották a szemkontaktust, és szavak nélkül osztották meg gondolataikat.

„Még ha azt is mondod, hogy elmehetek, nem tehetem. Nem engednek el.”

„Rossz álmod van, szerelmem?” – kérdezte Vincente. „Ébredj fel, és minden rendben lesz. Megígérem.”

„Nem” – mondta Grace. „Pont fordítva van. Minden fordítva van. Amikor felébredek, te más vagy. Nem vagyunk ugyanazok.”

„Akkor mi vagyunk, szerelmem?” – kérdezte Vincente.

De nem kapott választ.

FEJEZET 24

Helennek sikerült megtalálnia Ackerman doktort – vagy sarokba szorítania –, attól függően, hogy ki mesélte el a történetet. Elmagyarázta a helyzetet, hogy Grace egyedül akarja tölteni az éjszakát a szobájában az állítólagos férjével.

Ackerman doktor nem reagált úgy, mintha ez a javaslat meglepetés lenne. Valójában számított egy ilyen kérésre.

„Akkor miért nem figyelmeztetett?" – kérdezte Helen.

„Lehet, hogy soha nem történt volna meg" – magyarázta Ackerman doktor. „És te aggódtál volna, és a reakciód Grace-re természetellenesnek tűnhetett volna."

„Akkor mit fogunk tenni? Nem hagyhatjuk őt egész éjjel egyedül abban a szobában azzal a fiúval! Annyira öntelt, hogy kihasználhatja őt és a helyzetet."

„Helen, a lányod még a gyógyulás korai szakaszában van. Azt kell mondanom, hogy a legjobb lenne továbbra is játszani ezt a téveszmét. Sőt, még tovább is kellene vinni, mert ez lehet az egyetlen módja annak, hogy Grace kiszabaduljon a fantáziából, és a valóságot válassza."

„Tehát azt mondod, hogy ő ott marad vele, és Grace rájön, hogy ő nem az, akinek hiszi?”

„Igen, pontosan. Ha ő nem az, akinek Grace hiszi, ha a képe megreped a lány elméjének tükrében, akkor és csak akkor tudja Grace elfogadni a valóságot, elutasítani a kitalációt, és újra Grace-szé válni.”

„És a fiú? Ki fogja meggyőzni? Főleg, hogy ő nem úgy látja Grace-t, ahogy Grace őt. Neki nincs mit kockáztatnia, és túl nagy kérés lehet tőle, hogy úgy tegyen, mintha házasok lennének.”

„Vincente-nek nincs mit kockáztatnia, de mindent nyerhet. Amikor ez az epizód véget ér, visszatérhet a régi életéhez. Nem kell többé színészkednie, kórházba járnia, úgy tenni, mintha valaki más lenne. Biztosan ez elég ösztönző lesz számára, hogy segítsen nekünk?” – javasolta Ackerman.

„Igaz, erre még nem gondoltam így” – mondta Helen. „Valójában, most, hogy így fogalmazott, alig várom, hogy ez megvalósuljon – és minél hamarabb, annál jobb. Csak egy probléma van. Mi van, ha Grace szerelmes lesz Vincente-be, és azt akarja, hogy megosszák a házastársi ágyat?”

„Igen, ez problémát jelenthet” – erősítette meg Ackerman doktor.

„Nos, a fiút figyelmeztetni kell, hogy Grace a jelenlegi mentális állapotában bizonyos elvárásokkal rendelkezhet az estével kapcsolatban, amelyekre ő semmilyen körülmények között nem reagálhat” – mondta Helen.

„Biztos vagyok benne, hogy meg tudjuk győzni, hogy „játszon velünk”, anélkül, hogy túl messzire menne.”

„De ő egy férfi" – mondta Helen. „Ne vedd sértésnek. Hozzászokott, hogy a lányok rajonganak érte, és megadnak neki mindent, amit csak akar."

„Miután beszéltél vele, küldd el hozzám a fiút, hogy beszélgessünk. Férfiként fogom elmagyarázni neki a dolgokat."

„Milyen indokot adjam neki?" – kérdezte Helen. „Miért akarsz vele beszélni?"

„Csak küldd el hozzám a beszélgetés után, Helen. A többit majd én elintézem."

Helen az órájára nézett. „Vincente bármelyik pillanatban megérkezhet Grace-hez. Megbeszélem vele a dolgot, aztán elküldöm hozzád."

„És hogyan fogod megmagyarázni a lányodnak a négyszemközti beszélgetéseteket, nem is beszélve a fiú hirtelen eltűnéséről?"

„Elhalasztom Grace-t. Megkért, hogy szervezzek neki szállást, és azt mondom neki, hogy dolgozom rajta."

„Jó tervnek tűnik" – mondta Ackerman doktor.

„Akkor ma este hazaküldjük Vincente-t, hogy elhozza a ruháit és a többi holmiját, és holnap este lesz a nagy este."

„Igen."

„Számítok önre, hogy megvédje a lányomat."

„Ne aggódjon, gondoskodom róla" – mondta Ackerman doktor.

Helen egy pillanatig a lánya szobája előtt állt, miközben összeszedte a gondolatait. Amikor végre készen állt, mély levegőt vett, és bekukucskált az ablakon, mielőtt kinyitotta az ajtót.

FEJEZET 25

GRACE KINYITOTTA A FIÓKOKAT, majd újra bezárta őket. Amikor Helen belépett a szobába, Grace így szólt: „Hála istennek, hogy itt vagy, anya! Hála istennek!"

„Soha nem vagyok messze" – mondta Helen, miközben karját a lánya derekára tette, és visszavezetette az ágyhoz. Helen a lánya arcába nézett. Egy dolog ragadta meg a figyelmét – valami, amit eddig nem vett észre: Grace már nem kisgyerek volt.

„Anya, nem találom a jegygyűrűimet!"

„Drágám, már említetted ezt korábban, emlékszel?" – ismételte Helen. „Nem lehetnek messze, ugye?" Ekkor hihetetlenül szomorú lett. A lánya még mindig olyan dolgokat keresett, amelyek nem léteztek. Egy kicsit felszívta az orrát, de aztán összeszedte magát, mielőtt Grace észrevette volna a hangulatváltozást.

„Megesküdtem, hogy soha nem veszem le őket, és most eltűntek!" – kiáltotta Grace.

Egy pillanatra Helen elképzelte, hogy megrázza a lányát, hogy kényszerítse őt arra, hogy szembenézzen a valósággal. De ez egy olyan harc volt, amelyet Helen nem tudott egyedül megvívni. Szüksége volt az orvosi személyzet támogatására, mielőtt leleplezhette volna a lánya fantáziáit.

A szoba másik oldalán Grace dühöngött: „Hát nem érted, egyszerűen segítened kell, anya! Talán ide estek?" – kérdezte, miközben lehajolt a padlóra, és minden zugot és rést átkutott.

Amikor egyedül volt, Grace átgondolta minden lehetséges okot, ami miatt Vincente viselkedése megváltozhatott vele szemben. Úgy döntött, hogy azért, mert elvesztette a gyűrűket. Vereségét elismerve leült a padlóra, és sírni kezdett.

Helen letérdelt mellé, és megfogta a kezét. Beszélni akart, de Grace előbb szólalt meg, és sírva kiáltotta: „Mindenképpen meg kell találnom őket, mielőtt Vincente visszatér. Ha megtalálom őket, akkor ő is olyan lesz, mint régen. Akkor újra az én Vincente-em lesz."

„Drágám" – mondta Helen, és felemelte lánya állát, hogy a szemük egy magasságban legyen. „A gyűrűid nem lehetnek messze. Talán eltávolították őket, amikor megműtöttek? Igen, ez megmagyarázna mindent" – feddte Helen, miközben felemelte lányát. Amikor egy szikra reményt látott a szemében, folytatta: „Igen, biztosan várnak rád, hogy kiengedjenek."

„De nem adhatják vissza most?" – kérdezte Grace. „Nem mintha börtönben lennék!"

„Igaz, nem vagy börtönben, de néha a kórházaknak vannak szabályaik, hogy megőrizzék a betegek holmiját" – mondta Helen. „Szeretnéd, hogy érdeklődjek utánuk? Megkérdezzem, hogy tehetnének-e kivételt a szabály alól?"

„Igen, anya! Igen, kérlek!"

Helen elgondolkodott, hogyan fog érdeklődni a nem létező gyűrűkről. Nyilvánvaló volt, hogy a lánya nem fogja elfelejteni a gyűrűket. Válasszal vagy a gyűrűkkel kellett visszatérnie.

„Grace, gondolkodtam. Emlékszel, amikor először jöttél a kórházba? Akkor is rajtad voltak a gyűrűk?"

„Természetesen nem!" – kiáltott fel Grace. „Akkor még nem voltunk házasok."

„Tehát később, miután összeházasodtatok, Vincente hozott vissza a kórházba?"

„Igen" – mondta Grace.

„Talán leírhatnád nekem, hogy meg tudjam őket azonosítani."

„Igen, okos ötlet. Vagy talán rossz beteg nevére tették őket a széfbe, és valaki másnak van meg a gyűrűm! Ó, remélem, nem!"

„Ne aggódj emiatt most, mondd el, hogy néznek ki. Biztosan gyönyörűek voltak!" – nyugtatta Helen.

„Igen, Vincente-nek csodálatos ízlése van. Az eljegyzési gyűrűm szív alakú, és körbe gyémántokkal van kirakva. A jegygyűrűmön aranycsillagok vannak, és minden csillagban egy gyémánt. Egyszerűen meg kell találnom őket, anya."

Helen hátralépett. Egy pillanatig habozott, majd megkérdezte: „És hol vetted ezeket a gyűrűket? Drágának tűnnek. Talán biztosítást kellene kötnünk rájuk."

„Egy kis ékszerésznél a George Streeten, aki egyedi, különleges darabokra specializálódott."

„A George Street melyik végén? Az egy nagyon hosszú utca" – kérdezte Helen.

„A Circular Quay vége közelében, a The Rocks mellett."

„Rendben, Grace" – mondta Helen. „Megnézem a gyűrűidet. Remélem, hogy hamarosan visszakapod őket."

Helennek nem volt más választása, el kellett mennie az ékszerészhez, és le kellett írnia a gyűrűket. Meg kellett tudnia, hogy ismer-e ilyen gyűrűket, vagy van-e valami hasonló a boltjában.

Helen becsukta maga mögött az ajtót. A falnak támaszkodva állt, és gondolkodott. Néhány dolog most már világos volt Helen Greenway számára. Az egyik az volt, hogy a lánya azt hitte, hogy elég sokáig volt kórházban, sokkal tovább, mint amennyit valójában ott töltött.

A másik az volt, hogy Grace azt hitte, hogy ő és Vincente szerelmesek lettek, és együtt távoztak a kórházból. Feleségül mentek, és valamivel később visszatértek. Egy idő után együtt éltek egy darabig, és volt elég idejük, hogy otthont teremtsenek.

Végül pedig kiderült, hogy az állítólagos gyűrűket helyben vásárolták. Egy Helennek ismerős ékszerésznél. Egy ékszerésznél, ahol több ezer dollárt fizetni egy darabért szerénynek számított. Ha valóban ugyanaz az ékszerész volt, hogyan fizették Grace és Vincente az ilyen drága gyűrűket?

Helen mély levegőt vett, és leküzdötte az idegösszeroppanást. El akart menekülni. Bűntudatot érzett, mert el akart menekülni, és bűntudatot érzett, mert nem tudta, mit tegyen. Megengedte magának, hogy elmeneküljön.

„Taxi!" Helen intett kint, és egy taxi állt meg mellette a járdaszegélynél. „Vigyen a The Rocksba, és tegyen ki valahol a George Street közelében" – mondta Helen. „Egy ékszerészt keresek, egy nagyon exkluzív és drága ékszerészt. Nem tudom a címét, de a George Streeten van.”

„Igen, tudom, melyikre gondol” – erősítette meg a sofőr, miközben elindult.

Helen hátul ült, és azon tűnődött, miért hagyta magát belerángatni valamibe, amiről tudta, hogy nem igaz.

Miközben a dugóban ült, hallgatta a dudálást és a szirénákat, és nem tudta megválaszolni a saját kérdését.

FEJEZET 26

Vincente Marino-t csapattársai a vállukon vitték le a pályáról, és a közönség üdvrivalgással fogadta. Vincente ismét győzelemre vezette csapatát. Hálájukat kifejezve a játékosok többször is skandálták a nevét.

Vincente el volt ragadtatva. Teljesítménye még saját elvárásait is felülmúlta.

Amikor a levegőbe emelték, egy pillanatra megfordította a fejét, és Missy Malone tekintetével találkozott. A lány ugrált örömében. Csodálta, milyen aranyosan nézett ki, amikor minden szinkronban ugrált. Missy csókot dobott neki, ő pedig bólintott, hogy megkapta.

Amikor először megérkezett a pályára, Missy odarohant hozzá. Látta, ahogy felé tart, ajkát összeszorítva. Hagyta, hogy megragadja. Hagyta, hogy teljes erejéből megcsókolja – de nem érzett iránta semmit.

Grace Greenway csókja felülmúlta Missy Malone összes csókját. Missy soha, semmilyen körülmények között nem hitte volna el ezt az igazságot. Ő maga is alig hitte el.

Mégis, függetlenül attól, hogy mit érzett iránta, Vincente tudta, hogy Missy ragaszkodni fog hozzá, még akkor is, ha ő nem viszonozza az érzéseit. Miért? Mert Missy Malone Vincente kiegészítőjének tartotta magát. Úgy gondolta, hogy ők ketten olyanok, mint a Lamingtons és a kókusz, mint a vegemite és a pirítós, mint a pite és a sült krumpli.

Ha el akarta engedni, brutálisnak kellett lennie. Közvetlenül meg kellett mondania neki, hogy már nem akarja. El kellett mondania neki, hogy menjen el.

Vincente most ránézett, milyen szép volt. Milyen édes és tele várakozással. Aztán lenézett a csapattársaira, akik még mindig a nevét skandálták és a levegőbe dobálták, és minden gondolat Missyről elszállt a fejéből. Semmit sem jelentett neki.

Egy pillanatra Vincente gondolatai visszatértek a kórházba, és ránézett az órájára. A látogatási idő véget ért. Látnia kellett Grace-t. Megígérte, hogy meglátogatja.

A legrosszabb az volt, hogy most már álmodott is róla! Elgondolkodott, hogy megsérti-e az ígéretét. Hagyja cserben. Akkor talán megpróbálhatná elfelejteni. Talán akkor ő is megpróbálná elfelejteni őt.

Ez azonban nem oldana meg semmit, mivel Grace Greenway romantikus fantáziákba menekült. Egy álomban ragadt, amelyet ebben a pillanatban valóságosnak hitt. Az álom ereje az ő csókjával megnőtt benne. Egy pillanatra ő is elhitte, hogy valóságos. Hogy szereti őt, és ő is szereti őt. Valóságosnak tűnt. Csak egy pillanatra.

Vincente megborzongott, és társai majdnem elejtették a kifutópályára. Magasabbra emelték, és folytatták a szavalást.

Unatkozva Vincente visszatért Grace-re gondolni, jól tudva, hogy abból a gondolkodásmódból semmi sem sülhet ki. Bármi is történt közöttük, Grace Greenway egyszerűen nem neki való. Egyszerűen nem az ő típusa.

A tömeg csatlakozott a kántáláshoz, és előre nyomult. Vincente elszakadt tőlük, és kérte, hogy tegyék le. Azt mondta a fiúknak, hogy el kell mennie pár órára, hogy betartson egy barátjának tett ígéretét.

Csalódottan hallották a hírt, és még hangosabban skandálták a nevét. Vincente integetett, és megígérte, hogy később visszatér.

Kérték, hogy maradjon. Körülvették. Bezárták. Csapdába ejtették.

Missy Malone is közelebb jött. Ő és a többiek elállták az útját.

Vincente úgy érezte, magyarázattal tartozik Missynek, de jelenleg még magának sem tudta megmagyarázni a dolgokat. Tudta, hogy ha Missy megtudja Grace-ről, az problémákat okozhat. Nem mintha féltékeny lenne. Soha nem hinné el, hogy Grace-t részesíti előnyben vele szemben. A fiúkról nem is beszélve – ők azt hinnék, hogy teljesen elment az esze!

Vincente ismét eszébe jutott a csók, amit Grace-szel osztott meg.

Megborzongott. „Ez az egész csak fantázia. És még én is belekeveredtem."

Elképzelte, mi történne, ha elmondaná a bandának, hogy Grace Greenway azt hiszi, hogy ők házasok.

Ő is nevetség tárgyává válna, ahogy Grace is. Soha nem hagynák, hogy elfelejtse Grace matematikai állapotát.

„Majd találkozunk!" – kiáltotta Vincente, miközben átverekedte magát a vonakodó tömegen, és kijutott az iskola területéről.

Miután átlépte a kaput, futott, futott és futott, nem lassítva a lépteit.

Missy nézte, ahogy elmegy. Karba fonta a kezét, teljesen biztos abban, hogy Vincente Marino visszajön. Vissza hozzá – mert tudta, hogy Vincente Marino soha nem tud betelni vele.

FEJEZET 27

Helen gyűrű nélkül tért vissza a kórházba.

Grace az ágyban ült, kezeit összekulcsolva, szemét az ajtóra szegezve, Helen visszatérését várva.

Amikor Helen a kisablakon át pillantott rá, úgy tűnt, mintha visszatartaná a lélegzetét. Mivel azonban a bőre nem volt kék, biztosan lélegzett. Csak nagyon sekély lélegzeteket vett.

Helen átgondolta, mit akar mondani Grace-nek, ami tulajdonképpen semmit sem volt. Csak el akarta terelni a lánya figyelmét más dolgokra.

Az ékszerész rendkívül segítőkész volt. Amikor Helen leírta a gyűrűket, pontosan tudta, melyikre gondol. Azt mondta, hogy néhány hete eltűntek. Ő és a tulajdonos többször is átnézték a biztonsági kamera felvételeit. A gyűrűk az egyik pillanatban még ott voltak, a következőben pedig eltűntek. PUFF. Nincs magyarázat. Nagyon furcsa.

„Nézd meg a hajad, Grace!" – kiáltott fel Helen. „Vincente hamarosan megérkezik, és gyönyörűnek kell lenned a férjed számára."

Grace megnézte magát a tükörben. Úgy döntött, hogy anyja igaza van, leült, és Helen elkezdte fésülni és formázni a lánya haját, ahogy már sokszor tette korábban.

Grace ellazult. Helen elővette a sminktáskáját, és felvitt egy kis púdert, majd egy kis pirosítót. Grace mosolygott, örülve, hogy megoszthatja ezeket az anya-lánya pillanatokat.

Hamarosan Vincente is megérkezett, cipőjének kopogása elárulta.

Meglátta Grace-t, aki Helen mellett ült, és a haját simogatta, és a jelenet mosolyt csalt az arcára. Azonnal eldöntötte, hogy ezt a pillanatot fába vészi. Ragyogó mosollyal nézett Grace felé.

Grace felugrott, és azonnal elrejtette a kezét. Nem akarta, hogy megérintse. Nem akarta, hogy észrevegye az eltűnt gyűrűket.

A mosolyával magához vonzotta, mint egy mágnes. Az ellenállás hiábavaló volt.

Amikor ajkaik találkoztak egy üdvözlő csókra, szikrák repültek – mindkét oldalon. Grace közelebb hajolt, hogy a csókot egy másik szintre emelje, de Vincente visszahúzódott, Helen Greenway jelenlététől tartva.

Vincente ezután Helen jelenlétét is elismerte, és egy apró csókot nyomott az arcára. Még soha nem csókolta meg Helen arcát üdvözlésképpen. Fogalma sem volt, mit csinál. Mintha varázslat alatt állt volna.

Még mindig emlékezve a Grace-től kapott rázkódásra, Vincente hátralépett, és mindkét kezét mélyen a farmerzsebébe dugta. Hátát a falnak támasztotta, bal lábát a padlóra tette, jobb lábát pedig a falnak támasztotta, mintha a GQ magazin számára pózolna.

„Anya, nem bánnád, ha Vincente-t és engem egy pillanatra egyedül hagynál?"

„Kidobsz engem?" – kérdezte Helen, mintha megsértődött volna, pedig valójában nem így volt. Valójában mélyen megsértődött, de beszélni akart Ackerman doktorral, és ez tökéletes alkalom volt rá, hogy megkeresse őt.

Aggódott amiatt, ahogy csókolóztak – ahogy a szikrák repültek. Még Helen is metaforikusan elkerülte őket, és érezte, hogy emelkedik a hőmérséklet a szobában. Vagy csak képzelődött?

Nem, valóságosnak tűnt. Ezért döntött úgy, hogy hagyja őket együtt maradni a szobában éjszakára. Valahogy ez a fantázia nem tűnt egyoldalúnak.

Vincente azonban többször is elmondta, hogy a lánya nem az ő típusa.

Helen úgy döntött, hogy biztosan csak képzelődött a kapcsolatot – hagyta, hogy a képzelete elragadja, ahogy a lánya is. Talán ez a állapot fertőző volt.

„Sétálok egyet" – mondta Helen, majd megfordult, és csak Vincente hallhatta: „Bízhatok benned?" A férfi bólintott, és arcán őszinte kifejezés látszott. Helen egyáltalán nem bízott benne. „Hamarosan visszajövök" – mondta.

Miután elhagyta a szobát, Helen az ajtó előtt állt. Vincente látta, hogy a kerek ablakon keresztül leskelődik, és figyel minket. Megpróbált hűvös maradni, természetesen viselkedni.

Grace nem vette észre, hogy anyja hallgatózik. Odalépett a gyanútlan Vincente-hez, és forró csókot nyomott az ajkára.

Vincente utolsó pillantása Helen arcára esett, amely olyan vörösre vált, amilyet még soha nem látott. Aztán egy pillanatra elmerült a csókban, és hagyta magát sodródni.

Grace hirtelen abbahagyta a csókot, hátralépett, és azt mondta: „Már nem szeretsz. Ugye, Vincente?"

Vincente fejében hallotta saját hangját visszhangozni és visszhangozni: WOW-WOW-WOW-WOW-WOW-WOW-WOW.

Kezét még mindig mélyen a farmerzsebében tartotta, és most ökölbe szorította. Nem hallotta, mit mondott, mit kérdezett. Csak arra tudott koncentrálni, hogy milyen WOW-faktorú volt az a csók.

„Mi? Mit mondtál?" – kérdezte, miközben lassan visszatértek az érzékei.

„Meg kell ismételjem?" – kérdezte, miközben egy könnycsepp gördült le az arcán.

A Vincente fejében lévő WOW! WOW! WOWS! a tudatának legtávolabbi falába csapódott, összetört, majd szaltózva visszacsapódott a lány szavaihoz. Hallotta őket, de az üzenet még nem jutott el az agyáig. Most a lány szavai visszhangoztak: „Már nem szeretsz." A gyomra felkavarodott.

Vincente a nő barna szemébe nézett, és mélyen belenézett. Mintha egy úszómedencébe ugrott volna, olyan vonzó, olyan élettel teli volt.

Mégis valahogy elveszettnek tűnt, és a legrosszabb az volt, hogy ő okozta ezt az érzést, bár nem szándékosan.

Látva őt így, vágyott arra, hogy megvigasztalja, hogy visszahozza magához. Ennek érdekében közelebb lépett, hogy testük érintkezzen, és megcsókolta.

Ezúttal még erőteljesebb volt. Annyira, hogy azt akarta, az idő álljon meg. Azt akarta, hogy minden megálljon, és mégis azt akarta, hogy folytatódjon. Mindent akart ezzel a lánnyal, mindent meg akart osztani vele – és mégis, ő nem is volt az esete. A világot akarta neki adni, és boldoggá tenni. Megosztani magát vele. A világává válni.

És mindezt most akarta.

Vincente hallgatott. Félt beszélni. Félt attól, amit érzett. Félt attól, amit mondhat és tehet. Ehelyett tovább úszott Grace szemének medencéjében, elveszve a mélységében.

A hallgatása és zavarodottsága szívszorító volt Grace számára. Összeomlott, darabokra tört, és sírva ömlött a víz a gesztenyebarna szemeiből. Nagy, vastag, sós könnyek hullottak le, hullottak.

Felnyúlt, és az egyik könnycseppet az ujjhegyével elkapta. Óvatosan a szájához emelte, és a nyelve végére tette, ahol a sós íze felrobbant. Elkapott még egyet, majd még egyet, mindegyik a nyelvén robbant fel. Grace eközben tovább sírt és sírt, és sírt, nem tudva elhinni Vincente furcsa viselkedését és hallgatását.

Szerette őt, és mégis tudta, hogy nem szeretheti. Ő nem is szerette őt, nem igazán. Csak a fantáziájában szerette. De ő szerette őt, itt és most. A szerelme valódi volt.

Megfordult és elrohant.

FEJEZET 28

A FOLYOSÓN, GRACE AJTAJÁVAL háttal, Vincente rájött, hogy kétségbeesett állapotban hagyta ott a lányt. Tudta, hogy be kellene mennie a szobába, hogy megnézze, hogy van. Felismerte, hogy barbár módon viselkedett. Szégyellte magát.

„Á, pont az a fiú, akit kerestem" – mondta Ackerman doktor, észrevette, hogy Vincente liheg, szinte zihál. Apásan megpaskolta a hátát, és megkérdezte: „Minden rendben van?"

„Én, én nem tudom. Már semmit sem tudok!" – jelentette ki Vincente remegő hangon.

„Jöjjön velem, fiatalember" – mondta Ackerman doktor. „Az irodámban beszélhetünk négyszemközt, és te is visszanyerheted a lélegzeted."

„Igen" – engedett Vincente. „De nem akarok erről beszélni."

„Nos, Grace-ről akarok veled beszélni."

„Grace?" – mondta Vincente, és remegni kezdett.

„Igen, gyere velem. Az irodám a sarkon van."

Pár pillanat múlva megérkeztek. Dr. Ackerman megkérte Vincente-t, hogy foglaljon helyet, majd öntött neki egy pohár jeges vizet. Vincente keze remegett, amikor a poharat a szájához emelte.

Vincente a sós könnyekre gondolt. A kitörő sós könnyekre.

„Most már nyugodtabb?" – kérdezte Ackerman.

Vincente bólintott.

„Rendben, akkor beszéljünk Grace-ről. Megérti a jelenlegi helyzetet, ugye? Hogy Grace Greenway hogyan áltatta magát azzal, hogy önök ketten kapcsolatban vannak, sőt, házaspár – friss házasok?"

„Igen, megértem, hogy ő így érzi, de azt nem értem, hogy miért. Miért én?"

„Erre a kérdésre csak ő tud válaszolni, Vincente. Talán soha nem fogjuk megtudni. Ő sem fogja megtudni. Azonban az ilyen dokumentált esetekben a fantázia létrehozásának oka valamilyen valóság tagadásán alapul. Lehet, hogy valami, ami egyáltalán nem kapcsolódik hozzád. Bármilyen okból is, ő létrehozott egy világot, amelyben te és ő jelentetek mindent egymásnak. Mintha te és ő egy regény főszereplői lennétek, és együtt küzdötök a világgal."

„Egy regény szereplői? Ó, erre még soha nem gondoltam" – töprengett Vincente. „De néha, amikor ő szövi ezt a fantáziát, és engem is belevon a fantáziájába, néha... még nekem is valóságosnak tűnik." Vincente a padlóra nézett. Nem tudta elviselni, hogy Ackerman doktor szemébe nézzen. Nem akkor, amikor bevallotta, hogy belekeveredett a hálóba.

Ackerman a szobában vele szemben ülő fiúra nézett. Hirtelen rájött, hogy ez egy teljesen más fiú, mint akivel először találkozott. „Szereted őt?" – kérdezte.

„Nem hiszem. Nem tudom. Nem az én típusom. Nem is ismerem igazán, mégis tud dolgokat rólam.

Olyan dolgokat tud, amiket senki sem tudhat, hacsak nem én mondtam el neki – amit nem tettem meg." Vincente a fejét a kezével fogta körül. A beszélgetés fizikai rosszullétet okozott neki. A szoba forogni kezdett.

„Tedd a fejed a térded közé, fiam" – mondta Ackerman. „Kezdesz zöldülni, amit még én sem láttam eddig."

Vincente azonnal és kérdés nélkül követte az utasítást. A szoba hamarosan abbahagyta a forgást, de most csillagok ragyogtak az egész mennyezeten. Csillagok, amelyeket csak Vincente láthatott.

Ackerman folytatta: „Nem tudom, hogyan tudhat ilyen személyes dolgokat rólad. Talán amikor a föld és a szellemek világok közötti utazása során tartózkodott, a szelleme valamilyen módon összekapcsolódott a tiéddel. Tudom, hogy lehetetlennek hangzik. De hallottam olyan történeteket a halálközeli élményekről, amelyeket még nekem is – egy tudósnak – nehéz elutasítani."

„Épp most kérdezte meg, hogy szeretem-e, és nem tudtam válaszolni. Azt hiszi, szeret engem, de nem így van. A valóságban nem. Igent akartam mondani, egy őrült részem igent akart mondani, de hogyan tehettem volna? Nem értem őt. Már semmit sem értek! Néha azt gondolom, hogy boszorkány lehet, hogy tud olyan dolgokat, amiket tud."

„Hiszel a boszorkányokban?"

„Nem igazán."

„Szerintem túl sokat nézel tévét. Grace Greenway nem boszorkány. Ő egy befolyásolható, fiatal lány. Egy tizenhat éves lány, aki nemrég tragikus balesetben elvesztette apját és testvérét. Egy lány, aki valamilyen oknál fogva téged választott, hogy részese legyél a fantáziájának. Téged választott férjének. Szüksége van rád, hogy most a férje szerepét töltsd be, amíg még nem hajlandó szembenézni az igazsággal."

„Tehát azt mondod, hogy mentálisan nem jól van, és nekem ezt a komédiát kell eljátszanom, bármi áron?"

„Grace még mindig veszélyben van. Figyeljük az életjeleit. Szemmel tartjuk. Ezért nem engedték még haza. Gondoskodunk róla. Vincente, te vagy a helyzet középpontjában. Te vagy a katalizátor. Ha most elhagyod..."

„Ha elsétálok, akkor én leszek a felelős azért, ami ezután történik. Ezt akarod mondani?"

„Most nagyon sebezhető. Szüksége van valamire tőled, és ha megadod neki, teljesíted a kívánságát, akkor talán képes lesz szembenézni a valósággal és feladni téged. Szüksége van valakire, akiben hihet, valamire, amire várhat, és téged választott. Minden út hozzád vezet. Nem tudom, miért, talán azért, mert te hoztad ide a kórházba."

„Bántottam őt, de baleset volt, doki, esküszöm."

„Igen, bizonyos értelemben bántottad, de meg is mentetted az életét, mert idehozták, és a legjobb ellátást kapta, amikor a vérrögök végül felszakadtak. Ha otthon vagy az iskolában lett volna, amikor ez történt, talán nem élte volna túl."

Vincente egy pillanatig csendben ült, rájönve, milyen nagy hatással volt már Grace életére. Vissza akart menni hozzá, hogy minden újra rendben legyen. Felállt: „Vissza kell mennem hozzá. Megkérdezte, hogy szeretem-e, én pedig megfordultam és elmenekültem, mint egy gyáva."

„Igen, menj vissza hozzá most, és ne mondd neki, hogy szereted, ha nem gondolod komolyan. Hacsak nem vagy hajlandó odaadni neki a szívedet, és mellette állni, miután megtudta az igazat rólad, és miután a varázslat megtört."

„Ne nyomj rám!" – gúnyolódott Vincente, miközben az ajtó felé indult.

„Gyere vissza, bármikor beszélhetsz velem, Vincente" – mondta Ackerman. „És ne felejtsd el, milyen fontos vagy neki. Ne felejtsd el, mit jelentesz neki."

Vincente bólintott, majd megfordult, és visszarohant Grace szobájába.

G RACE A SZOBÁJÁBAN MÉLYEN aludt. A férfi lehajolt az ágy fölé, és megcsókolta a homlokát. A lány arcán még mindig könnyek voltak, és ő gyengéden letörölte őket.

Leült mellé az ágyra, de a lány nem mozdult, nem nyúlt. A férfi nézte, ahogy alszik. Nézte, ahogy a lány mellkasa minden lélegzetvételnél emelkedik és süllyed. Amikor a lány álmában nyöszörgött, a férfi megfogta a kezét, és megnyugtatta, hogy minden rendben lesz. A sötétben, egyedül vele, elmondta neki, hogy szereti. Aztán újra megcsókolta a homlokát.

Grace rövid ideig megmozdult álmában, mintha a szavai valamilyen módon megérintették volna az álmát, majd újra mély álomba merült.

Vincente ott hagyta Grace-t, aki biztonságban és mélyen aludt. Visszatért, hogy megköszönje Ackerman doktornak a segítségét és tanácsait, mielőtt hazament volna az estére. Kimerült volt... olyan fáradt, és mégis olyan élénk, amilyen még soha nem volt.

Vincente Marino még soha nem érezte magát ennyire élőnek.

***

Ackerman doktor irodája előtt állva Vincente hangos vitát hallott. Habozott, mielőtt bekopogott. Amikor a hangok kissé elcsendesedtek, kopogott, és behívták.

„Szégyellned kéne magad!" – kiáltotta Helen, miközben rávetette magát, és ököllel kezdte verni a mellkasát.

„Nyugodj meg!" – parancsolta Ackerman doktor.

Helen továbbra is Vincente mellkasát verte.

Vincente mély levegőt vett, remélve, hogy a nő kiüti magából, ami zavarja. Nem fájt neki. Amikor rájött, hogy a nő haragja nem fog magától elcsitulni, megragadta mindkét csuklóját, és szorosan fogta, amíg a nő kénytelen volt megnyugodni. A nő továbbra is az arcába sziszegett.

Vincente még szorosabban fogta, és megkérdezte: „Mi a fene?", miközben Ackerman doktorra nézett, aki igyekezett nem elveszíteni a türelmét.

„Vincente, amikor korábban idejöttél, miután elhagytad Grace-t, Helen elég rossz állapotban találta. Zavart volt. Összetört. Képtelen volt kommunikálni. Csak zokogott és sírt."

„Látom, kitől örökölte!" – mondta Vincente, Helen szemébe nézve.

A nő rá morgott.

„Ne rontsd tovább a helyzetet, fiam" – könyörgött Ackerman doktor. „Hogy Grace-t megnyugtassák, nyugtatót kellett adni neki."

„Épp most voltam bent, és Grace aludt. Nekem nagyon békésnek tűnt."

„Mit mondtál neki, hogy ilyen állapotba került?" – kérdezte Helen.

„Hibát követtem el. Elmenekültem, de visszamentem. Visszamentem."

„Túl kevés, túl késő!" – kiáltotta Helen.

„Nézd, én nem kértem ezt!" – mutatott rá Vincente, felemelve a kezét, jelezve, hogy megadja magát.

„Most mindketten üljetek le és nyugodjatok meg" – utasította őket Ackerman doktor –, „és hagyjuk abba a drámát. Grace-re kell koncentrálnunk. Grace-re és csakis Grace-re."

„Egyetértek" – mondta Vincente.

„Egyetértek" – morogta Helen.

FEJEZET 29

AMIKOR VINCENTE-T KIVITTÉK A szobából, ő még mindig kiabálta a szavakat. Igaz, számára ezek értelmetlen, hamis érzelmek voltak. Szavak, amelyeket csak kedvességből mondott, hogy megmentse őt a szakadék szélétől.

Újra kiabálta. Ezúttal hangja visszhangzott a folyosókon és kinyúlt az univerzumba: „Szeretlek, Grace Greenway!"

„Én is szeretlek, Vincente!" – kiáltotta vissza neki. A zűrzavar és a felfordulás közepette, miközben megpróbálták megmenteni az életét, ő nem hallotta.

Hirtelen a forró csillag forogni és pörögni kezdett. Hamarosan már nem közeledett felé, és nem égette meg a hőjével. Ehelyett pulzáló hullámokat bocsátott ki, és neutroncsillaggá vált.

Miután elvesztette a fogását, Grace Greenway kijelentette magának: „Élni akarok. Élni akarok."

FEJEZET 30

A CKERMAN DOKTOR MEGKÉRDEZTE: „AMIKOR visszatértél Grace-hez, mit éreztél, amikor újra láttad?"

„Erős vágyat éreztem, hogy gondoskodjak róla, szeressem, megvédjem, a magamévá tegyem. Istenem, annyira zavarosak az érzéseim. Miért érzek így?"

„Igen, vizsgáljuk meg ezt, Vincente" – mondta Ackerman doktor. „Grace valami mást, valami újat ébreszt benned. Igaz? Valami mást, mint amit az eddigi lányok ébresztettek benned?"

„Igen, ő nem a barátnőm. Van barátnőm az iskolában, aki bármit megtenne értem" – mondta Vincente.

„De te bármit megtennél érte?"

„Ő nem igényes, ha érted, mire gondolok."

„Rendben, akkor hadd fogalmazzak másképp" – mondta Ackerman doktor. „A barátnődnek szüksége van rád?"

„Ő népszerű, én is népszerű vagyok. Össze vagyunk rendelve. A sors. Mindenki ezt mondja. Mindenki ezt várja."

„Elvárások? Mi köze van mások elvárásainak az igaz szerelemhez? A szerelem, az igaz szerelem két ember között van. Csak két ember között. Gondolkozz el rajta, Vincente, gondolkozz el, mielőtt válaszolsz. Mit érzel valójában Grace Greenway iránt?"

Vincente toporgott, izgett-mozgott. „Elég ebből – ebből a pszichoanalitikus baromságból. Ez nem rólam szól. Hanem arról, hogy Grace meggyógyuljon. Mit akarsz, mit tegyek? Vegyem feleségül?"

„Nem, nem akarom, hogy bármit is tegyél, ami kényelmetlen lenne számodra. Grace azonban kéri a jelenlétedet. Megkért minket, hogy kérdezzük meg tőled, hajlandó lennél-e vele tölteni az éjszakát a szobájában."

„Mi? Komolyan mondod?"

„Komolyan mondja, ezért nagyon komolyan kell vennünk a kérését."

„És az anyja, az a sárkányasszony, egyetért ezzel?"

„Vonakodva, ahogy valószínűleg már sejtette. Hallotta, hogy azt mondtam, beszélni fogok önnel. Hogy megértetem önnel, hogy Grace-t nem szabad bántani, vele nem szabad játszani, és nem szabad kihasználni."

„Azt hiszi, hogy ráugranék? Inkább ő ugrana rám!"

„Ha törődsz vele, tényleg törődsz vele, és ő, ahogy mondod, „ráugrik", akkor meg kell találnod a módját, hogy finoman visszautasítsd, anélkül, hogy egyértelműen elutasítanád."

„Még mindig nem értem, hogy az, hogy vele töltöm az éjszakát a szobában, hogyan fog segíteni."

„Ez az ő kívánsága, Vincente."

„De nincs garancia, igaz?"

„Nincs garancia, Vincente, de Grace meg fog gyógyulni. Ez a végső célunk."

„Ezt támogatom" – mondta Vincente.

„Helen megmondja Grace-nek, hogy haza kell menned, hogy elintézz néhány dolgot. Holnap este visszajössz, azzal a szándékkal, hogy az éjszakát a szobájában töltöd. Mint tudod, két ágy van. Az ágyakat semmiképpen sem tolják össze, érted?"

„Igen, doki" – mondta Vincente. „Most elmegyek, aludni fogok egy kicsit, mert holnap este nem fogok sokat aludni!"

„Remélem, nem úgy értette, ahogy hangzott!" – kiáltott fel Ackerman.

„Úgy értettem, hogy... tudja, hogy értettem."

„Akkor jó, jöjjön el hozzám holnap, vagy bármikor, amikor beszélni akar. Egész este itt leszek, úgy mond, az ön rendelkezésére állok."

„Köszönöm, Ackerman doktor."

„Jó éjszakát, Vincente."

„Jó éjszakát, doktor úr."

FEJEZET 31

K ora reggel Grace felébredt, és egy pillanatra elfelejtette, hol van. Homályosan emlékezett rá, hogy Vincente a szobájában volt. Az egyik pillanatban még ott volt, a következőben pedig már eltűnt. Miért távozott ilyen hirtelen? Valami olyat tett, ami felidegesítette? Valamit mondott?

Remélte, hogy valahol a szobában találja, és várja, hogy felébredjen. Csak Helen volt még ott, és ő aludt.

Grace leszállt az ágyról, és elindult a fürdőszobába. Levette a kórházi köntöst, és belépett a zuhany alá. Amikor a víz majdnem forráspontig melegedett, behunyta a szemét. Vincente érintésére vágyott.

Elzárta a vizet, és a polcról vett egy új köntöst. Összehajtogatta, és úgy döntött, hogy senki sem lehet vonzó egy ilyen köntösben.

Amikor visszatért az ágyához, Helen a szobában szorgosan sürgölődött.

"Jó hírem van számodra!"

"Tényleg? Nem álmodom még mindig, anya?"

"Igen, Vincente veled fogja tölteni az éjszakát."

"Ma este? Ma éjjel?"

"Igen."

"Szükségem van a holmimra, a szép hálóingemre és a parfümömre."

„A fürdőszoba szekrényében lévő táskában megtalálod a szükséges dolgokat."

„Alig várom!"

„Vincente természetesen abban az ágyban fog aludni."

Grace máris elképzelte, ahogy a két ágyat összetolja, és egy ágyat csinál belőlük. Hogy megosztja az ágyát a férjével. Két ágy a látszat kedvéért, igen, de nekik csak egyre lesz szükségük. Grace átölelte magát, miközben libabőrös lett a karja.

„Teaidő körül indulok, de ha segítségre van szüksége, Ackerman doktor áll a rendelkezésére."

„Megházasodtunk, anya!" – kiáltotta Grace.

Grace odarohant hozzá, és átölelte az anyját. Helen örült, hogy lánya boldog – minden anya örülne ennek, de a hazugságok zavarták. A hazugságok és a színjáték nem tetszett neki. Úgy érezte, hogy csaló. Kétszínű.

Grace bement a fürdőszobai szekrénybe, és elővette az éjszakai táskát. Abban volt a legszebb, legszűziesebb fehér lenvászon hálóing, amit valaha látott, piros kötéssel az elején.

„Anya, gyönyörű!" – kiáltotta.

Burns nővér megérkezett, és észrevette, hogy Grace kissé kipirult.

„Jól érzed magad, Grace?"

Grace tele volt izgalommal, várva a Vincente-tel töltött éjszakát. Azt akarta, hogy az idő repüljön, hogy ő ott lehessen mellette – most.

„Próbálj meg enni valamit" – javasolta Burns nővér. „Úgy tudom, vendéged lesz éjszakára, ezért minden erődre szükséged lesz."

„Igen, enned kell valamit, drágám" – értett egyet Helen.

Grace egy falatot evett a pirítósból, és egy kortyot ivott a kávéból, majd felfordult a gyomra. „Talán később" – mondta. A kávé illata rosszul esett neki. „Ne, vigye el" – mondta Grace.

„Vincente örült, amikor megmondta neki, hogy maradhat, Grace?" – kérdezte Burns nővér.

„Nem mondtam meg neki, de biztosan örült" – válaszolta Grace. Ezután átöltözött hálóingbe, és felkészült Vincente érkezésére.

FEJEZET 32

18:15-kor VINCENTE MARINO MEGÉRKEZETT a kórházba, kezében egy dobozzal, amelyben egy tucat hosszú szárú vörös rózsa volt. A rózsákat bíbor színű szalaggal kötötték össze.

Amikor belépett Grace szobájába, Helen kissé vonakodva eltűnt.

Vincente azonnal Grace mellé lépett, és mindkét arcára csókot nyomott. Odaadta neki a dobozt, majd figyelte, ahogy a lány szeme egyre nagyobb lesz, amikor kibontja a vérvörös szalagot.

Ideges volt, de Grace is az volt. Erős céltudatosság lengte be a levegőt.

Miután megköszönte Vincente-nek a gyönyörű rózsákat egy puszival az arcán, Grace vázát kért a szolgálatban lévő nővértől. A nővér visszatért egy vázával, és Vincente nekilátott, hogy elrendezze benne a virágokat. Már százszor látta anyját virágokkal teli vázákat rendezni.

Először egy rózsát vett ki a dobozból, majd nonchalantly simogatta, mielőtt a vízbe tette. Grace figyelmesen nézte, és észrevette a kontrasztot az erős, atletikus ujjai és a rózsák vékony, tüskés szárai között. Amikor simogatta a rózsát, Grace-t borzongás futotta át.

Nézte, ahogy felvesz egy rózsát, két rózsát, három rózsát. Anélkül, hogy tudatában lett volna, finoman simogatta a szárat, egy pillanatra érezte a tüskék fájdalmát az ujján, majd óvatosan a vázába helyezte a virágot.

Minden mozdulat elvette Grace lélegzetét. A szíve a torkába ugrott. Mintha az ujjai között tartotta volna a szívét.

Vincente igyekezett nem csobbanni, miközben egymás után helyezte a rózsákat az áttetsző üvegvázába.

Időnként Grace-re pillantott. A lány szeme rá szegeződött. Örült, hogy rózsákat választott – a lány nyilvánvalóan imádta őket.

Hirtelen nagyon zavarba jött. Újra belenyúlt a dobozba, kivett egy újabb rózsát, és figyelte Grace lélegzetvisszafojtott pillantását. A rózsát a vízbe tette, majd újra belenyúlt a dobozba egy másikért. Grace ismét kifulladtnak tűnt, csak ezúttal még ájulásnak is indult.

„Jól vagy?” – kérdezte Vincente.

Grace arcán vörös foltok jelentek meg, és egyre nehezebben kapkodott levegő után. Vincente elgondolkodott, hogy hívjon-e valakit segítségül. Nem akarta, hogy Grace most visszaessen, főleg, hogy úgy tűnt, a dolgok végre a végkifejlet felé tartanak.

„Jól vagyok, tökéletesen” – mondta Grace, miközben a hálóingjén lévő piros nyakkendővel játszott. „Beszélgessünk valamir, amíg befejezed a virágokat.”

„Mit gondoltál?” – kérdezte, miközben egy másik rózsa szárát simogatta.

„Ó" – mondta Grace, miközben nézte, ahogy a virágszárat a vízbe teszi, majd megszólalt. „Mi lenne, ha elmondanánk egymásnak valamit, amit a másik nem tud? Talán egy tévhitet, amit rólam tápláltál, én pedig elmondom neked egy tévhitet, amit rólad tápláltam."

„Oké" – Válaszolt Vicente, miközben egy újabb rózsát tett a vízbe. – Kezdd te! – mondta, miközben a vízcseppek kilöttyentek a vázából, és a tenyerére hullottak.

Grace nézte a cseppeket, miközben ő újabb rózsát vett elő a dobozból. Felemelte a virágot, és a víz lefolyt az alkarján.

Felvette a következő rózsát, és ránézett. Grace-nek elakadt a lélegzete. Az idő mintha megállt volna.

FEJEZET 33

Volt egy különleges neved, mielőtt igazán megismertelek" – árulta el Grace.

Vincente az ujjai között forgatta a rózsát. Aztán a vízbe tette. Észrevette, hogy Grace már normálisabban lélegzik, és az arcán nem látszott olyan erős pír. Bólintott, hogy folytassa.

„Aranyméretnek hívtalak."

„Miért?" – kérdezte Vincente.

„Emlékszel, amikor a matekórán tanultuk Fibonacci aranyátlagát? Nos, te voltál az én aranyátlagom."

„Úgy érted, már akkor is így éreztél irántam?" Most már teljesen összezavarodott. Grace azt mondta, hogy már azelőtt is szerette, hogy mindez megtörtént. Tudta, hogy Grace szerelmes volt belé, de ez nem szerelem volt, hanem csak rajongás. Sok lány rajongott érte. „Frissítsd fel az emlékezetemet Fibonacci-ról" – mondta.

„Ez az a koncepció, amikor az első és a második szám összeadva adja a harmadik számot, például egy, kettő, három, öt, nyolc, tizenhárom és így tovább."

„Ó, igen, emlékszem valamire erről és valamire a természetről, mint a hullámok és a virágok?"

„Pontosan! Látod, emlékszel!” Grace mondta, miközben egy újabb rózsát tett a vízbe. „A természetben szimmetria van, a hullámokban, a hópelyhekben és a virágokban, amelyek mind megerősítik Fibonacci aranymetszés elméletét. Tehát te voltál az én aranymetszésem.”

„Köszönöm” – mondta Vincente, nem tudva, mit mondjon még. „Elképesztő, hogy még mindig emlékszel a nevedre, figyelembe véve, hogy min mentél keresztül. Hogy elvesztetted az emlékezeted.”

„Nemrégiben tért vissza az emlékezetem. Elfelejtettem, de amikor rólad álmodtam, rólunk, minden visszatért.”

Vincente folytatta a rózsák rendezgetését, Grace pedig tovább beszélt. „Amikor azt hittem, hogy már nem szeretsz, rólad álmodtam, és az álmomban megígérted, hogy soha nem hagysz el.”

„Sajnálom, Grace, bocsáss meg” – mondta Vincente, miközben az utolsó rózsát is a vázába tette.

„Ezúttal hiszek neked.”

Vincente felemelte a vázát, letette Grace ágya melletti éjjeliszekrényre, és azt mondta: „Visszajöttem, tudod.”

„Mikor?”

„Tegnap este.”

„Az lehetetlen. Tudtam volna.”

„Mélyen aludtál, amikor bejöttem. Megcsókoltam a homlokodat, így” – hajolt fölé.

„Ne” – mondta Grace. „Ne... hacsak nem gondolod komolyan.”

Mély levegőt vett, és hátralépett. Odament az ágyához, levetette a cipőjét, és lógatta a lábát az ágy szélén. Oda-vissza rúgta őket, mint egy kisfiú.

„Most te jössz" – mondta Grace.

„Hmm, lássuk csak" – Vincente egy pillanatig elgondolkodott. „Nos, azt hittem, hogy félénk vagy, főleg a fiúk társaságában, de velem nem tűnsz túl félénknek."

„Ennyi? Ennél többet nem tudsz?"

„Hé, én még új vagyok ebben – ne felejtsd el, hogy a te ötleted volt. Fogadok, hogy nem tudsz még egyet mondani nekem."

„Dehogynem!" – mondta. „Ez nevetni fog, de egyszer, régen, azt hittem, hogy vámpír vagy."

„Én? Vámpír?"

„Igen, tudom, hogy őrültség, de még odahajoltam hozzád, és kinyújtottam a nyakamat, hogy megnézd, megharapsz-e. Ez volt az első csókunk – emlékszel? Így hajoltam föléd, és vártam, hogy belemélyesd a fogaidat."

„Ez furcsa!" – mondta, miközben a fehér, fedetlen nyakát nézte, és erős vágyat érzett, hogy megcsókolja.

Grace megborzongott, és a mellbimbói bizseregtek a puszta gondolatra.

„Szóval biztosan nagyon csalódtál, amikor rájöttél, hogy egy egyszerű halandót vettél feleségül?"

„Ez vicces. Te soha nem tudnál csalódást okozni nekem" – mosolygott. „Most te jössz."

„Nos, korábban azt hittem, hogy gyenge vagy, egy gyenge ember. De most..."

Grace közbevágott: „Gyenge, milyen értelemben?"

„Gyenge, mint a béna" – mondta, és az arcán kereste a reakciót, hogy rosszat mondott, de Grace úgy tűnt, hogy nincs ezzel baja. „Valószínűleg azért, mert amikor megláttál, vagy amikor én megláttalak, mindig furcsán néztél rám. Most, hogy belegondolok, ha azt hitted, hogy vámpír vagyok, akkor talán ezért néztél rám így. Akárhogy is, nem vagy gyenge vagy béna – erős nő vagy. És úgy tűnik, egyre erősebb leszel."

„Hát, ez jobb, mint az első" – mondta Grace, miközben hátradőlt a párnára, és behunyta a szemét.

Egy pillanatig egyikük sem szólt, mindketten elmerültek a gondolataikban.

„Beszélhetünk róla?" – kérdezte Grace. „Beszélhetünk arról, hogy mi változott meg benned velem kapcsolatban?"

„Grace, semmi sem változott, csak az, hogy..."

„Csapdában érzed magad?"

„Olyasmi. Talán, de nem a te hibád. Egyáltalán nem a te hibád." Mély levegőt vett, majd folytatta: „Kérdezhetek valamit, ami zavar?"

„Persze, Vincente. Bármit kérdezhetsz, bármit."

„Ki mondta el neked az anyám festményéről?"

„Te."

„Komolyan, Grace, elmondhatod az igazat. Ki mondta el neked? Az interneten olvastad?"

„Nem hazudok, Vincente. Ahogy már mondtam, te mondtad el nekem, és megmutattad a festményt, amikor elmentünk a szüleidhez."

„De miért akartam volna megmutatni neked azt a festményt?"

„A fák miatt!"

„A fák miatt?"

„Őszintén, melyikünknek volt itt emlékezetkiesése?" Grace felhúzta a szemöldökét. „A fák – mint az, amelyik felnyársalta és megette azt a hollót, amelyik fogva tartott engem?" Grace várta, hogy Vincente mutasson valami jelét annak, hogy felismeri, de nem történt semmi. Türelmetlenül felszisszent.

Vincente szinte biztos volt benne, hogy Grace megőrült. Nem tudta, egyetért-e vele, vagy sem, ezért hallgatott.

Pillanatok teltek el. Grace keresztbe tette, majd szétvette a karjait, nem adta fel. „És azok a fák miatt akartad, hogy megnézzem anyád festményét."

„De még mindig nem értem – miért akarnám megmutatni neked anyám festményét?"

„Mert mindig féltél attól a festménytől. Mert azt mondtad, hogy gyerekként egy arcot láttál a fa törzsében, és ez megrémített."

„Anyám a minap eladta azt a festményt. Évekig a padláson volt tárolva. Igaz, valami megrémített benne, de soha senkinek nem mondtam el."

„Nekem elmondtad, és meg is mutattad."

Vincente átment a szobán. Leült Grace mellé. „Mit mondtam még neked?"

„Sok mindent! Hiszen minden nap együtt voltunk, 24 órában, 7 napban."

„Mondd el!" – mondta.

„Tényleg akarod?"

„Igen.”

„Lássuk csak. Mindig arról álmodtál, hogy lesz egy Ferrarid, egy piros Ferrari, és mi elvittünk egyet a Princess Highway-ről. Te a mennyországban érezted magad, amikor vezetted, én pedig egy kicsit irigyeltelek.”

Vincente visszaemlékezett arra az álomra, amikor egy piros Ferrarival Grace-t kereste. Furcsa. Úgy döntött, témát vált. „Mondtam neked még valamit az anyámról?”

„Megmutattad a műtermét, és épp egy új festményen dolgozott. A kertjét ábrázolta, de még nem volt kész.”

Vincente mély levegőt vett. Ugyanaz a festmény volt, amin az anyja ma reggel dolgozott. Visszatért arra a gondolatra, hogy Grace biztosan boszorkány. Várta, hogy Grace megmozdítsa az orrát, mint Samantha Stevens a Bewitchedben, de semmi sem történt.

Grace magához húzta, és szenvedélyesen megcsókolta a száján.

Vincente most rajta feküdt, és csókolta. Megpróbált elhúzódni, de inkább közelebb akart hajolni, miközben minden felhalmozódott érzelme felrobbant a fejében. Grace addig csókolta, amíg Vincente kifogyott a levegőből.

„Kicsit kijöttél a gyakorlatból, ugye?” – kérdezte Grace, miközben Vincente-nek időt adott, hogy visszanyerje a lélegzetét.

Vincente lecsúszott az ágy széléről.

„Végre sikerült!” – kiáltotta Grace. „Végre spagetti lábakat csináltam neked! Épp ideje volt, mindig te csináltál nekem!”

„Hol tanultál meg így csókolni?”

„Nagyon vicces, Vincente, mindent tőled tanultam.”

„Azt akarod mondani, hogy én vagyok az egyetlen férfi, akit valaha megcsókoltál?"

„Igen, te vagy az egyetlen. Az egyetlen és igazi szerelmem."

Vincente ismét témát váltott. „Mit láttál még a házamban?"

„Megmutattad a gyönyörű fafaragásaidat, és ezt még mindig megvan." Grace benyúlt egy fiókba, és elővette az aboriginal férfit.

Vincente agya másodpercenként több kilométerrel száguldott. El kellett menekülnie. Ki kellett jutnia abból a szobából – most.

„Honnan szerezted?" – kérdezte.

„A szobádból vettem el."

„Elvetted, de mikor?"

„Amikor meglátogattuk a házadat. A zsebemben volt, és valahogy az egyik pillanatban még ott volt, a következőben pedig már anyukád festményében volt."

„A festményben? A zsebedben?" – kiáltott fel.

„Igen, sajnálom, hogy nem mondtam, hogy itt van. Engem is megdöbbentett – az egyik pillanatban a festményben volt, a következőben pedig már megint a zsebemben."

„Öö, szomjas vagyok, hozok egy üdítőt. Kérsz valamit?" – kérdezte Vincente. Remegett.

Az egész teste remegett. Most azonnal el kellett mennie onnan. El kellett mennie. Futnia kellett.

„Iszik valamit? Most?"

„Igen, inni kell valamit."

„Oké, de siessen vissza" – mondta Grace. Csókot dobott neki, majd visszatette az aboriginal férfit a fiókba.

Kint Vincente el akart menekülni. Ehelyett azonban a folyosón végigment, hogy beszéljen Ackerman doktorral.

FEJEZET 34

Doktor úr!" – kiáltotta Vincente, miközben többször is kopogott Ackerman ajtaján. „Doktor úr, beszélnem kell önnel!"

Ackerman doktor letette a telefonkagylót, amikor Vincente belépett az irodájába.

„Doktor úr, ki kell hoznia innen! Nem maradhatok itt éjszakára. Megfulladok itt, és ő olyan őrült, hogy kezdek belelátni a dolgokba!"

„Hogy érti ezt? Vegyen mély levegőt, Vincente. Nyugodjon meg!"

„Mesélt nekem egy beszélgetésről. Nos, nem is beszélgetésről, hanem valami olyasmiről, ami tegnap történt. Olyan dolgokat tud, amiket senki más nem tudhat, és akkor..."

„Akkor mi van? Nem akarta, hogy maguk ketten...? Hogy...?"

„Nem, doki, de nagyon éles eszű, és... kezdek beleesni."

„Azt mondod, hogy beleszerettél? Komolyan?"

„Még soha nem voltam szerelmes, de pár lánnyal csókolóztam. Egyik lány sem csókolt úgy, ahogy ő, és mégis azt mondja, hogy én vagyok az egyetlen férfi, akit valaha csókolt!"

„Szóval érzelmileg túlterhelt vagy, és haza akarsz menni? El akarsz menekülni. Félsz, hogy elveszíted az önkontrollod?"

„Azt mondom, hogy megbabonázott. Nem is az én típusom! Biztosan varázslat!"

„Igen, ezt már mondtad korábban is, haver, és akkor sem volt több értelme, mint most. Szóval, mit akarsz, mit tegyek, mondjam meg neki, hogy hazamentél? Hogy vészhelyzet van, ezért nem maradhatsz?"

„Talán bejöhetnél, és adhatnál neki egy altatót, aztán én visszamennék, és aludnék. Mire felébredünk, már reggel lesz."

„Nem adhatok neki altatót csak azért, mert te azt kérsz."

„De doki, ő történeteket mesél nekem rólunk. Olyan dolgokról, amiket együtt láttunk és csináltunk. Olyan dolgokról, amik soha nem történtek meg. Őszintén beszél rólunk, mintha egy személy lennénk, és meggyőző. Majdnem olyan, mintha tudnám, miről beszél."

„Nos," mondta Ackerman, „ez komoly. Azt mondja, hogy kétségtelenül belesodródott ebbe a fantáziába? Hogy a leírásai néha még önnek is valóságosnak tűnnek?"

„Istenem, segíts, igen."

„Rendben, Vincente, megértem. Ön nem az én páciensem, de segít Grace-nek, aki az én páciensem. Ilyen körülmények között haza kell menned. Írok neked receptet, hogy aludni tudj, és talán a jövőben a legjobb lenne, ha távol maradnál."

„De nem tehetem!"

„De muszáj, Vincente. Ebben az állapotban senkinek sem vagy jó."

„Nem mehetek el anélkül, hogy magam mondanám el neki, anélkül, hogy jó éjszakát kívánnék neki. Megígértem neki, hogy soha többé nem hagyom magára.”

„Tényleg szereted őt, Vincente.”

Vincente bólintott, miközben becsukta maga mögött az ajtót.

Lassan sétált végig a folyosón, elhaladt Grace szobája előtt, és bement a liftbe. Amikor megérkezett a földszintre, kilépett a kórházból a sötét éjszakába. Átsétált a kifutópályán, és talált egy magányosan álló fát. Hátát a fának támasztotta, és sírni kezdett.

FEJEZET 35

GRACE IZGATOTTAN VÁRTA FÉRJE visszatérését. Amikor az ajtó kinyílt, Ackerman doktor lépett be.

„Hol van Vincente?"

„Hogy vagy, Grace?"

„Hol van Vincente? Mit csinált vele?"

A doktor mosolygott. „Örülök, hogy még egy kis időt tölthetett vele, de néhány vizsgálati eredménye megérkezett, és azok megkérdőjelezhetőek. Szükségem van egy újabb vérmintára. Csak hogy megbizonyosodjak róla, hogy minden rendben van. Megkértem Vincente-t, hogy halassza el az éjszakai tartózkodását, amíg ezek a vizsgálatok befejeződnek."

Grace a legszomorúbb arcát vágta, és kinyújtotta a karját, hogy az orvos megtalálja a vénát. Az orvos könnyedén behelyezte a tűt. Grace nem rezzent meg, és nem érezte fájdalmat, mert a szívében már így is elviselhetetlen fájdalmat érzett.

Dr. Ackerman befejezte a vérvizsgálat elrakását. „Vincente ugyanúgy csalódott volt, mint te, de majd máskor elintézzük. Nem tehetsz semmit, Grace. Az egészséged a legfontosabb."

„Vincente-t akarom!" – kiáltotta Grace, és elkezdett vergődni, csavarodni és forgolódni az ágyban. Lehúzta a takarót, és letépte a tapaszt, amit az orvos a karjára tett. A véna újra megnyílt, és vér spriccelt ki belőle.

Dr. Ackerman visszatartotta. Megnyomta a vészjelző gombot, hogy segítséget kérjen a nővértől. „Sajnálom" – mondta, miközben nyugtatót adott neki.

FEJEZET 36

ACKERMAN DOKTORNAK FRISS LEVEGŐRE volt szüksége, ezért átment a kifutópályán. Ott meglátta Vincente-t, aki egy fának támaszkodott.

„Láttad őt?" – kérdezte.

„Igen, láttam, és mindent elmagyaráztam neki."

„És hogy fogadta?"

„Nem fogadta jól. Nyugtatókat kellett adnom neki."

Vincente ökölbe szorította a kezét, és felállt. Arcát csak néhány centiméterre tartotta Ackerman arcától. „Mondtam, hogy visszajövök. Nem kellett volna ezt tenned. Időre volt szükségem. Csak időre volt szükségem."

„Több kell neked, mint idő, Vincente. Távolságra van szükséged. Nem tudom, mi fog történni azzal a lánnyal, ha beleszeretsz, és ha az általa teremtett fantázia összeütközik a valósággal. Nem tudom, mi fog akkor történni."

„Ha ő álmodta meg, és az álom valóra válik, akkor azonnal meggyógyul, nem?"

„Vincente, ez megtörténhet, de a dolgok a másik irányba is elmehetnek."

„Hogy érted?”

„Grace egy szikla szélén áll. Az igazság lelökheti őt. Rájöhet, hogy minden körülötte hazugság. Hogy mindannyian játszottunk a fantáziáival, és akkor mi lesz vele?”

„Tehát annak ellenére, hogy most szeretem őt, vissza kellene lépnem, békén hagynom, visszamenni az iskolába – ahhoz a lányhoz, akivel mindenki azt várja, hogy legyek, és csak remélni, hogy Grace Greenway végül túllép rajtam? Nem akarom, hogy túllépjen rajtam! És azt fogja hinni, hogy újra elhagytam, hogy megszegtem az ígéretemet – újra.”

„Figyelembe kell vennünk az érzéseidet, amikor eldöntjük, hogyan tovább, bármi is legyen az. Át kell gondolnunk, át kell szerveznünk magunkat. Menj haza most. Reggel gyere vissza. Grace legalább nyolc órát aludni fog. Gyere hozzám, amikor visszajössz, és tájékoztatlak a fejleményekről. Ne menj egyenesen Grace-hez. Először gyere hozzám.”

„Rendben.”

Vincente és Ackerman doktor átkeltek a parkolón, ahol taxik sorakoztak az utasokért. Vincente beült az egyik hátsó ülésére, és hamarosan úton volt hazafelé.

Haza – ahol remélte, hogy álom nélkül aludhat.

FEJEZET 37

R EGGEL GRACE EGY ÜRES szobában ébredt.

Magányosnak és elárultnak érezte magát, miközben az egyik nővér felpárnázta a párnáját és egy reggelitálcát tett elé.

Elhúzta magától. Már a szaga is rosszul volt tőle.

„Nem vagyok éhes" – mondta Grace.

Amikor a szobájában ismét senki sem volt, Grace hátradőlt a párnáján, és behunyta a szemét.

A fejében újra és újra lejátszotta az esküvőjét, amíg végül ismét elaludt.

FEJEZET 38

M
ásnap Ackerman doktor behívatta Helent az irodájába. Nagyon zavart arckifejezéssel sürgette, hogy üljön le.

Helen tudta, hogy rossz híre van. Azt is tudta, hogy nem kellett volna egyedül hagyni a lányát azzal a fiúval.

Ackerman doktor Helen szemközt ült le, úgy, hogy térdeik szinte összeértek.

Egyenesen a szemébe nézett, és azt mondta: „Grace terhes."

Helen nevetett.

„Grace terhes" – ismételte a doktor.

„Mi?"

„A minap vérvizsgálatot végeztünk, és a teszt pozitív lett. Tegnap este vettem még egy kis vért, és megerősítést nyert: a lánya terhes."

„Az lehetetlen! Megölöm azt a kis szemetet!"

„Az hogyan segítene?" – kérdezte a doktor. „Nyugodjon meg, és hallgasson meg.

Figyeljen rám figyelmesen."

Mély levegőt vett. Kinyitotta öklét.

„Még korai szakaszban van, és a túlreagálása sem önnek, sem Grace-nek nem segít."

„Ő tudja?"

„Nem, ön az első, akinek elmondom. Úgy gondoltam, helyénvaló. Meg kell beszélnünk, hogyan tovább."

„Hogyan tovább? Nincs értelme megbeszélni. Meg kell szabadulnunk tőle."

„Grace tizenhat éves, vannak jogai."

„Marino-é kell lennie!"

„Nem feltétlenül. Grace minden nap itt volt, a személyzet és a látogatók körülötte. Marino tegnap estig nem volt vele kettesben, és egyébként is, csak pár órát maradt, mielőtt hazaküldtem."

„A lányom iskolába jár, és hazajön. Este matematikát tanul és kísérletezik. Nem ismer más fiúkat. Biztosan Marino volt!"

„De biztosnak kell lennünk, mielőtt bárkit is vádolunk. És ami a legfontosabb, el kell mondanunk Grace-nek."

„Először meg kell erősítenünk, hogy ő az apa, és csak utána mondhatjuk el neki" – mondta Helen.

„Vincente nagyon szereti a lányodat. Zavarban van, és azt mondta nekem, hogy ketten nem csináltak mást, csak csókolóztak. Grace azonban úgy gondolja, hogy ők ketten házaspár. Ezért, ha elmondjuk neki, akkor 100%-ig biztos lesz benne, hogy Vincente gyermekét hordja a szíve alatt."

„Ha nem az övé, akkor mi? Szeplőtelen fogantatás?"

„Az egyetlen, amit biztosan tudok, hogy el kell mondanunk Grace-nek. Szüksége lesz a segítségedre, hogy eldöntse, mit tegyen" – jelentette ki Ackerman.

„Ha nem az övé, akkor egyértelmű lesz, hogy kegyetlenül játszottunk vele, amikor belementünk a fantáziáiba" – mondta Helen. „Lehet, hogy ez túl sok lesz neki."

„Minél hamarabb meg kell erősítenünk. Megkérdezem Vincente-t, hogy beleegyezik-e néhány tesztbe, amikor ma később meglátogat."

„És ha nem az övé, akkor nagy valószínűséggel beleegyezik, hogy megszabaduljon tőle."

„Most szeretnéd elmondani neki, hogy terhes? Amint megérkeznek Vincente vizsgálati eredményei, felvethetjük neki a kérdést, hogy ki lehet az apa, feltéve, hogy nem ő az" – mondta Ackerman.

„Igen, szerintem el kell mondanunk neki. Minél hamarabb, annál jobb."

„Menjünk most a szobájába, és nézzük meg, hogy van. Megvizsgálhatjuk a helyzetet, és eldönthetjük, mit tegyünk."

„Tudnia kell. A lányomnak tudnia kell."

***

Vincente pont akkor érkezett Grace emeletére, amikor Helen és Ackerman doktor kijött az irodájából.

„Ackerman doktor, beszélni akartam önnel" – mondta Vincente. Aztán: „Helló, Helen."

Helen gyilkos pillantást vetett rá.

„Bemenni kell, és beszélni Grace-szel, de kérem, várjon meg az irodámban. Hamarosan visszajövök, és akkor beszélhetünk."

Vincente végigfutott az ujjaival a haján. Nézte, ahogy Helen és Dr. Ackerman elsétálnak. Amikor megérkeztek Grace szobájához, egy pillanatra haboztak, majd beléptek. Vincente azon tűnődött, mi volt az oka a habozásnak.

Bűntudatot érzett, amiért egyedül hagyta Grace-t. Látni akarta, hogy rendbe hozza a dolgokat közöttük.

Miután belépett Ackerman doktor irodájába, becsukta maga mögött az ajtót, és öntött magának egy pohár vizet. Vincente leült, és felvette egy sportmagazint. Várakozás közben lapozgatta, de gondolatait elterelte valami. Nem tudott ülve maradni, ezért felállt, és fel-alá járkált. Öklét zsebébe dugta. És várt.

***

„Annyira boldog vagyok!" – kiáltotta Grace. „Ez a legjobb hír, ami Vincente-nek és nekem történhetett. Gyerekünk lesz!"

Helen átölelte izgalomtól remegő lányát.

„Grace, meg kell őrizned az erődet, és enned kell. Mit hallok, hogy kihagytad a reggelit?" – kérdezte Dr. Ackerman.

„Akkor nem volt kedvem hozzá, de most eszek valamit. Hozzátok csak! Annyira izgatott vagyok!" – kiáltotta Grace.

Néhány mély lélegzetvétel után Grace így szólt: „Kérjétek meg Vincente-t, hogy jöjjön be hozzám. Alig várom, hogy elmondjam neki a hírt!"

FEJEZET 39

Köszönöm, hogy várt, Vincente" – mondta Ackerman doktor.

„Hogy van Grace ma reggel?"

„Ragyogóan! Az alvás jót tett neki, és maga is kipihentnek tűnik. Jól aludt?"

„Igen, végigaludtam az éjszakát."

„Tudom, hogy nem a rendes pácienseim közé tartozik, de szeretnék engedélyt kérni egy vérvizsgálatra."

„Vérvizsgálatot. Miért?"

„Tegnap este túlfeszültnek tűnt, és gondoltam, jó lenne megvizsgálni, hogy minden rendben van-e önnel."

„Nagyon fáradtnak érzem magam."

„Akkor megvizsgáljuk" – mondta Ackerman. „Kérem, hajtsa fel az ingujját, és azonnal veszem a mintát."

Miután a mintát vették és a fiolát elrakták, Ackerman doktor Vincente-nek egy nyilatkozatot adott aláírásra. Ez felhatalmazta őt, hogy a vérmintákat minden szükséges vizsgálat elvégzésére felhasználja.

„Láthatom őt?" – kérdezte Vincente.

„Ma nem, de holnap jöjjön vissza. Akkor talán láthatja."

„De azt mondta, hogy ragyogó és kipihent."

„Igen, és azt akarjuk, hogy így is maradjon! Menjen haza, és jöjjön vissza holnap. Adjon neki egy kis teret, egy kis időt. Most az anyjával van."

„Rendben, doktor úr. Akkor holnap találkozunk."

„Köszönöm, Vincente" – mondta Ackerman doktor, miközben sietve kivitte a vérmintákat. Alig várta, hogy eljuttassa őket a laborba.

***

Huszonnégy órával később mindannyian Grace szobájában gyűltek össze.

Amikor Ackerman doktor végre megérkezett, nem mosolygott. Nem beszélt, és nem nézett szembe a jelen lévő három ember egyikével sem. A klipszes táblát szorosan a mellkasához szorította.

Grace izgatottan csipogott.

Helen ökölbe szorította a kezét és összeszorította az állkapcsát. Úgy nézett ki, mint aki nagyon sürgősen WC-re kell mennie.

Vincente nem értette, mi történik.

„Jó reggelt mindenkinek" – kezdte Ackerman doktor. „A vérvizsgálatok alapján úgy tűnik, hogy Grace és Vincente gyermeket várnak."

Grace felkiáltott örömében, és kinyújtotta karjait Vincente felé.

Vincente csak állt, és Grace-t nézte. Fehérebb volt, mint az ágy lepedője. „Hogy lehet ez?" – kérdezte magától, majd hangosan kimondta: „Hogy lehet ez, amikor csak csókolóztunk?"

Helen elájult, és puffanva a földre esett.

FEJEZET 40

GRACE? ÉBREDJ FEL, GRACE. Ideje indulnunk" – suttogta
„ egy gyermek hangja.

Grace megborzongott. A szoba nagyon hideg és sötét volt. Nézte, ahogy a szoba másik oldalán a redőnyök a szellővel együtt hullámzanak. Úgy tűnt, hogy az ablak tárva-nyitva van.

A kórházi ablakok nem nyílnak ki, gondolta.

Egy apró kéz megragadta Grace kezét, és kihúzta az ágyból.

Grace, még félig alvó, félig ébren, a gyermek mellett sétált. Együtt, mintha transzban lennének, a nyitott ablak felé sétáltak.

A kislány is fehér vászon hálóinget viselt, piros nyakkendővel. „Tartsd szorosan" – mondta, miközben egy puha takarót tett Grace karjaiba.

Grace ösztönösen magához szorította a takarót, és karjaival átölelte.

Hálóingük lobogott és susogott, ahogy az ablak felé haladtak.

A holdfényben Grace felismerte a kislányt, aki már kétszer megjelent előtte. Egyszer az út közepén, másodszor pedig, amikor Grace egy hatalmas fán rekedt. Megborzongott, amikor a kislány hálóingje megcsillant a holdfényben.

A kicsi felmászott az ablakpárkányra, miközben továbbra is Grace kezét fogta. Húzta, de Grace lába nem mozdult.

„Hova megyünk?" – kérdezte Grace.

„A világ szívébe" – magyarázta a kicsi.

Grace szorosan a mellkasához szorította a takarót, és a lábára nézett. Megpróbálta kizárni a fejéből azt, ami legutóbb történt, amikor kihúzták az ablakon az éjszakába.

A kicsi türelmetlenül figyelte Grace-t. „Én vagyok a kötelék" – mondta. „Most velem kell jönnöd. Várnak ránk."

„Kik, kik várnak?" – kérdezte Grace.

„Majd meglátod" – válaszolta a kicsi. „Gyere!"

Grace egyik kezével a takarót fogta, a másikkal pedig a piros zsinórt csavargatta körbe-körbe. Időt akart nyerni – nem akart az ablakpárkányon ülni. Nem akart kimenni az éjszakába. Ezúttal nem kellett mennie. Nem akart menni.

„Siess, Grace. Már régóta várnak rád" – magyarázta a kislány.

Grace hátralépett.

Mivel Grace nem akart csatlakozni hozzá, a kislány leereszkedett az ablakpárkányról. Ismét megfogta Grace kezét. Szorosan fogta a kezét, és az ablakhoz vezette. Néhány másodpercre felemelkedtek a padlóról, és hamarosan egymás mellett ültek az ablakpárkányon.

Együtt ültek és nézték a hold arcát.

„Vegyél egy mély levegőt" – mondta a kislány, majd halkan visszaszámolt: „5, 4, 3, 2, 1!"

És együtt előre estek a cimmeriai éjszakába.

FEJEZET 41

MIUTÁN SOK PERCIG ZUHANTAK, ami óráknak tűnt, egy várakozó szörny hátán landoltak.

Ez a szörny nem ugyanaz volt, amelyik nemrég Grace-t vitte és egy fa tetejére tette le.

Ez a szörny nem volt szőrös vagy tollas. Ehelyett fémből készült szárnyai voltak, amelyek visszatükrözték a holdfényt és a csillagok fényét, miközben átrepült a sötét égbolton.

Grace-nek rengeteg kérdése volt, de a szél üvöltött, és a szörny időnként mennydörgő üvöltést hallatott. Grace a takaróba kapaszkodott, miközben azt kívánta, bárcsak Vincente-hez kapaszkodhatna.

A kislány hátravetette sötét haját, és felemelte arcát a hold felé. Becsukta a szemét, és megnyugtató altatódalt kezdett dúdolni. Grace felismerte a dallamot; ez volt az ő és Vincente dala. Grace becsukta a szemét, és mély álomba merült.

FEJEZET 42

K IVÉTELESEN HOSSZÚ IDEIG REPÜLTEK, amíg Anyaszív nem kezdett új napot szülni.

Ez volt a jel, hogy megkezdjék a leszállást. Grace és a kislány szorosan kapaszkodtak a fém szörnyetegbe, miközben a napfény visszatükröződött a testén, és villámok lövelltek ki minden irányba. Az égbolt megvilágosodott, nappali tűzijátékokkal, miközben a felhőkön keresztül zuhantak.

Aztán a felhők elkezdtek szétválni, ahogy a Föld szívébe ereszkedtek.

A távolban Grace egy hatalmas vörös követ látott, amely a napfényben lángolt. Homok vette körül.

De amikor párszor pislogott, az óceán a szikla szélén kezdődött és végződött. A hullámok csapódtak és gördültek, de soha nem törtek át a monolit szélén. Mintha az óceán itt, a sziklánál kezdődött és végződött volna.

Ahogy közeledtek, Grace megkülönböztetni tudta a koncentrikus körök mintázatát. A levegőből nézve az, amit alul látott, óriási darts táblának tűnt.

Most, hogy felismerte a mintázatot, Grace képes volt megosztani a egymást követő gyűrűk közötti távolságot, és megkülönböztetni az egyes régiókat.

Kívülről a vörös homok, amely szórványosan emelkedett fel, mintha a föld belélegzett és kilélegzett volna. A következő kör, ahogy már elmagyaráztuk, az óceán volt, amely ott kezdődött és végződött, ahol a hullámok megcsókolták a vörös sziklát anélkül, hogy túlcsordultak volna. A vörös szikla egy kört alkotott, és abból egy kör alakú fák nőttek ki.

A fák ágait egymás felé nyújtották, de egy fa magasodott a többi fölé: egy olajfa. Elérte a felhőket, messze a fémmadár fölött, amelyen Grace utazott. Az olajfa mellett normál méretű juharfák, pálmafák és eukaliptuszfák álltak, hogy csak néhányat említsünk. Ez a szakasz fákkal kezdődött és végződött, majd ismét látható volt egy elválasztó vörös homokkör.

A fák között volt egy másik szakasz, ahol virágok voltak. Napraforgók, aranyakácok, tulipánok, rózsák és még sok más virág volt ott.

Aztán újra vörös homok, majd nagyon magas állatok, mint a dinoszauruszok, zsiráfok, elefántok és medvék.

Ahol az a szakasz véget ért, egy másik kezdődött. Vörös homok, majd más körök, ahol vízi állatok voltak, mint a bálnák, cápák és medúzák. A víz átfolyt rajtuk és körülöttük, anélkül, hogy megérintette volna a többi részt, mivel azok védettek és elzártak voltak.

Egy körben voltak az összes repülő és sikló állat. Voltak hollók, rókák, lepkék és kakaduk. Felemelkedtek és leereszkedtek, mintha egy képzeletbeli bábjátékos tartaná őket. A fenevad, amelynek hátán Grace és a kislány utazott, elfoglalta helyét ebben a körben.

A következő homokkör után a hüllők, erszényesek és számos más állatcsoport következett, így minden törzs és faj képviselve volt.

Túl sok csoport volt ahhoz, hogy Grace mindet megszámolhassa. A hangok a földből emelkedtek fel, mintha egy hangon beszélnének.

Ahogy egyre közelebb kerültek, Grace emberekből álló köröket is látott.

Férfiak és nők, fiatalok és idősek, szakaszokra osztva. A világ minden tájáról jöttek, minden őslakos és bennszülött kultúrát képviselve. Néhányan hagyományos ruhákban voltak. Néhányan lándzsákat, mások bumerángokat vittek magukkal. Mások szőrme és tollakkal voltak díszítve, és néhányan festett arcokkal. Mások pedig esőbotokkal és dobokkal zenéltek.

Ahogy közeledtek, a körben állók mindannyian ösztönösen érezték Grace jelenlétét. Szinkronban minden csoport elkezdett ringatózni. A vörös homok emelkedett és süllyedt a kör határain belül.

Egyre közelebb repültek, és egy pillanatra Grace azt hitte, hogy Vincente-t látja. Igaz volt. Vincente egy körben állt más, vele egykorú fiúkkal. Minden fiú szőke hajú volt, és hosszú, földig érő ruhát viselt, mint egy szerzetes.

Vincente szeme találkozott Grace-ével. A levegőbe emelte az őslakosok által faragott figuráját, hogy jelezze neki, hogy észrevette.

A napfényben Grace észrevette, hogy a családi örökség gyűrűje visszakerült az ujjára. A fiúk együtt emelték fel karjukat felé. Grace egy pillanatra elvakult, amikor a napfény egyszerre megcsillant mindegyik gyűrűn. Mind ugyanolyan gyűrűt viseltek, mint Vincente.

Visszatérve a valóságba, Grace látta, hogy mindegyik fiú levette a gyűrűjét, és egy kis négyzet alakú szövetre tette maga elé.

A fiúk körében lányok álltak. Ismét több ezer lány volt, minden fiúhoz egy lány. A lányok mind fehér vászonhálóinget viseltek, nyakukon piros nyakkendővel. Minden lány egy takarót tartott a karjában.

Ahogy majdnem leszálltak, Grace figyelte, ahogy a piros nyakkendők fel-le lebegnek a szélben, majd megmerevednek, aztán újra felemelkednek és leereszkednek.

Vincente szeme Grace-re szegeződött. Grace majdnem leugrott a fenevad hátáról, de Vincente elfordította a tekintetét, mintha Grace számára már nem is létezne. A lába megérintette a homokot. Grace odarohant volna hozzá, de a kislány megakadályozta, megragadva a kezét.

Grace csatlakozott a körhöz, ahol a lányok csendben várták. Grace-nek sok-sok kérdése volt, amit meg akart kérdezni, és amire választ akart kapni. A kislány az ujját a szájára tette, és azt mondta: „Csitt."

Grace vörös nyakkendője most a többi lányéval együtt emelkedett és süllyedt, ahogy a meleg szellő simogatta őket. Bár melege volt, Grace reszketett.

„Tedd a takarót a földre magad elé" – parancsolta a kislány.

A körben álló többi lány követte Grace példáját.

Grace ismét megpróbált kérdést feltenni, de a kislány csak annyit mondott: „Csitt".

FEJEZET 43

M OST NÉGY ÚJ SZAKASZ került hozzáadásra. Egy piros homokkör, majd egy gyűrűvel ellátott szövetkör a fiúk előtt. Ezt követte egy újabb homokkör és egy takarókör a lányok előtt.

Ekkor kezdődött az éneklés. Kívülről indult, és szakaszról szakaszra haladt. Minden szakasznak megvolt a maga hangja, amelyek együtt egy dalt alkottak. Együtt repültek a dallam szárnyain, miközben a nap egyre magasabbra emelkedett az új napban.

Az éneklés ugyanolyan gyorsan abbamaradt, ahogy elkezdődött.

Egy pillanatra teljes csend lett. Aztán együtt üvöltöttek egy hangon, egy dalban.

Gyönyörű hang volt, megnyugtató és megnyugtatós, egyáltalán nem olyan, amilyennek elképzelni lehetett, de olyan hangos volt, hogy Grace befogta a fülét.

A kislány látta Grace félelmét, és a fülébe súgta: „A Föld már nagyon, nagyon régóta viseli a fájdalmat. Most a Föld felszabadítja a fájdalmat. A túlélése múlik ezen. Ne félj! Te a gyógyulás tanúja vagy."

Grace leengedte a kezét, becsukta a szemét, és amikor már nem félt, érezni és értékelni tudta az egészet.

A Napanya sugarait öntötte mindazok szívébe, akik ott voltak. Úgy tűnt, mintha a szívveréseket kihúzná, összehangolná őket. Hogy visszhangozzanak az univerzum egyetlen szívverésében.

„Mondd ki most!" – mondta a kislány. „Grace, mondd ki a szavakat!"

Grace zavartan megvonta a vállát. Fogalma sem volt, mit akar tőle a kislány.

„Mondd ki most. Mondd ki a szavakat, a szavakat. A szavakat, amelyeket tanítottak neked. Te vagy az utolsó. Most ki kell mondanod őket. Mindannyian várunk."

Grace elméje visszatért a dalra, amelyet a kislány valamikor régen mondott neki. Nem volt biztos benne, hogy emlékszik a szavakra. De valahogy ösztönösen tudta, hogy emlékszik rájuk.

Mindenki csendben volt. Mindenki várt.

Grace mély levegőt vett, de egyetlen hangot sem tudott kiadni.

„Beszélj a szívedből" – mondta a kislány. „És a szavak maguktól jönnek."

Grace megnyugodta a légzését, és behunyta a szemét. A szavak ajkáról úgy ömlöttek a levegőbe, mint egy ajándék:

„Én vagyok a nő-rajzoló,

én vagyok a sírás;

Én vagyok a titkos hang,

Én vagyok a sóhaj;

Én vagyok az, amit hallani lehet

A szürkületben;

A madarak egy hanggal válaszolnak,

A virágok pézsmával;

Én vagyok az a fájdalmas növény,

Ahol kiált

Egy magányos madár,

A homályos vízesések mellett;

Én vagyok a nő-rajzoló,

Ne hagyj el;

Én vagyok a titkos hang,

Hallgasd meg kiáltásomat;

Én vagyok az erő, amelyet az éjszaka

Elvesz külföldön;

Én vagyok az élet gyökere;

Én vagyok az akkord." *

A lányok a csoportban énekelni kezdtek. Egy dal az egynek, egy dal mindenkinek. Aztán kezet fogtak és ringatóztak az Anyaszolna melegében.

A kislány mosolygott Grace-re, majd visszaváltozott hollóvá. Elrepült a csoport felé, ahol szárnycsapkodásuk hangja fogadta.

Miközben énekeltek, férfiak és nők kezdtek gyülekezni a körön kívül. Hagyományos ruhákba voltak öltözve, és sok-sok távoli földről érkeztek a vörös sziklához. Párokban álltak, és fogták egymás kezét. Hamarosan elengedték egymás kezét, és a férfiak a férfiak körébe vezető sorban álltak, a lányok pedig a lányok körébe vezető sorban álltak.

Egy őslakos fiú állt az első szőke fiú elé, és megölelték egymást. Aztán a szőke fiú felvette a gyűrűjét és a négyzet alakú szövetdarabot, és az őslakos fiú nyitott tenyerébe helyezte. Az őslakos fiú az ujjára húzta a gyűrűt. Újra megölelték egymást, és az őslakos fiú várt.

A fiú partnere állt az első lány előtt, fehér lenvászon ruhában. A két lány úgy ölelte meg egymást, ahogy a fiúk tették. A lány az aboriginal lánynak adta a ruhájáról levett piros szalagot. Újra megölelték egymást, majd a lány lehajolt, felvette a takarót, és párjával a nap irányába indultak. Ahogy a pár belépett a fénybe, eltűntek.

Ugyanez az esemény sok-sok órán át ismétlődött. A férfiak és a nők együtt áthidalták az idő szakadékát. Sok sírás és ölelés volt. Hamarosan csak Vincente és Grace maradtak, valamint egy pár a körön kívül.

Az utolsó aboriginal férfi belépett a részlegbe, és ő és Vincente végrehajtották a cserét.

Aztán a Grace lábánál lévő csomag sírni kezdett.

Nem csak egy takaró volt. Nem volt üres csomag. Egy gyermek volt. Grace és Vincente gyermeke.

Grace előrehajolt, hogy megsimogassa a takarót, de az aboriginal nő már ott volt, és a szertartás már megkezdődött.

A baba továbbra is Grace lábánál sírt.

Grace a nő kezére nézett, és látta, hogy remeg.

A nő átölelte Grace-t.

Grace hátranézett, hogy meggyőződjön arról, hogy a nő partnere most Vincente gyűrűjét viseli. Igen, viselte, ami azt jelentette, hogy Vincente beleegyezett.

Egy dacos könny gördült le Grace arcán.

A szertartás következő lépése a vörös nyakkendő átadása volt. Ha Grace nem adta volna át, akkor az üzlet nem jött volna létre. Grace látni akarta a babáját, meg akarta vigasztalni.

A nő újra átölelte Grace-t.

És akkor megtörtént.

FEJEZET 44

A vörös monolitot körülvevő hullámok egyre magasabbra és magasabbra emelkedtek, mígnem körbefutották a vörös sziklát, és egy új, kör alakú, hatalmas mozi képernyőket alkottak.

Amint az új képernyőkör elkészült, a Grace lába alatt lévő talaj remegni és remegni kezdett, majd szétesett. A platform egyre magasabbra és magasabbra emelte Grace-t és gyermekét.

Előtte a világ őslakos és bennszülött népeinek története kezdett villogni a képernyőkön. Tanúja volt, ahogy csecsemőket elraboltak, elloptak és idegeneknek adtak át, és a szülők napokig, évekig, évszázadokig sírtak.

És minden elrabolt gyermek után az olajfa megcsavarodott, és sebet ejtett Grace testén. Először a fájdalomtól felkiáltott, de amikor a családjuktól elszakított csecsemők sebes szemébe nézett, kinyitotta karjait, befogadta a fájdalmat, és magáévá tette. Most már felismerte, hogy az olajfa az állandó. A kapcsolat itt és ott, köztük és köztünk, a világok között.

Miután elfogadta a fájdalmat a testében, Vincente felé pillantott. A fiú megpróbált odarohanni hozzá, de a lábai nem engedték. Mintha a földbe ragadtak volna.

Grace megpördült, vér csöpögött a tátongó sebekből, és segítségért kiáltott Anyaföldnek, aki leengedte a függönyöket, és Grace-t visszahozta a sík földre, ahol az aboriginal lány várt rá.

Amint visszatért a szilárd talajra, Grace habozás nélkül átölelte az őslakos nőt, bocsánatot suttogott a fülébe, és átadta neki a piros szalagot.

Az őslakos nő felvette a most már az övének számító babát. Intett, és nem nézett vissza, miközben vigasztalta gyermekét, és a meleg nap sugarait követve elindultak.

Először a baba újra sírni kezdett, de hamarosan megnyugodott, és a levegő nyugodt, nagyon csendes és érezhetően csendes volt.

Aztán zűrzavaros zaj támadt, amikor az összes fa és állat egyszerre felüvöltött.

Egy holló repült le oda, ahol az utolsó kettő, Grace és Vincente állt. A kislány visszaváltozott kislánnyá, és kinyújtotta a kezét Vincente felé, majd Grace felé.

Az anyaföld egyensúlya helyreállt; a hármas a napfénybe sétált.

„Még egy dolog" – suttogta a kislány, majd elengedte a kezüket.

FEJEZET 45

A FÖLD REMEGNI ÉS rázkódni kezdett a lábuk alatt.

Grace és Vincente egymásba kapaszkodtak, miközben az erők össze- és szétlökdösték őket.

Kezet fogtak, miközben felemelkedtek a földről.

Forgószélben pörögtek egy fekete alagútban, mintha egy forgó fekete esernyő belsejében lennének.

Együtt maradtak. Megcsókolták egymást.

Egy egységes kiáltás hallatszott.

Egy szempillantás alatt Anyaföld mindent és mindenkit visszatért oda, ahová tartozott.

És ismét egyedül állt a vörös monolit.

EPILÓGUS

E GY FIATAL FÉRFI A Manly Quay-en ült a szörfdeszkáján. A nagy hullámra várt.

A távolban valami villódzó és lebegő tárgyat pillantott meg. Oda evezett. Egy fényképezőgép volt.

A nyakába akasztotta a pántot, és amikor végre megérkezett a nagy hullám, a partra szörfözött.

Később jó ideig fel-alá sétált a parton, és megkérdezte, hogy nem vesztett-e el valaki egy fényképezőgépet. Senki sem jelentkezett érte.

Kíváncsiságból elvitte a helyi fotóüzletbe. A benne lévő film nem volt sérült vagy nedves. Megkérte, hogy hívják elő.

Néhány órával később, amikor a film elkészült, a szörfös visszatért a fotóüzletbe. A pult mögött álló fiatal nő elnézést kért, mert csak egy fénykép volt a filmen.

Kinyitotta a borítékot.

Egy szőke hajú, fekete szmokingot viselő, félmeztelen fiatal férfi és egy vörösesbarna hajú, tiarát és csipkés esküvői ruhát viselő nő állt karöltve. Nagyon boldognak tűntek. Mögöttük a tündérfények, a hold és az óceán tökéletes hátteret biztosítottak esküvőjükhöz.

Mivel egyiküket sem ismerte fel, a fényképet és a fényképezőgépet a szemétbe dobta.

Három holló kiáltott a távolban.

UTÓSZÓ

Ahogy volt
És ahogy mindig is lesz...
A gyerekek fizetik az árát
A történelemnek.

KÖSZÖNETNYILVÁNÍTÁS

*DAME MARY GILMORE (1865-1962)

Dame Mary Gilmore „The Song of The Woman-Drawer" című

verse

az ausztráliai Sydney-ben működő ETT Imprint kiadó jóvoltából

szerepel ebben a könyvben.

Ha többet szeretne megtudni Mary munkásságáról, kérjük,

kövesse az alábbi linkeket, amelyek a kiadás idején aktívak voltak:

http://lib.unsw.adfa.edu.au/speccoll/finding_aids/gilmore_mary

.html

http://adb.anu.edu.au/biography/gilmore-dame-mary-jean-6391

http://banknotes.rba.gov.au/australias-banknotes/people-on-the

- banknotes/dame-mary-gilmore/

http://www.civicsandcitizenship.edu.au/cce/gilmore,9133.html

http://www.portrait.gov.au/portraitofanation/gilmore-biograph

y.html

http://trove.nla.gov.au/people/463377?c=people

OLVASÁSI JAVASLATOK

Az összes link a publikálás időpontjában aktív volt:
GADIGAL AZ EORA NEMZETBŐL ÉS AZ AUSTRÁLIAI ŐSLAKOSOK
http://www.sydneybarani.com.au/sites/aboriginal-people-and-place/
http://www.australia.gov.au/about-australia/australian-story/austn-indigenous-cultural-heritage
http://lib.unsw.adfa.edu.au/speccoll/finding_aids/gilmore_mary.html
NŐI MATEMATIKUSOK ÉLETRAJZA
http://www.ams.org/women-mathematicians
http://womenshistory.about.com/od/sciencemath1/ss/Women-in-Mathematics-History.htm
NŐI TUDÓSOK:
http://womenshistory.about.com/od/airspacesciencemath/tp/Famous-Women-Scientists.htm

http://www.smithsonianmag.com/science-nature/ten-historic-fe
male-scientists-you-should-know-84028788/?no-ist

LEONARDO FIBONACCI (1175-1250)

https://www.mathsisfun.com/numbers/fibonacci-sequence.htm
l

http://www2.stetson.edu/~efriedma/periodictable/html/F.html

ALBERT EINSTEIN (1879-1955)

http://www.nobelprize.org/nobel_prizes/physics/laureates/1921
/einstein-bio.html

MEGJEGYZÉS A SZERZ NEK

Kedves Olvasók!

Köszönöm, hogy elolvastátok Grace és Vincente történetét. Remélem, legalább annyira élveztétek az olvasást, amennyire én az írást!

Kanadában, Ontarióban születtem, de több mint tizenöt évet éltem családommal Ausztráliában, Sydneyben.

Ez idő alatt fedeztem fel Mary Gilmore műveit. A regényben szereplő vers nagy hatással volt rám, és szerettem volna, ha mások is megismerik.

Amikor Grace és Vincente karakterek először megjelentek előttem, nem voltam biztos benne, hogy készen állok-e a előttem álló feladatra. Ő matematikai zseni volt, ő pedig krikettjátékos – egyikről sem volt nagy ismeretem. Sok gondolkodás, kutatás és felépítés kellett ahhoz, hogy leüljek megírni az első vázlatot.

Végül már a vázlaton dolgoztam, amikor részt vettem a NSW Inc. Női Írók Társaságának írói találkozóján, és az egyik szemináriumi gyakorlat során megnyíltam, és megengedtem magamnak, hogy megírjam. Azután a történet már természetesen folyt. Remélem, hogy ugyanolyan élvezettel olvassátok, mint amennyire én élveztem az írását.

Jelenleg otthon vagyok Ontarióban, Kanadában, a férjemmel, a fiammal, a macskámmal és a kutyámmal.

Köszönöm! Mint mindig, KÉSZÜLJÉTEK AZ OLVASÁSRA!

Cathy

SZINTÉN